ମାଟିର ମଣିଷ

ମାଟିର ମଣିଷ

କାଳିନ୍ଦୀଚରଣ ପାଣିଗ୍ରାହୀ

BLACK EAGLE BOOKS
2022

BLACK EAGLE BOOKS

USA address:
7464 Wisdom Lane
Dublin, OH 43016

India address:
E/312, Trident Galaxy, Kalinga Nagar,
Bhubaneswar-751003, Odisha, India

E-mail: info@blackeaglebooks.org
Website: www.blackeaglebooks.org

First International Edition Published by
BLACK EAGLE BOOKS, 2022

MATIRA MANISHA
by **Kalindi Charan Panigrahi**

Cover: **Ramakanta Samantaray**

Interior Design: Ezy's Publication

ISBN- 978-1-64560-258-3 (Paperback)

Printed in the United States of America

ଦୁନିଆର ହାଟେ
କୋଟି ହୀରା ନୀଳା
ମଣି-ମାଣିକର ତୁଲ

ମାଟିର ପିତୁଳା
ଗଢ଼ି ରଖିଦେଲି
କିଏ ପଚାରିବ ମୂଲ ?

ମୂଳ ଭଗବାନ

ଜୀବନର ଯଜ୍ଞେ ଯହିଁ ହୀନ ଅକିଞ୍ଚନ
ଲଭନ୍ତି ଆହୁତି ତହିଁ ପାରିଛ ଆସନ,
ହେ ଦରିଦ୍ର ସଖା ! ନିଖିଳର ରାଜେଶ୍ୱର,
କରିବାକୁ ଏ ଜୀବନ ସୁନ୍ଦର ଅମର ।

ବରି ନେଇଅଛ ଆପେ ଦୈନ୍ୟ ନିର୍ଯ୍ୟାତନା
ସହସ୍ର ଲାଞ୍ଛନାଭୋଗ, କ୍ଷତ ଅନଶନ,
କରିଅଛି ଶୁଭ୍ର ଦେହ ଶୋଣିତ ଆପ୍ଳୁତ
ମାନବ-ବଉଳ ବସି କରୁଛ ଅମୃତ ।

ଅଶ୍ରୁ ଅନ୍ତରକୁ ତହିଁ ଫୁଟାଉଛି ହାସ,
ନିରାଶ ଅନ୍ଧାରୁ ତବ ଆଲୋକ ପ୍ରକାଶ ।
ପ୍ରଭଞ୍ଜନ ଝଞ୍ଜା ମେଳେ ହସ ତୁମେ ଶାନ୍ତି,
ମୃତଜୀବନର ଭସ୍ମେ ଅରବିନ୍ଦ-କାନ୍ତି ।

ନିଖିଳ ବିଶ୍ୱର ପାପଭରେ ନିଷ୍ପେଷିତ,
ମନ୍ଦହାସେ ଗାଉଅଛି ଅମର ସଙ୍ଗୀତ ।
ଗାଉଛି ଦରିଦ୍ର ପୁରେ ନିଖିଳର ବ୍ୟଥା,
ଭ୍ରାନ୍ତ ଏ ମାନବ ଲାଗି ଏତେହିଁ ମମତା ।

ନୟନଯୁଗଲୁ ବହିଯାଏ ବାରିଧାରା,
ଦିନୁ ଦିନ ବଢ଼େ ଯେତେ ଜୀବନର ଭାରା।
ସଭ୍ୟତାର କାଳସର୍ପ-ବିଷେ ହୋଇ ଘାରି,
ପଡ଼େ ନାହିଁ ତୁମ ବ୍ୟଥା ଶ୍ରବଣେ ତାହାରି।

ତୁମ ଅଶ୍ରୁ ଯୋଗେ ହୁଏ କୁଳିଶ ତରଳ
ମୂକ ପରବତୁଁ ଫାଟିପଡ଼େ ଅଶ୍ରୁ ଜଳ।
ହେ ମୂକ ପାଷାଣ ପ୍ରଭୁ! ଚିର ଅବିଚଳ,
ହେ ଲାଞ୍ଛିତ, ନିଷ୍କେଷିତ, ହେ ଶିବ ମଙ୍ଗଳ!

ତୁମରି ଶୋଣିତ ଅଶ୍ରୁ ଦୀନ କବିପ୍ରାଣ
ପରଶିଛି, କି ଆଦେଶ ଗାଇବାକୁ ଗାନ?
ନତଶିରେ ଶ୍ରୀପୟରେ ମାଗେ ଆଜି ଭିକ୍ଷା,
'ଦିଅ ଦୀନବେଶ, ମୋତେ ଦରିଦ୍ରର ଦୀକ୍ଷା'।

ବୈକୁଣ୍ଠନାଥ ପଟ୍ଟନାୟକ

ପରିଚ୍ଛେଦ ଏକ

ଆମର ଏହି ଅତି ଜଣାଶୁଣା, ଅତି ପୁରୁଣା ସୂର୍ଯ୍ୟ ପରି କୋଟି କୋଟି ସୂର୍ଯ୍ୟ ବିଶ୍ୱ ବ୍ରହ୍ମାଣ୍ଡ ଭିତରେ ନିତି ଉଇଁ ନିତି ଅସ୍ତଯାଏ। ଗୋଟିଏ ଗୋଟିଏ ସୂର୍ଯ୍ୟ ଚାରିପାଖେ କୋଟି କୋଟି ଗ୍ରହ ଉପଗ୍ରହ ଚକା ଚକା ଭଉଁରି ଖେଳେ - ଦିନ, ରାତି, ଋତୁ, ମାସ, ବର୍ଷ ତିଆରି କରେ। ସେମାନଙ୍କ ମଧ୍ୟରୁ ଗୋଟିଏ ଅତି ଛୋଟ ଛୋଟ-ଗ୍ରହ ଆମର ଏହି ବହୁକାଳର ପୃଥିବୀମାତା, ତାହା ଭିତରେ ଭାରତବର୍ଷ ଆଉରି ଛୋଟ ଗୋଟିଏ ଦେଶ। ତା' ଭିତରେ ଓଡ଼ିଶା। ସେଥିରେ ପୁଣି କଟକ ଜିଲ୍ଲାର ବିରୁପା କୂଳରେ ପଧାନପଡା - ଅତି ଛୋଟ ଅତି ନଗଣ୍ୟ ମଣିଷଜାତିର ବସ୍ତି ଖଣ୍ଡେ। ଶାମ ପଧାନର ବକଟେ ବୋଲି କୁଡିଆଖଣ୍ଡ ସେହି ଗାଁ ଭିତରେ। ତା'ର ଥାନ ବିଶ୍ୱ ବ୍ରହ୍ମାଣ୍ଡରେ କଅଣ-ଅଣୁ ନା ପରମାଣୁ- କିଏ କଳିବ।

ସେ ଭୂଇଁରେ କେଉଁ ପୁରୁଷ ଆଗ ଆସି ପାଦ ଦେଲା, ତାହାର ପାଦଚିହ୍ନ ନାହିଁ। ସେ ମାଟିରେ କିଏ ଆଗ ଆସି ମଞ୍ଜି ପୋତିଲା ଫଳ ଖାଇଲା, ସେକଥା ଅବା ଏହି ବିରୁପା ନଈ କହିବ, ଏହି ଚନ୍ଦ୍ର ସୂର୍ଯ୍ୟ କହିବେ! କିନ୍ତୁ ଆଜି ସେ ମାଟି ଧାନ ଛଣପଟରେ ହସୁଛି; ସେ ଭୂଇଁ ଆଜି ମଣିଷ କୋଳାହଳରେ ଜୀଇଁ ଉଠିଛି। ସେ ଦାଣ୍ଡରେ କେତେ ପିଲା ଖେଳ ଖେଳି ଯାଇଛନ୍ତି-ଶାମ ପଧାନ ଆଉ ତାହାର ବାପ ଅଜା ସାତ ପୁରୁଷ। ବିରୁପା କୂଳରେ ଗାଁ ଓସେଇତିମାନଙ୍କର ଆନନ୍ଦ ହୁଳହୁଳି ବାଜି ଉଠୁଛି; ଗାଁ ଭିତରର କେତେ ମଲା ମଣିଷଙ୍କ ଚିତା ଜଳି ଉଠିଛି; ପ୍ରେତକ୍ରିୟାରେ ଗାଧୋଇବାକୁ ଆସି କେତେ ବିଧବାଙ୍କର ବିକଳ କାନ୍ଦଣାରେ ବିରୁପା ଭିତରେ ଏହା ଶୁଖିଲା ବାଲି ଲୁହରେ ଓଦା ହୋଇ ଯାଇଛି-କେତେ କାଳ ଧରି, ତାହା କିଏ ଜାଣେ!

ଶାମ ପଧାନର କେଉଁ ପୁରୁଷ ପଧାନପଡାରେ ବସତି କଲେ, ତାହାର ଇତିହାସ ନାହିଁ। କେତେ ରାଜା ଗଲେଣି, ରାଜତ୍ୱ ଗଲାଣି-ହିନ୍ଦୁ, ମୁସଲମାନ, ମରହଟ୍ଟା ! ଏହି ପୃଥିବୀ ଉପରେ କେତେ ଧର୍ମର ଢେଉ ବହି ଗଲାଣି-ହିନ୍ଦୁ, ବୌଦ୍ଧ, ମୁସଲମାନ, ଖୀରସ୍ଥାନ ! କିନ୍ତୁ ପଧାନପଡା କାହାର ଚିହ୍ନ ରଖି ନାହିଁ। ସେ ଯେମିତି ସବୁ କାଳରେ ନୂଆଣିଆ ଦୁବଘାସ-ଝଞ୍ଜା ବତାସରେ ମହା ମହା ଦ୍ରୁମ ଟଳିପଡେ; ତାହା ପାଖରେ କିନ୍ତୁ ସେ ଖବର ପହଞ୍ଚେ ନାହିଁ! ଶାମ ପଧାନର ମାଟି କୁଡ଼ିଆଟି ମଧ୍ୟ ସେହିପରି କାହାରି ରାଜତ୍ୱରେ ତାହାର ପଥର ପାହାଚ ହୋଇ ନାହିଁ; କାହାରି ରାଜତ୍ୱରେ ତା' ଘରୁ କେହି ମଉଜ ମଜଲିସରେ ପଚିଶ ଟଙ୍କା ଉଡ଼ାଇ ଦେଇ ନାହିଁ, ଖମାର ମହାଜନି କରି ହଜାରେ ଟଙ୍କା ସାଇତି ରଖି ନାହିଁ।

ପଧାନପଡାର ଧର୍ମଯାକ ଆଦିକାଳରୁ ସେହି ମନ୍ଦାର ଗଛମୂଳ ମୁଗୁନି ପଥରର ମଙ୍ଗଳା ମାଆଙ୍କଠାରେ ଠୁଳ ହୋଇଛି। ଗାଆଁରେ ହଇଜା ବସନ୍ତ ପାଇଁ ସେହି ମଙ୍ଗଳା; ବାହା ପୁନିଅଁ ହାଣ୍ଡି ମଙ୍ଗୁଳାରେ ସେହି ମଙ୍ଗଳା କାହାର ଗଛ ଫଳିଲା ନାହିଁ; କାହା ପିଲା ସବୁବେଳେ ରୋଗିଣା ହେଲା; କିଏ ସପନ ଦେଖିଲା; କାହା ବାଡ଼ିରେ ନୂଆ କଦଳୀ କାନ୍ଧି ଫଳିଲା; ନୂଆ ଜହ୍ନି କଷିଟାଏ ହେଲା- କାଳେ କାଳେ ଏହି ମଙ୍ଗଳା ମା ଗାଆଁଟିର ସବୁ ଖବର ରଖେ, ଗାଁଟିର ସବୁ ସୁଖଦୁଃଖ ଭଲମନ୍ଦ ଶୁଣେ। କେତେ କାଳ ଧରି ଚୁଆ ସିନ୍ଦୂରରେ ତା' ଦେହରେ ଥାନ ଧରେ ନାହିଁ।

ଏହିପରି ପୁରୁଣା ପଧାନପଡାଟି, ଏହିପରି ଛୋଟ ଏହିପରି ସାମାନ୍ୟ।

ପଡ଼ା ଭିତରେ ଯେତେ ଘର ଅଛି, ସବୁଠାରୁ ଶାମ ପଧାନ ଘରଟି ବେଶି ଜଣାଶୁଣା-ନ ହେଲା ବା ତାହାର ପଥର ପାହାଚ-ନ ହେଲା ବା ତା'ର ଇଟା କାନ୍ଥ।

ପୁରୁଷ ପୁରୁଷ ଧରି କେତେଥର ସେ ଘର ଭାଙ୍ଗିଯାଇଛି। ଥରେ ତୋଳା ହେଲେ ଦଶ ବର୍ଷ ଗଲେ ଖୁବ୍ ହେଲା-ମାଟି କାନ୍ଥି ନି ଚାଳ ଛପର ଘର-କେତେ ଦିନ ପାଣି ପବନ ସହିବ? ଶାମ ପଧାନ ବାପ, ବଡବାପଙ୍କୁ ଦେଖି ଆସିଛି-ଷଣ୍ଢା ଷଣ୍ଢା ମଣିଷୁଟାମାନ ! ଘର ଥରେ ଭାଙ୍ଗିଗଲେ ଦି'ଦିନରେ ପୁଣି କାଦୁଅ ଚକଟି କାମୁଡା ଭିଡି ନୂଆ ଘର ଠିଆ କରି ଦିଅନ୍ତି। ଚକେ ଗଲେ ବାରହାତ-ଫେରି ଚାଲିଲା ଦଶ ବରଷ। ଶାମ ପଧାନ ଅମଳରେ ବି ସେ ସେମିତି ନିଜ ହାତରେ ସବୁ କରିଛି। ତା' ଦିହକରେ ତିନି ଥର ସେ ଘର ଭାଙ୍ଗି ଯାଇଛି, ତିନି ଥର ପୁଣି ତୋଳା ହୋଇଛି।

ଘରଟାର ବଡ଼ିମା ପାଇଁ ନୁହେଁ, ମୃତବୀର ମଣିଷ ପଣିଆ ଯୋଗୁଁ ଶାମ ପଧାନ ଘରଟା ପଧାନପଡାର ଆଖ ପାଖ ସବୁ ଲୋକଙ୍କୁ ଗୋଚର। ଗାଁ ଭିତରକୁ ଯୋଗୀ ଭିଖାରୀ ଆସିଲେ ଲୋକେ ଶାମ ପଧାନ ଘରକୁ ତାଙ୍କୁ ଦେଖାଇ ଦେଉଥିଲେ। ଗାଁ

ଭିତରେ କି ବାହାରେ କଜିଆ ଗୋଳ ହେଲେ ଶାମ ପଧାନକୁ ଡାକ; ବାହାଘର ପାଇଁ ଜିନିଷ ତାଲିକା ହେବ, ଶାମ ପଧାନକୁ ଡାକ। ଶାମ ପଧାନ ଲୋକଟାର ପାଠଶାଠ ଭାଗବତ ବୋଲି ଜାଣିବା ଛଡ଼ା ଅଧିକା କିଛି ନଥିଲା। ସେ ଆଇନ୍ କାନୁନ ଜାଣେ ନାହିଁ, ଓଷଧ ମଷୁଧି ଜାଣେ ନାହିଁ, ହିସାବ ପତ୍ରରେ ସେମିତି କିଛି ପାରଗ ନୁହେଁ।

ତେବେ ସବୁ କାମରେ ତା'ଠାରୁ ଗୋଟାଏ ବଡ଼ ହୋବ ମିଳେ। ରାତି ଅଧରେ କୋଉଠି ନିଧି ବଇଦକୁ - ଡକରା ହେବ, କୋଉଠି ବଜାବଜନ୍ତୁରି ବରଯାତ୍ରୀ ଖାଇବେ- ଶାମ ପ୍ରଧାନ ଏଇଥିରେ ଲାଗିପଡ଼ିବ। ଲାଭ କାଣି କଉଡିଟାଏ ବି ନୁହେଁ। ଏହିସବୁ କଥାରେ ସେ ଲାଭ ଖୋଜିବ ! ଛି, ଛି, ତାକୁ କଣ ପେଟପୁରା କରି ଖାଇବାକୁ ଗଣ୍ଡେ ମିଳୁ ନାହିଁ? କାହାର ଯେବେ କେତେବେଳେ ଆପଦ ବିପଦ ହେଲା, ସେ ଶାମ ପ୍ରଧାନକୁ ଡାକିନାହିଁ-ତେବେ ଶୁଣିବା ମାତ୍ରେ ଦଉଡି ଯାଇ କହିବ-କାହିଁକି ରେ? ଶାମ କଣ ମଲାଣି, କି ତା' ଘରକୁ ଲାଗି ଏତେ କଥା ଘଟିଯିବ, ସେ ଟିକିଏ ଶୁଣି ପାରିବ ନାହିଁ। ଧିକ୍ ତାକୁ।

ଗାଁରେ-ଦି' ପକ୍ଷରେ କଳିତକରାଳ ଲାଗିଛି। ମୁଣ୍ଡ ପିଟାପିଟି ମାଲି ମକଦ୍ଦମାରେ ଦି'ଟା ଘର ଉଚ୍ଛନ୍ନ ହୋଇଯିବେ। ଶାମ ପ୍ରଧାନ ମଝିରେ ପଶି ଯା ଓଠ ଧରିବ, ହାତ ଧରିବ, ତା' ଗୋଡ ଧରିବ, ଅଖିଆ ପଖିଆ ଦିନ ଦି'ପହର ଯାଏ ବସି ରହିବ-ନା, ଶାମ ପ୍ରଧାନ ମଲେ ସବୁ କର; ମାଲିକର, ମକଦ୍ଦମା କର-ସେ ବଞ୍ଚିଥିବାଯାଏ ଗାଁ ଭିତରେ ଏହା ହେବ ନାହିଁ।

"କାଇଁକି ? କେତୁଟା ଦିନରେ ଭାଇ ! ଆମ ବାପ ଅଜା ସାତ ପୁରୁଷ ତ ସେଇ ବସୁଧା ତାଡି, କଳି କଜିଆ କରି ଗଲେଣି, ସେ ମାଟି ଯେମିତି ଗଡିଚି-ମାଣକ ଜମି ତ କ'ଣ ପାଶ୍ ହେଇନି। ସେମିତି ଆମେ ଯିବା, ଆମ ପୁଅ ନାତି ବି ଯିବେ। ଏ ବିଲବାଡିସବୁ ଏମିତି ପଡି ରହିବ। ଏମିତି ବଢ଼ି ରହିତ ବିରୂପା ବାଲିରେ ଏମିତି ବରଷକୁ ବରଷ ହାଣ୍ଡି ଖପରା ଦି'ଖଣ୍ଡ, ଦରପଡା କାଠ ଖଣ୍ଡେ ପଡି ରହିବ। ବଢ଼ି ଆସିଲେସବୁ ସାଫ- ଚିହ୍ନଭିନ୍ନ କିଛି ନାଇଁ

ପେଟ ଭିତରେ ଗୋଟାଏ କଥା ରଖିବ ମୁହଁରେ ଗୋଟାଏ କଥା କହିବାର ଲୋକ ସେ ନୁହେଁ। ରଜାପୁଅ ହେଉ ପଛେ, ସେ ଯାହା ଠିକ୍ ବୁଝେ ଆଗ ପଛ ନ ବିଚାରି ସଫା ସଫା ତା ମୁହଁ ମୁହେଁ କହି ଦେଉଥିଲା। କିନ୍ତୁ ତା' ଆରଦିନ ପୁଣି କାନ୍ଧ ଲଗାଇ ଦେଇ ତା' ସବୁ ଟେକିବା ପାଇଁ ଖମ୍ୱଡେରି ଦେଉଥିଲା। ତା' ଭାରିଯାର ଗର୍ଭକଷ୍ଟ ହେଲେ ପାଞ୍ଚ ଗାଁ ବୁଲି ଔଷଧ ଯୋଗାଉଥିଲା। ସେଥିପାଇଁ ସମସ୍ତେ ତା' କଥାକୁ ମାନୁଥିଲେ ଏକାବେଳେ 'ବେଦରଗାର' ପରି। ପଚିଶ ଜଣ ପଛେ ଗୋଟାଏ

କଥା କହିଥିବେ, ଶାମ ପଧାନ ଯଦି ଆଉ ଗୋଟାଏ କଥା କହିଲା, ତେବେ ସେହି କଥାଟା ସାର ହେବ।

ଶାମ ପଧାନ ଯାହାକୁ ହାତ ଧରି ବାହା ହୋଇଥିଲା, ସେ ବି ଭାରି ଭଲ ମଣିଷ। ଚଷାଘର ଝିଅ - ହେଲେ କଣ ହେବ, ମନଟା ତାର ଛୋଟ ନୁହେଁ। ସାଇ ପଡ଼ିଶାରେ କାହାର କେବେ ଭାବ ଅଭାବ ହେଲେ ସେ ଆଗ ପଧାନ ଘରକୁ ଆସୁଥିଲା; କାହିଁକି ନା ଘରେ କିଛି ନଥାଉ ପଛକେ ପଧାନ-ଘରଣୀ ଘୁମ ମାଠିଆ ଦରାଣ୍ଡି କୁଆଡ଼ୁ ହେଲେ, ସେରେ ପାଏ ଆଣି ତା' ଅଣ୍ଟିରେ ପୁରାଇ ଦେଇ ତାକୁ ଘରକୁ ପଠାଇ ଦେବ - "କିଲୋ ଝିଅ! ଘରେ ମୋର କିଛି ନଥାଉ, ତୋ ପିଲାଙ୍କୁ ମୁଁ ଚାହିଁଲେ ମୋ ପିଲାଙ୍କୁ ତ ସେମିତି କିଏ ହେଲେ ଚାହିଁବ।

ତାର ଘରକରଣା ବି ଗାଁ ମାଇପଙ୍କ ଭିତରେ ପୁରାଣ ପରି ବୋଲାହୁଏ। "ପଧାନ ବୁଢ଼ୀ! ଧନ୍ୟ କହିବା ଲୋ ତାକୁ! - ସେଇ ଖଲୁରୀ ଘରଟି ଭିତରେ କେତେ ଘଡ଼ି, କେତେ କୁଞ୍ଚା, ହାଣ୍ଡି, ମାଠିଆ, ଘୁମ ସଜାଡ଼ି କରି ରଖିଛି। କାହିଁରେ ଅରୁଆ ପୁଞ୍ଜିଏ, କାହିଁରେ ଉଷୁନା ପୁଞ୍ଜିଏ, କାହିଁରେ ଖୁଦ ଗଣ୍ଡାଏ, କାହିଁରେ ମୁଗ, କାହିଁରେ ବିରି, କାହିଁରେ ସୋରିଷ। ସେଇ ବୋଲି ସୁକୁଟୀ ଗାଈ ବକଟେ-କେଯାଏ ଦୁଧ ବା ହେଉଚି। ସେଥିରୁ ସେ ଦହି ଗୋଳେଇ, ଲହୁଣି ମାରି ଛୋଟ ଠେକିଟିରେ ଘିଅ ଟିକିଏ ଟିକିଏ ସାଇତି ରଖିଥିବ-କୁଣିଆଁ ମଇତ୍ର, ଭଲ ଲୋକ, ମନ୍ଦ ଲୋକଙ୍କ ପାଇଁ।"

ଶରଦୀ ବୋଉ କହେ, "ସେ-କାଳର ମଣିଷ ଆଉ ଏବକୁ ଦେଖିବାକୁ ମିଳିବେ ନାଇଁ ପରା! ବୋହୁ ଦି'ଟା ଘରେ ଶୋଇଥିଲେ, ବୁଢ଼ୀ ଅନ୍ଧାରୁ ଉଠି ଦୁଆର ଲିପି ପୋଛି ଏମିତି ନିଚିପଡ଼ କରିଥିବ ଯେ ତଳେ-କୁଢ଼େଇ ଭାତ ଖାଇଗଲେ ତୁମକୁ ଅସୁକୁ ଲାଗିବ ନାଇଁ।"

ସେବତୀ କହେ, "କଣ ସେତିକି ? ସେ ଯେଉଁ ବରଷ ଭାରି ଆମ୍ବ ହୋଇଥିଲା ମ-ଗୋରୁ ଚରିଗଲେ-ସେ ବରଷରୁ ପରା ସେ ବୁଢ଼ୀ ଆଚାର କରି ସାଇତିଚି- ଟିକିଏ ଜିଭରେ ମାଇଲେ ପୋଖତୀ ମାଇପର ଦି' ଦିନରେ ଅରୁଚା ଛାଡ଼ିଯିବ।"

ବୁଢ଼ୀ କେତେ ଦିଅଁ ଦେବତା ପୂଜି, କେତେ ଉଷା ଉପାସ କରି ଦିଓଟି ବୋଲି ପୁଅ ପାଇଛି-ବରଜୁ ଆଉ ଛକଡ଼ି। ହେଲେ ବୁଢ଼ୀ ଦି'ପୁଅଙ୍କର କାହାରି ନାଁ ଧରି ଡ଼ାକେ ନାହିଁ। ହଁ-ସେହି ବା କି ଗୁଡ଼ାଏ ମଣିଷ, ତାଙ୍କର ଗୋଟାଏ ନାଁ ହବି, ଲୋକେ ତାକୁ ଧରି ଡାକିବେ। ବୁଢ଼ୀ ବଡ଼ପୁଅକୁ ଡ଼ାକେ 'ଶାଶୁଖିଆ', ସାନକୁ ଡାକେ 'ଚଗଲା'।

ବୁଢ଼ୀ ପୁଅ ଦିହିଁଙ୍କି ଯେମିତି ଦେଖି ପାରୁଥିଲା, ବୋହୁ ଯୋଡ଼ିଙ୍କୁ ସେମିତି ଦେଖି ପାରୁନଥିଲା। ମାଇପି ଜନମ ଅତି ହୀନଛାକରା ଜନମ-ମାଡ ଖାଇବେ, ଗାଳି

ଖାଇବେ, ସବୁ ସହି ପଡ଼ି ରହିବେ-ତାଙ୍କର ଖାଇବା କଣ, ପିନ୍ଧିବା କଣ! ମରଦଙ୍କ ପାଇଁ, ପିଲା ଛୁଆଙ୍କ ପାଇଁ ତ ତାଙ୍କ ଜୀବନ-ସେଇ ତ ତାଙ୍କର ସୁଖ, ସେଇ ତାଙ୍କର ଭଲ ମନ୍ଦ। ସ୍ତିରୀ ଜନମରେ ସୁଖ କଣ ଖୋଜିବା-ଅଏସ କଣ କରିବ।

ବୁଢ଼ୀ ତା' ଦିହକରେ ସେମିତି ଭୋଗି ଆସିଚି। କେତେ ପାପ କଲେ ସ୍ତିରୀ ଜନମ ପାନ୍ତି, ବୁଢ଼ୀ ତାହା ଅନୁମାନ କରିପାରେ ନାହିଁ। ବୋହୂ ଦୁହେଁ କେତେବେଳେ କେମିତି ଥେଷ୍ଟାଥେଷ୍ଟି ଲଗେଇଲେ ବୁଢ଼ୀ କହେ, "ଆଲୋ-ମା, ସ୍ତିରୀ ଜନମ ଅତି ପାପୀ ଜନମ। କଜିଆ କରିବ, ଗୋର କରିବ, ଶେଷକୁ ଘର ଭାଙ୍ଗିବ, ଏଇୟା ତ? କାହିଁକି ଦେଖୁଲ ଭଲା, ସେ ପରା ଦି'ଟା ଭାଇ କେତେ କଜିଆ କରୁଛନ୍ତି? ତାଙ୍କର କଣ ଘର ନୁହେଁ, ତୁମରି ଖାଲି ଘର?"

ମଝିରେ ମଝିରେ ପଦେ ଅଧେ ନ କହିଲେ, ବୋହୁ ଦିଟା ମିଳିମିଶି ଚଳିବେ କେମିତି? କାହା ବାପଘର କଣ୍ଟାପଡା ହେଲେ, କାହା ବାପଘର ନରଦା; ସେ କଣ ବରଜୁ ଛକଡ଼ିଙ୍କ ପରି ଏକା ପେଟରୁ ବାହାରିଛନ୍ତି ସେୟା କଥା ସେ ବୁଝିବ, ତା କଥା ଏ ବୁଝିବ?

ହେଲେ କଣ ହେବ, ବୁଢ଼ୀ ଆଉ ଶାଶୁଙ୍କ ପରି ବୋହୁଦି'ଟାଙ୍କୁ ଅନିଭୋଗ ଦେଇ ନଥିଲା। ପରଘର ଝିଅ, ସେ ଖାଇଲେ କି ନାହିଁ ଲଗାଇଲେ କି ନାହିଁ; ସେକଥା ବୁଢ଼ୀ ଦେଖିବନି ତ ଆଉ କିଏ? ତା' ବୋଲି ତ ଆଉ ବରଜୁ ଛକଡ଼ିଙ୍କଠଉଁ ସେ ଅଧିକ ନୁହଁନ୍ତି। କଥାରେ ତ ଅଛି, ଆଗ ପୁଅ ପଛେ ଦିଅଁ। ସେଥିପାଇଁ ବରଜୁ ସକାଳୁ ଉଠି ବିଲକୁ ଗଲାବେଳେ ଯେବେ ତୋରାଣୀ ମୁନ୍ଦାଏ ତାକୁ କେହି ବାଢ଼ି ନ ଦେଲା, ଛକଡ଼ି କୁଆଡୁ ଆସି ଗାଧୋଇ ଯିବା ପାଇଁ ଯେବେ ଦି'ଥର ତେଲ ମାଗିଲା-ତେଲ କାଞ୍ଚୁଲିଟା ତା' ଆଗରେ କେହି ଥୋଇ ନ ଦେଲା, ତେବେ ବୁଢ଼ୀ ରାଗିଯାଇ କହେ, "କିଲୋ, ତମେ ଆଉ ମୋର କଣ କରିବ କି? ତମକୁ ଖାଲି ସାଆନ୍ତାଣୀ କରିବାକୁ ମୁଁ ଘରକୁ ଆଣିଚି କି?"

ଦି'ବୋହୂଙ୍କ ଭିତରେ ସାନ ଉପରେ ବୁଢ଼ୀର ନଜର ଟିକିଏ ବେଶି ଥାଏ। ତା'ର କାରଣ ଆଉ କିଛି ନୁହେଁ-ସେ ଖାଲି ସାନ ବୋଲି। ସଂସାରରେ ଯେ 'ଛୋଟ', ଯାହାର ବଳ ନାହିଁ,ତାକୁ ଲୋକେ ଟିକିଏ ବେଶି ଦୟା କରନ୍ତି। ସେଥିପାଇଁ ସାନବୋହୂ ଗାଧୋଇଲା କି ନାହିଁ, ଖାଇଲା କି ନାହିଁ, ମୁଣ୍ଡ ବାନ୍ଧିଲା କି ନାହିଁ, ହଳଦୀ ଲଗାଇଲା କି ନାହିଁ; ବୁଢ଼ୀ ବିଚାରୀ ସବୁବେଳେ ସେହି କଥା ଦେଖୁଥିବ। ବଡ଼ବୋହୂ ଦିହରେ ଏଗୁଡାକ ଯାଏ ନାହିଁ; ଚାରିଟି ପିଲାର ମା ବୋଲି ଗର୍ବରେ ତା' ଗୋଡ ତଳେ ଲାଗେ ନାହିଁ। ଶାଶୁ, ଶଶୁର, ସ୍ୱାମୀ ସମସ୍ତଙ୍କ ପାଖରେ ବେଶି ଗେଲ ବସର ହେବାକୁ ସେ

ଦାବୀ କରେ। ସେଥିପାଇଁ ଶାଶୁ ଯେତେବେଳେ ସାନବୋହୂକୁ କହେ, "ଆଲୋ ଆସିବୁଟି, ତୋ ମୁଣ୍ଡଟା ଝୋଟ ପରି ଅଡୁଆ ହେଇଚି; ତିନି ଦିନ ହେଲା ତେଲ ଟିକିଏ ବାଜି ନାଇଁ ବସିବୁଟି, ଟିକିଏ କୁଣ୍ଡେଇ ଦିଏ;" ବଡବୋହୂ କହେ, ମଲା, କଣ ପିଲାଛୁଆ ହେଇଛନ୍ତି ଏତିକି ବସି ତାଉତ କରୁଥିବ।"

ବୁଢ଼ୀ ହସି ହସି କହେ, "କିଲୋ ଖଣ୍ଡେଇତୁଣୀର ଝିଅ, ତତେ କଣ କିଛି କରି ନ ଥିଲି, ମନକୁ ପଚାରିଲୁ ?"

"ଆମେ ଗରିବ ଘରର ଝିଅ, ଆମର କାହିଁକି କିଏ କଣ କରିବ ମ ?" ଗର ଗର ହୋଇ ବଡ଼ବୋହୂ ନିଜ କାମରେ ମନଦିଏ।

ଶାଶୁ କହେ, "ଆଲୋ ଏଇଟା କେଡ଼େ ଅପନିନ୍ଦୀ ମ-ପିଲା ବୋହୂଟା ଆସିଚି ଯେ ଦିନେ ତ ସେ କଣ ଖାଇଲା, କଣ ଲଗେଇଲା, ପଚାରିବୁ ନାହିଁ-ମୁଣ୍ଡ ତ ତାର ଝୋଟପରି ଅଡୁଆ ହୋଇଥିବ ଯେ ଦିନେ କହିବୁ ନାଇଁ, 'ଆସିବୁଟି ଲୋ ମୁଣ୍ଡଟା ତୋର ବାନ୍ଧିଦିଏଁ, ଆଉ ଖାଲି କଥା କହିଲାବେଳକୁ ମାଡ଼ି ପଡୁଛି !"

ନାଗ ସାପ ଲାଞ୍ଜରେ କେଳା ହାତ ମାରିଦେଲେ ସେ ଯେମିତି ଲେଉଟି ଫଣା ଟେକେ, ବଡ଼ବୋହୂ ସେମିତି ଶାଶୁ କଥାରେ ଲେଉଟି ପଡ଼ି କହେ; "କାହିଁକି ମ ! ପିଲା ବୋହୂ! ମୋ ହାରା ସୁନାଙ୍କଠଉଁ ପିଲା ? ମନେକଲେ ଦୁଧ ଖାଇ ଶିଖୁଥିବ। ମୋ ପିଲାତ ଭୋକରେ ପାଟୁ ପାଟୁ ହେଉଥିବେ ଯେ, ତାଙ୍କ ପାଇଁଦିନେ କେହି ବଢ଼ାଭାତ ଗଣ୍ଡାଏ ରାନ୍ଧିଦିଏ ନାଇଁ; ପଖାଳ ମୁଠାଏ ଚିପୁଡ଼ି ବାଢ଼ିଦିଏ ନାଇଁ, ମୋର କାଇଁକି ଧାଁ ପଡ଼ିନି, ବାରଲୋକର ହିସମତ କରିବାକୁ ମ !"

"ଆଲୋ ସାନ ଜା'ଟା ଉପରେ ବାଦ କରୁଚୁ-ତୁ ଯେମିତି ଶିଖାଇବୁ, ସେ ସିନା ସେମିତି ହବ।"

"ହଁ, ମୋରି କଥା ଶିଖିବାକୁ ତ ଲୋକେ ଚାହିଁ ବସିଛନ୍ତି। କାଇଁକି - ତମେ ଶିଖାଉ ନା - ତମ କଥା ଭଲା କିଏ କେତେ ଥର କରି ପକାଉଚି ?"

ଶାଶୁର ରାଗ ହୁଏ- "ମୁଁ ତତେ ଶିଖେଇ କଅଣ ହେଇ ପଡ଼ିଲା, ଆଉ ତାକୁ ଶିଖେଇ ହବ କଅଣ ମ ? ତମ ଇଚ୍ଛା ଯାହା ତାହା କର-ମୋ ବାଡ଼ିରେ ଶାଗପଟାଳି ଅଛି, ସଜନା ଗଛ ଅଛି-ମତେ କିଛି କରିବାକୁ ମୁଁ କହୁନାଇଁ ମୋ ମା !"

ଶାଗ ପଟାଳିଖଣ୍ଡି ବୁଢ଼ୀର ସଞ୍ଜ ସକାଳର ପୁରାଣ ପୋଥି-ଯେତେବେଳେ ଦେଖିବ, ମୁଣ୍ଡା ଦା ଟାଏ ଧରି ସେ ସେହି ଶାଗପଟାଳିରେ କୁଜୀ ହୋଇ ବସି ଶାଗ କାଟୁଥିବ। ନାତି ନାତୁଣୀଙ୍କୁ ଧରି ଗପ କହିବା, ଦି' ବୋହୂଙ୍କ ଉପରେ ମୁରବିପଣିଆ କରିବା, ଆଉ ଶାଗ କାଟିବା ଛଡ଼ା ବୁଢ଼ୀର ସଂସାରରେ ଅଧିକା କିଛି କାମ ନଥିଲା।

ତେବେ, ବୁଢ଼ୀର ମୁରବିପଣିଆଟା ହେତୁ ପରିମାଣରେ ବଡ଼ ବୋହୂ ହାତକୁ ଆସିଛି ! ସେ ଘରର ଗଲା ଅଇଲା ଦିଆନିଆ ସବୁ ବୁଝେ । ମୁରବିପଣିଆଟା ବେଶି ଜାରି କରେ ସାନ ଜା' ଉପରେ ସାନବୋହୂ ଶାଶୁକୁ କଥା କହେ ନାହିଁ- ତୁ ମାରେ । ସବୁ କଥା ସେ ତୁନି ତୁନି ଶୁଣେ ।

ଗୋରୁ ଗାଈ, ଆଉ ଆଉ ଜୀବଜନ୍ତୁ କଥା କହି ପାରନ୍ତି ନାହିଁ । ଜଡ଼ା ମଣିଷ ମଧ୍ୟ କଥା କହିପାରେ ନାହିଁ । ସେଥିପାଇଁ ଲୋକେ ବିଚାରନ୍ତି, ସେ କିଛି ବୁଝେ ନାହିଁ । କାରଣ ଅକାରଣରେ ତାକୁ କେତେ ମାଡ଼ ସହିବାକୁ ହୁଏ, କେଡ଼େ ଅନ୍ୟାୟରେ ପାଟି ଫିଟାଇ ପାରେ ନାହିଁ । ସାନବୋହୂ ବିଚାରୀର ଅବସ୍ଥା ସେମିତି । ସେ ସବୁ ତୂନି ହୋଇ ଶୁଣେ, କିନ୍ତୁ ମୁହଁ ଫିଟାଇବାରେ ଉପାୟ ନାହିଁ । ତାହା ପାଇଁ କେତେବେଳେ କିମିତି କହିଲେ କହେ ଶାଶୁବୁଢ଼ୀ । ଯେତେହେଲେ ତ ବୁଢ଼ୀ ମଣିଷ, ଘରକଥା ଆଉ କେତେ ବୁଝିଶୁଝି ପାରିବ ? ତେବେ, ଘର ତ ତା'ର- ବୋହୂ ଦିଟାଙ୍କ ପାଇଁ ସେ ଘରଟା କେବେ ଅବା ଭାଙ୍ଗିଯିବ ବୋଲି ମନଟା ମଝିରେ ମଝିରେ ଖରାପ ହୁଏ ।

ପରିଚ୍ଛେଦ ଦୁଇ

"ସକାର ପହରୁ ଧାନ ଗଣ୍ଡାଏ ଖରାରେ ପଡିଚି ଯେ, ଟିକିଏ ଲେଉଟେଇ ଦେବାକୁ କାହା ହାତ ଚରୁନି କି ଗୋଡ଼ ଚରୁନି। କାଇଁକି ମ-ମୁଁ କଅଣ ଏକା ଖାଇ ଯାଉଚି କି- ଆଉ କାହାରିକି ରୁଚୁନାଇଁ।"

"ଛି, ଆଲୋ, ସବୁବେଳେ ଖାଲି ସେଇ ଭାଗ ବଣ୍ଟରା, ସବୁବେଳେ ଖାଲି ଘରଭଙ୍ଗା କଥା।"

ହଁ, ତମର ଆଉ କଅଣ ବୁଝାମଣା କି? ମୁଇଁ ଧାନ ଉଷେଇଁବି, ମୁଇଁ ଧାନ କୁଟିବି, ମୁଇଁ ତ ପୁଣି ଘର ଭାଙ୍ଗିବି। ସବୁ ଦୋଷ ତ ମୋର। ଆଉମାନେ ତ ଗୋଟିକଯାକ ତୁଳସୀ।"

ଆଉମାନେ କେହି ନୁହନ୍ତି, ସାନବୋହୂ। ସେ ସର୍ବରାକାରର ଝିଅ-ଗୋଟିଏ ବୋଲି ଝିଅ-ଟିକିଏ ଗେଲବସରିଆ ହୋଇ ବଢ଼ିଚି। ଶାଶୁଘରକୁ ଆସିବା ବେଳେ ଯେତେ ଜିନିଷ ଆଣିଥିଲା, ସାଇ ପଡ଼ିଶା ସମସ୍ତେ ଦେଖି ଆଖି ଖୋସି ଦେଲେ। ଝିଅମାନେ ବାପଘର ଉପରେ ରାଗିଲେ। ବୋହୂମାନେ ମନେ ମନେ ବଡଲାଜ ପାଇଲେ। ଶାଶୁଯାକ ବୋହୂଙ୍କୁ ଆକଟି କଲାବେଳେ ତା'ରି କଥାକୁ ଉଲୁଗୁଣା ଦେଇ କହିଲେ, "କିଲୋ ନିଅଁ ଶୀଘର ଝୁଅ-କଣ ପଧାନଘର ବୋହୂପରି ଖଡ୍ଡୁ, ବଳା, ପାହୁଡ, ନୋଥ, ଅଳକା ଆଣି ମୋ ଘରଯାକ ଭରତିକରି ଦେଇଚୁକି, ଏଡ଼େ ବଢ଼େଇ କରିବୁ?"

ସାନବୋହୂକୁ କିଛି ଗୋଟାଏ ବୋଲ ନ ବତେଇଲେ ସେ ଆବୁରିପଡ଼ି କରିପାରେ ନାହିଁ; ସମସ୍ତଙ୍କୁ ଲୁଚି ଲୁଚି ଚଳେ। ନୂଆ ହୋଇ ଆସିଚି। ଶାଶୁ ଶଶୁର ଅଛନ୍ତି-କେମିତି ପଦାକୁ ବାହାରିବ, କେମିତି କାହାକୁ କଥା କହିବ?

ଶାଶୁ ଆଉ ବଡ଼ବୋହୂ କଥାରେ କଥା କହେ ନାହିଁ। ତାକୁ ଫେର୍ କଥାରେ

ବଳିଯିବ କିଏ ? ପୁଣି ତ ଗୋଟାଏ ବିଚାର ଅଛି ? ସତକୁ ସତ, ସେ ଗୋଟିଏ ମଣିଷ-ସବୁ କରୁଛି । ଏ ଖାଲି ନୂଆ ବୋହୂ ହୋଇ ବସିଛି । କୁଟା ଖଣ୍ଡିକ ଦିଖଣ୍ଡି କରୁ ନାହିଁ ।

ଶାଶୁ ଡାକିଲା, "ଆସିବୁଟି ଲୋ ନେତି, ହାରାକୁ ମୁଁ ହରଦୀ ଲଗେଇ ଦେଉଚି, ତୁ ଟିକିଏ ଧାନରେ ଗୋଡ଼ ମାରିଦେଇ ଯିବୁଟି ।"

ବଡ଼ବୋହୂ ମୁରୁକି ହସି ଧୀରେ ଧୀରେ ଶାଶୁକୁ କହିଲା "ଆଉ ଟିକିଏ କଅଁରେଇ କରି ଡାକ ମ ?"

ସାନବୋହୂର ନାଁ ନେତ୍ରମଣି । ନେତ୍ରମଣି ଆସି ମୁହଁଟାକୁ ବୋଝ ଭାରୀ କରିଦେଇ ଧାନ ଘାଣ୍ଟିଦେଲା । ଶାଶୁ ଆଗୁଟାରେ ଆଉ କହିବ କଣ ? ଶାଶୁ ନାତୁଣୀକୁ ହଳଦୀ ଲଗେଇ ଦେଇ ସାରି ବାଡ଼ିଆଡ଼କୁ ଗଲାରୁ ଦେଖେଇ ଦେଖେଇ କହିଲା, "ମଲାରେ, କେତେ ବିଚାର ମୋ ନାରେ ପଡୁଛି । କାହିଁକି ମ, ମୁଁ କଣ କାହାର ଖାଏ ନା ଧାରେ ? ମୋରି ଉପରେ ଚଟୁ ଚଳେଇବାକୁ ସମସ୍ତେ ସବୁବେରେ ଚାହିଁ ବସିଚନ୍ତି କିଆଁ ମ-"

ବଡ଼ବୋହୂ ତରବର ହୋଇ ଶାଶୁକୁ ଯାଇ ଡାକି ଆଣିଲା, "ଆସିବଟି, ତମ ଗୁଣର ବୋହୂ ପରା ମାଛିକି ମ ବୋଲି କହେ ନାହିଁ !"

ଶାଶୁ ଆସି ସାନବୋହୂକୁ ଆକଟ କରି କହିଲା, "ତୁନି ହ, ତୁନି ହ, ବଡ଼ ଜା ସେ; ତା କଥାରେ କଥା କହନ୍ତି ?"

ସାନବୋହୂ ତୁନି ହୋଇଗଲା; ଯେତେହେଲେ ତ ଶାଶୁ ଶଶୁରର ଘର; ଲୋକେ କହିବେ ବୋହୂ ଆସିବାର ବରଷେ ହୋଇନି; ଗୁଣ ଶୁଣିବ କ'ଣ ?

ସାନବୋହୂ ସେଠାରେ ସିନା ତୁନି ହୋଇଗଲା; କିନ୍ତୁ ଛକଡି ଆଗରେ ଆସି ଜିରାରୁ ଶିରା କାଢ଼ି ଗୋଟି ଗୋଟି ସବୁ କଥା କହିଲା । ସେଥିରେ ନିଜର ବି ପଦେ ଅଧେ ମିଶାଇ ଦେଲା । ନିଆଁଟା ଭିତରେ ଭିତରେ କୁହୁଳି ଦିନେ ହେଲେ ତ ଫୁଟି ବାହାରି ପଡ଼ିବ । କେତେ ଦିନ ତାକୁ ଚପେଇ ରଖିବ ?

ଛକୋଡି ଟୋକାଟା କାନ୍ଧରେ ପାକଲା ଗାମୁଛା ପକେଇ କାନରେ ଦକ୍ଷିଣି ନୋଳି ପିନ୍ଧି, ଦାନ୍ତରେ ସୁନାଖିଲ ମାରି ଗାଁ ଯାକ ବୁଲେ । କାଖରେ ରୂପାଭୂଣ୍ଡିର ବଟୁଆ ଯାକି, ଧଳା କମିଜ ଉପରେ କଳା ଉଆସ୍ କୋଟ ଖଣ୍ଡେ ଲଗାଇ କଲିକତା ଫେରନ୍ତି ଗାଁ ସାଙ୍ଗମାନଙ୍କ ସାଥିରେ ଯାତ୍ରା ମେଳଣ ଦେଖେ । ଠିକ୍ ଖାଇବା ବେଳକୁ ଘରେ ପହଞ୍ଚି ଭାତ ମାଗେ-ଡେରି ହେଲେ ହାଣ୍ଡି କୁଣ୍ଡେଇ ପିଟେ । ବୁଢ଼ା ଶାମ ପଧାନ ଭାବେ, ଚଗଲା ଟୋକାଟା, କାନ୍ଧରେ ଜୁଆଳୀ ପଡ଼ିଲେ ବଳେ ମଣ ହୋଇଯିବ । ଦାଣ୍ଡ ଦୁଆରେ ତା' ପାଟି ଶୁଣିଲେ ବୁଢ଼ୀ ବୋହୂମାନଙ୍କୁ ସାବଧାନ କରିଦିଏ -

"ଆଲୋ, ସେ ଚଗଲା, ଆଇଲାଣି। ବେଗ ବେଗ କରି ତା ପାଇଁ କଣ ଦି'ଟା ସନ୍ତୁରି ଦିଅ। ନଇରେ କଣ ବୋଲି କଣ କରିବ।"

ସେ ଦିନ ସୁନାଯୋଡ଼ି ମେଳଣ-ବଡ଼ ମେଳଣ। ଛକଡି ପଇସା ଖେଳି, ଘୋଡ଼ାଚକ୍ରରେ ବୁଲି, ରାମଲୀଳା ଦେଖି ଫେରିଲା ଯାଇ ରାତି ଅଧକୁ। ପଧାନ ଘର ପିଲାଗୁଡ଼ିକ ଆଉ ଦିନ ହୋଇଥିଲେ ସଞ୍ଜ ବୁଡୁବୁଡୁ ଶୋଇ ସାରେନ୍ତେଣି। ଆଜି ଚାହିଁ ବସିଛନ୍ତି-ଦାଦି ଯାତରୁ କଣ ଆଣିବ! ଖାଲି ସବା ସାନ ପୁଅଟି ଶୋଇ ପଡ଼ିଛି। ତେବେ, ଶୋଇବା ଆଗରୁ ମା ଭଉଣୀ-ମାନଙ୍କୁ ତାଗିଦା କରି ଦେଇଛି, ଦାଦି ପହଞ୍ଚିଲେ ତାକୁ ଯେମିତି ସାଙ୍ଗେ ସାଙ୍ଗେ ଉଠାଇ ଦିଆଯାଏ। ବୁଢ଼ା, ବଡ଼ପୁଅ ଖାଇସାରି ଶୋଇଲେଣି। ବୁଢ଼ୀ ଚାହିଁ ବସିଛି, ସାନପୁଅ ଆସିଲେ ଖାଇବ ବୋହୂ ଦି'ଟା ଆଉ କଣ ଶାଶୁ ନ ଖାଉଣୁ ଖାଇବେ? ସେ ବି ଉପାସରେ ପଡ଼ିଛନ୍ତି। ସୁନା, ହାରା ବସି ବୁଢ଼ୀମାଠଉଁ ଗପ ଶୁଣୁଛନ୍ତି-

"ଟୁବି ଗଡ଼ିଆରେ ଟୁବି ଗଡ଼ିଆ
ଟୁବି ଗଡ଼ିଆରେ ପାଣି
ଛ' ଦେଢ଼ଶୁରେ ଛଅ ସାଆନ୍ତ
ଛଅ ଯାଆ ସାଆନ୍ତାଣୀ।
ମୋ ପ୍ରଭୁ ହୋଇବେ କନକ ରଜା-"

"ବୋଉ ହେ ବୋଉ!" ଦାଣ୍ଡ ଦୁଆରେ ଛକଡିର ଡାକ ଶୁଣାଗଲା। "ଆଲୋ ଆଲୋ, ଚଗଲା ଆଇଲାଣି ଲୋ" କହି ବୁଢ଼ୀ ଧଡ଼ପଡ଼ କବାଟ ଫିଟାଇ ଦେବାକୁ ଗଲା। ହାରା, ସୁନା ବାଦି କଣ ଆଣିଛି ବୋଲି ବୁଢ଼ୀ ପଛେ ପଛେ ଧାଇଁଲେ। ସବା ସାନ ଭଉଣୀ ଭାଇକି ଉଠେଇ ଦେବାକୁ ଗଲା।

ଛକଡ଼ି କୋରା, ଖଇ, ପାନଗୁଆ, ଆଳୁ, ପିଆଜ ଆଦି କେତେ ସଉଦା ଘେନି ଆସିଛି। ବୁଢ଼ୀ ଆଗ ପିଲାଙ୍କ ହାତରେ ଗଣ୍ଡେ ଗଣ୍ଡେ କୋରାଖଇ ଧରେଇ ଦେଲା; କିନ୍ତୁ ସେତିକିରେ ଛୁଆଙ୍କ ମନ କୋଉଠି ବୋଧ ହୁଏ? ସମେସ୍ତ ଜଳ ଜଳ କରି ଚାହିଁଛନ୍ତି, ଦାଦି ଆଉ କଣ ଆଣିଛି। ସାନ ପୁତୁରା ବି ନିଦରୁ ଉଠି ଆଖି ମଳିମଳି ଦାଦି ପାଖରେ ଘସି ହୋଇ ବସିଲାଣି।

ଦାଦି ମୁରବିପଣିଆ ଦେଖେଇ କହିଲେ- "କିରେ ପିଲେ, କୋରାଖଇ ତ ଖାଇଲ, ଆଉ କାହିଁକି ଚାହିଁଚ? ଯାଅ, ଶୋଇବ ଯାଅ।" ଯେତେହେଲେ ପିଲାଏ ଛାଡ଼ନ୍ତି କେତେକେ? ସେ ଜାଣନ୍ତି ଦାଦି ନିଶ୍ଚେ ହେଲେ କିଛି କଣ୍ଢେଇ ଖେଳନା ଆଣିଥିବ। ତେବେ କେହି ଆଉ ମୁହଁ ଫିଟାଇ ସେ କଥା କହୁନଥାନ୍ତି।

ଏତିକିବେଳେ ଦାଦିଙ୍କ ପକେଟରୁ ନାଲି ହୋଇ ଗୋଟିଏ କଣ ବାହାରିଲା। ଚରୋଟି ଲୋଭପୂର୍ଣ୍ଣ ଆଖି ଦାଦିଙ୍କ ହାତ ଭିତରର ସେଇ ଜିନିଷଟି ଉପରେ ପଡ଼ିଲା। ଦାଦି ଆଲୁଅରେ ଆଣି ତାକୁ ଧରିଲେ। ଛୋଟ କଣ୍ଢେଇ ଟିଏ, ହଂସ ପରି ଦିଶୁଛି; ଆରେ ଏ ଫେର୍ କଣ ମ-ଚିପି ଦେଲାକ୍ଷଣି କୁଁ କୁଁ ବୋବାଉଛି। ଦାଦି ଯେତେବେଳେ "କିଏ ନେବ?" କହି କଣ୍ଢେଇଟିକୁ ଉପରକୁ ଟେକି ଧରିଲେ, ଚାରୋଟି ପିଲାଙ୍କ ଆଠଟି ହାତ ଏକା ସାଙ୍ଗରେ ଲମ୍ବ ହୋଇ ଆସିଲା, ଚାରିଟି ମୁହଁରୁ ଏକାବେଳେ କଥା ବାହାରିଲା, "ଦାଦି ମତେ, ଦାଦି ମତେ।" କିନ୍ତୁ ସେଇଟି ଦିଆଗଲା ସବୁ ସାନ ପୁତୁରାକୁ। ତା'ପରେ ଗୋଟି ଗୋଟି ହୋଇ ବକଚା ଓ ପକେଟରୁ ବାହାରି ଆସିଲା- ବେଙ୍ଗି ବାଇଦ, ସପ୍ତସ୍ୱର, ପେଁକାଳି।

କିଏ କାନ୍ଦିଲା ବାଇଦ ପାଇଁ, କିଏ କଣ୍ଢେଇ ପାଇଁ - ଏହି କାନ୍ଦ ଭିତରେ ପୁଣି କିଏ ବଜାଇଲା ପେଁକାଳି। ଘର ଗୋଟାକ ଫାଟି ପଡ଼ିଲା।

ଶାମ ପଧାନ ବୁଢ଼ାର ନିଦ ଭାଙ୍ଗଗଲା। ବିରକ୍ତ ହୋଇ ସେ କହିଲା, "ଘର ଭିତରେ ପାଦ ଦେଲା କି ନ ଦେଲା, ପିଲାଗୁଡ଼ାଙ୍କୁ ଧରି ଆଗ କେଁ କଟର ଲଗାଇଲା। ଯା, କାଳିମାଟି ଯିବୁ କି କଲିକତା ଯିବୁ, କୁଆଡେ ଯିବୁ ଯା। ଇଏ କାଳିମାଟି ଯିବ, କଲିକତା ଯିବ-ରୋଜଗାର କରି ମତେ ପୋଷିବ।"

ଛକଡି ବିଚାର କଲିକତିଆଙ୍କ ଟେରିକଟା ମୁଣ୍ଡ ଦେଖି, ଲୁହା ବାକ୍ସ ଲାଟକଣ ଦେଖି, ବିଦେଶ ଯିବାକୁ ବାପାକୁ କେତେ ଥର କହିଛି। ବାପ କହେ, "କାହିଁକିରେ, ଗାଁ ମାଟି କଣ ଗନ୍ଧେଇଲାଣି କି? "ବାପ ତେଲ ଦିନେ ଲଣ୍ଡା ନା, ପୁଅ ବୁଲେଇ ବେଣ୍ଟି ରଖୁଚି। ବାପ ଅଜା ସାତପୁରୁଷ ତ ଏଇଥିରେ ଗଲେଣି। ଆଉ ତୁ ବାକି ଗୁଡ଼ାଏ ବେଶି ରୋଜଗାର କରି ପଥର ଚାନ୍ଦିନି କରିବୁ। ଛକଡ଼ିର କିଛି କୁଆଡୁ ଦୋଷ ଦେଖିଲେ ବାପ ସେହି କଥାଟା ତା' ମନେ ପକାଇଦିଏ।

ଖାଇସାରି ଛକଡି ଶୋଇବାକୁ ଘରୁ ଗଲା। ଛୋଟ ଶୋଇବାଘରଟି। ସେଥିରୁ ପୁଣି ଅଧକରେ ପୁଞ୍ଜାଏ କଡ଼ କଡ଼ କୋଳଥ ଓଳିଆ ଥୁଆ ହୋଇଛି। ଖଟ ଖଣ୍ଡେ ବି ନାହିଁ। ତଳେ ହେଁସଟାଏ ପାରି ତା ଉପରେ ଚିରା କନ୍ଥା ଖଣ୍ଡେ ଦି'ଖଣ୍ଡରେ ଶେଯ ତିଆରି ହୋଇଛି। ଛୋଟ କାନ୍ଥକୁରାଟିରେ ପୁନାଗ ତେଲରେ ଦିପଟାଏ ଜଳୁଛି-ତାହା ତଳଟି ତେଲ ଚିକିଟା; ଉପରଟି ଦୀପ ଶିଖାରେ କଳା; ଚାଳରେ ଝୁଲୁଛି ଦୁଇଟା ଧାନମେଣ୍ଟା; ତା' ଉପରେ ଛୋଟ ଛୋଟ ଧାନପୋକ ଉଡୁଛନ୍ତି। ଗୋଟିଏ ପାଖରେ ଦି'ଟି ଶିକା ଟଙ୍ଗା ହୋଇଛି। ଦି'ଶିକାରେ ଯୋଡ଼ିଏ ହାଣ୍ଡି; ହାଣ୍ଡି ଉପରେ ପଲମ ଗୋଟିଏ ଗୋଟିଏ। ଗୋଟିଏ ହାଣ୍ଡିରେ ପଧାନ-ଘରଣୀ ଆମ୍ବୁଲଗୁଡ଼ିଏ ସାଇତିଛି,

ଆର ହାଣ୍ଡିରେ ଗମରା ସୋରିଷ ପୁଞ୍ଜିଏ। ତଳେ ବେତର ଗୋଟାଏ ପେଡ଼ି, ଗୋଟାଏ ପେଟରା, ଖଣ୍ଡେ ଆମ୍ବ ପଟାର ଭାଡି ଉପରେ ଥୁଆ ହୋଇଛି। ପାନରେ ଚୂନ ଲଗାଯାଇ ପେଟରା ଉପରେ ହାତ ପୋଛାଯାଏ। ସେଥିପାଇଁ ଚୂନରେ ପେଟରା ଉପରଟା ଠାଏ ଠାଏ ଧଳା ହୋଇ ଯାଇଛି।

କାନ୍ଥକଣରେ ବୁଢ଼ିଆଣୀ ଜାଲ ବାନ୍ଧିଛି। ଉପରେ ଦି'ଟା ଚେମିଣି ଚଢ଼େଇ ଫର ଫର ହୋଇ ଭିତରୁ ବାହାରକୁ ବାହାରୁ ଭିତରକୁ ଉଡି ମଶା ପୋକ ଖାଉଛନ୍ତି। ଓଳିଆ ତଳେ ମୂଷା କର୍‌ର କର୍‌ର କରି ମାଟି ଖୋଳୁଚି। ମୋଟ ଉପରେ ଦେଖିବାକୁ ଗଲେ ଘର ଗୋଟାକ ଖାଲି ଜିନିଷପତର ଜନ୍ତୁଜୁନ୍ତାଙ୍କର। ମଣିଷକୁ ଦୟା କରି ସେମାନେ ଯେମିତି ସେଥିରୁ ଚାରିହାତ ଛାଡି ଦେଇଛନ୍ତି। ଛକଡ଼ିର ଶୋଇବା ଘର ଯାହା, ବରଜୁର ଓ ବୁଢ଼ା ଶାମ ପଧାନର ସେଥିରୁ ଆହୁରି ଖରାପ। ଛକଡ଼ି ଘରେ ତ ହେଲେ ରାଧାକୃଷ୍ଣ ଫଟ ଦିଖଣ୍ଡ ଟଙ୍ଗା ହୋଇଛି। ତାଙ୍କ ଘରେ ସବୁ କେଉଁ କଣରେ ମୂଷାମାଟି ତ କେଉଁ କଣରେ ଚେମିଣି ନଣ୍ଡି। ସେସବୁ ରୋଜନା ଯେମିତି ଜମା ହୁଏ, ସେମିତି ବି ସଫା ହୁଏ।

ଛକଡ଼ି ବିଚରାର କପାଳକୁ ଏମିତି ଘର ମିଳିଛି। କଅଣ କରିବ ? ବଖରାଏ ଭଲକରି ଘର କରିବାକୁ ତାର ଉପାୟ କାହିଁ? ଘରର ସବୁ ଆୟ ବ୍ୟୟ ତ ବାପା ଭାଇଙ୍କ ହାତରେ, ତାକୁ ପଚାରୁଛି କିଏ ? ଭଲକରି ଖଣ୍ଡେ ଲଟକଣ ସେ କରିପାରିଲା, ନା ବାକସ ଖଣ୍ଡେ କରିପାରିଲା। ବାପ ବୁଢ଼ା ତ ସବୁ କଥା ଭାଙ୍ଗିଲା ବିଦେଶ କରିବ ନାହିଁ କି ପରଦୁଆରେ ଚାକିରୀ କରିବ ନାହିଁ।ଭାଇ ବି ତା ଆଡ଼କୁ ପଦେ କହିଲା ନାହିଁ। ମନେ ମନେ ଛକଡ଼ିର ବାପ ଭାଇଙ୍କ ଉପରେ ଭାରି ରାଗ ହେଲା।

ବଳା ପାହୁଡ ଝମଝମ କରି ଛକଡ଼ିର ଘରଣୀ ନେତ୍ରମଣି ଘରକାମ ସାରି ଶୋଇବା ଘରକୁ ଆସିଲା। ଛକଡ଼ିକି ଚାହିଁଲା ନାହିଁ କି କିଛି କହିଲା ନାହିଁ। କବାଟ ପାଖରେ କାନିଟି ପାରି ଶୋଇ ପଡ଼ିଲା। ଛକଡ଼ି ବୁଝିଲା, ଆଜି ଗୋଟାଏ କଣ କଜିଆ ଗୋଳ ହେଇଚି।

ସେ ମୁରୁକି ହସି ପଚାରିଲା, "କି ହେ, ଆଜି କଅଣ ହେଲାକି ?"

ଘରଣୀ ଜବାବ ଦେଲା ନାହିଁ। ଛକଡ଼ି ସ୍ତ୍ରୀର ହାତ ଧରି ଉଠାଇବାକୁ ଗଲା। ଘରଣୀ ହାତ ଛିଞ୍ଚାଡ଼ି ଦେଇ କହିଲା, "ଯା ଭାରି, ସେ ସୁଆରଗୁଡ଼ାକ ତୋ ଭାଇ ଭାଉଜ ଝିଆରୀ ପୁତୁରାଙ୍କୁ ଦେଖେଇବୁ।"

"ଆରେ କଥା ନାହିଁ ବାରତା ନାଇଁ, ଏମିତି ଗୁଡ଼ାଏ ହେଲେ କଅଣ ହବ ?"

"କଅଣ କଥା କହିବି ବା-ଧାନ ଗଣ୍ଡାଏ ଶୁଖେଇ ଦେବାକୁ ହାତ ଛିଡ଼ି ପଡ଼ିଛି,

ଗୋଡ଼ ଛିଡ଼ି ପଡ଼ିଚି, ପୋଡ଼ି ଯାଉଛନ୍ତି, ଜରି ଯାଉଛନ୍ତି-କାଇଁମ ? କୋଉ ଗଣ୍ଡିର ମୁଁ କଅଣ ଖାଏ ନା ଧାରେ ? ନିଆଁ ଲାଗିଯିବାକୁ ମତେ କାଇଁକି ସମସ୍ତେ କହିବେ ମ ?"

"କାଇଁକି ତୁ ସେମିତି କହୁନୁ !"

"ମୁଁ କଅଣ କହିବି ମ। ମୁଁ କହିଲେ ତ ବଉଁଶ ଯାକ ଖାଇ ଗୋଡ଼େଇବେ। ତତେ ଯେବେ କିଛି କହି ନ ଆସେ ତେବେ ହାତ ଧରି ବାହା ହେଇଥେଲୁ କିଆଁ ?"

ଛକଡ଼ି ଅଛୁତପୁରିଆ ଗୁଆକାତି ଖଣ୍ଡକରେ ଠକ ଠକ କରି ଗୁଆ ଭାଙ୍ଗୁ ଭାଙ୍ଗୁ କଅଁଳ କରି କହିଲା, "ଆଲୋ, ସେଉଟା କିଏ-ଭୋଇଆଣୀ ନା ଭଣ୍ଡାରୁଣୀ ? ଏ ଘର କଣ ତା'ର ? ସେ ଯେମିତି ଗୋଟାଏ, ତୁ ବି ସେମିତି ଗୋଟାଏ-ତତେ କହିବାକୁ ସେ କିଏ ?"

ସାନବୋହୂ ମୁହଁ ମୋଡ଼ି ଦେଇ କହିଲା, "ଆଖିରେ ପକେଇ ନାକରେ ଶୁଙ୍ଘି ଶେଷକୁ ହେଲା ସଇନ୍ଧବ ଲୁଣ-ଶୁଣିଲୁ ତ ସେ ବାର ଅନା କରି କହୁଚି, ଫେରେ ଆଉ ପଚାରୁଚୁ କଅଣ ?"

"ଆରେ, ତୁ ଆଗ ପଦକୁ ଜବାବ ଦେ-ତେଣିକି ଆମେ ସବୁ ବୁଝିବାନି ?"

"ହଁ ତୁ ତ ଖାଲି ବୁଝି ପକେଇବୁ ଖମ୍ବଆରୁ। ଏତେ କରି ପରା କହିଥେଲି, ତୁ ତା' ପିଲାଙ୍କୁ ଛୁଇଁବୁ ନାଇଁ ବୋଲି-"

"କିଲୋ, ବୁଢ଼ା ପରା ପଇସା ଦେଇଥିଲା, ତାଙ୍କ ପାଇଁ କଣ୍ଢେଇ କୋରା ଖଇ ଆଣିବାକୁ। ମୁଁ କଅଣ ହାତରୁ ଦେବାକୁ ଯାନ୍ତି ?"

"କାଇଁକି ମ-ଗାଁ ଭିତରୁ ଆଉ କଅଣ କେହି ଯାତରା ଦେଖିବାକୁ ଯାଉ ନ ଥେଲେ କି ?"

"ଆରେ, ଘର ଭିତରୁ ଯେତେବେଳେ ଜଣେ ଯାଉଚି, ପର ହାତରେ କିଏ ପଇସା ଦିଏ ?"

ଛକଡ଼ି ନିର୍ବିକାର ଚିତ୍ତରେ ଏ ମିଛ କଥାଗୁଡ଼ାକ କହି ଚାଲିଗଲା ! ମାଇପିଲୋକ ମିଛ ନ କହିଲେ ସେ କଣ ବୁଝିବ ? ଭାଇ ଭାଉଜ ସିନା ଭଗାରି-ପିଲାଗୁଡ଼ାକ କି ଦୋଷ କରିଛନ୍ତି ? ଛକଡ଼ି ବିଚରା କଣ କରିବ, ଯେତେ ପର ବୋଲି ସେ ତାଙ୍କୁ ବିଚାରିଲେ ବି କେଜାଣି କାହିଁକି ମନଟା ତାର ପିଲାଗୁଡ଼ାଙ୍କ ପାଇଁ ଛଟପଟ ହୁଏ। ସେଥିପାଇଁ ଘରଣୀଙ୍କୁ ଲୁଚେଇ ଲୁଚେଇ ତାଙ୍କୁ ଟିକିଏ ଗେଲ କରି ଦିଏ, କାଖେଇ ପକାଏ-କୋରାଟାଏ କି କଣ୍ଢେଇଟାଏ କିଣି ଆଣେ-ଲୁଚେଇ ଲୁଚେଇ ତାଙ୍କ ହାତରେ ଦିଏ। ସାବଧାନ କରିଦିଏ-ଖୁଡ଼ୀ ଆଗରେ କହିଲେ ଆଉ ଦିନେ ଦେବି ନାହିଁ।

ପରିଚ୍ଛେଦ ତିନି

ଜୀବନ.....ମରଣ; ଜାଗରଣ.....ସ୍ୱପ୍ନ-ଦୁଇ ଦୁଇଟା ଅଲଗା ଅଲଗା ଜଗତ୍‌। ତେବେ ଦୁଇଟା ଭିତରେ ଫାଙ୍କ୍ ନାହିଁ- ପାଖାପାଖି ଲାଗି ରହିଛି। ମଣିଷ କରାମତ ଦେଖାଏ, କଟାଣ ହୁଏ ଗୋଟାକ ଉପରେ-ଆରଟା ବେଳକୁ ବୁଦ୍ଧି ଦିଶେ ନାହିଁ। ଘର ସଂସାର, ସ୍ତ୍ରୀ ପିଲା ଝିଅ ସମସ୍ତଙ୍କୁ ଛାଡ଼ି ମଣିଷକୁ ଜୀବନରୁ ମରଣକୁ ଯିବାକୁ ହୁଏ। ତଲବ! କାହାର ସାଧ ଏଡ଼ିଦେବ? ମଣିଷ? ଇସ୍, ଦି କଡ଼ାର ପ୍ରାଣୀ!

ବରଜୁ ପଧାନ ଘରକୁ ଆଜି ସେହି ତଲବ ଆସିଛି-ପହିଲେ ବୁଢ଼ୀ ଉପରେ। ଭଲ କଥା-ପୁରୁଣା ପୁଣି ନୂଆ ହେବ, ପାକଲା ବାଳ କଳା ହେବ, ପଡ଼ି ରହିବ କାହିଁକି? ଦି' ବୋହୂ ଗୋଡ଼ ଆଉଁସି ଦେଉଛନ୍ତି, ନାତି ନାତୁଣୀ ମୁଣ୍ଡ ଆଉଁସି ଦେଉଛନ୍ତି, ଛକଡ଼ି ବସି ଭାଗବତ ବୋଲୁଛି।

ଦୀପ ମିଞ୍ଜି ମିଞ୍ଜି ଜଳୁଛି। ଘର ଭିତରଟିର ଅଧାଅଧି ଆଲୁଅ, ବାକିତକ ଅନ୍ଧାର। ଜୀବନର ଦୀପ-ତେଲ ସରିଗଲେ ସେ ବି ଏହିପରି ମିଞ୍ଜି ମିଞ୍ଜି ଜଳେ।

ଦୀପ ଦପ ଦପ ହୋଇ ଉଠିଲା-ଘରଟି ଭିତରେ ଲମ୍ବା ଲମ୍ବା ଛାଇ ନାଚିଲା। ବୁଢ଼ୀର ମାଣକ ପୂରିଗଲା।

ନାତି ନାତୁଣୀ, ପୁଅ ବୋହୂ, ସ୍ୱାମୀ, ସଂସାର ସମସ୍ତେ ପଛକୁ ରହିଗଲେ; ସବୁ ମାୟା ତୁଟିଗଲା-ଘର, ବାରି, ଶାଗପଟାଳି ବୁଢ଼ୀ ଚାଲିଗଲା। ଛୋଟ ପଧାନପଡାଟିରେ ସେ ଖବର ଘରେ ଘରେ ପହଞ୍ଚିବାକୁ ଉଛୁର ହେଲା ନାହିଁ। ଲୋକଙ୍କ ମୁହଁରେ ଶୁଣାଗଲା-ବୁଢ଼ୀର ସେମିତି ପୁଣ୍ୟ ନଥିଲେ, ସେ କଣ ଅହିଅ-ଶଙ୍ଖା, ପାକଲା ବାଳରେ ସୁନ୍ଦର ନାଇ ବଡ଼ ଏକାଦଶୀ ପାଇଥାନ୍ତା!

ବୁଢ଼ୀ ମରିଯିବାରେ ଶାମ ପଧାନକୁ କେହି କାନ୍ଦିବାର ଦେଖି ନାହିଁ। ଶବ ଆଗରେ ଖଣ୍ଡେଦୂର ଲିଆ କଉଡ଼ି ବିଞ୍ଚି ଆସି ସେ କୁଆଡ଼େ କହିଲା, "ମୋର ଆଉ

କେତେ ଦିନ କି ! ବରଷେ ଛ ମାସରୁ ତ ବେଶି ନୁହେଁ ! କେତୁଟା ଦିନ ପାଇଁ ବୁଢ଼ୀକି ଛାଡ଼ି ପରବାସରେ କଅଣ ରହି ପାରିବି ନାହିଁ ?"

ବୁଢ଼ୀ ଚାଲିଗଲା। ଦୁନିଆଟା କାହିଁ କେଉଁଠି ବଦଳିଲା ନାହିଁ; ସୂତାଏ ବି ନୁହେଁ। ନିତିଦିନିଆ ସୂର୍ଯ୍ୟ ଚାରିପାଖେ ଆମର ଏହି ଅତି ପୁରୁଣା ପୃଥିବୀ ସମାନ ଗତିରେ ବୁଲିବାକୁ ଲାଗିଲା। ବିରୁପା ନଈରେ ସେହିପରି ପାଣିସୁଅ ବୋହିଗଲା- କ୍ଷଣକ ପାଇଁ ହେଲେ କିଛି ବନ୍ଦ ହେଲାନାହିଁ। ପଧାନପଡ଼ାର ଚାଷଲଗୁଡି, ଆୟ ଆମଦାନି, ଗଛବୃଛ, ବିଲବାଡ଼ି, ସବୁ ସେମିତି ରହିଲା।

ଶାମ ପଧାନ ବରଜୁକୁ ଡାକି କହିଲା, "ଆରେ ବାପ. ମୋର ତ ଆଉ ବେଶିଦିନ ନୁହେଁ। ତୁ ଏତେବେଳେ ଚାକିରି କରି ବାରଆଡ଼େ ବୁଲିବୁ। କେତେବେଳେ କୋଉ କଥା, ଗଲାବେଳକୁ ତତେ ଟିକିଏ ଦେଖି ପାରିବି କି ନାହିଁ....।"

ବରଜୁ ଲୋକଟାର ପାଠପଢ଼ା ବେଶି ନଥିଲା। ଗାଁ ଚାହାଳିରେ ବସି ସେ ଯେତେ ଦୂର ପଢ଼ିଥିଲା, ସେଥିରେ ଜମିଦାରୀ ଗୁମାସ୍ତା କି ଓକିଏ ମୋହରିର, ଖୁବ୍ ବେଶି ବନ୍ଦୋବସ୍ତ ଅମିନ ହେବା ଛଡ଼ା ବଡ଼ ପାହିଆ ଆଉ କିଛି ଚାକିରି ତାକୁ ମିଳନ୍ତା ନାହିଁ। ସେ ଜାଗାଏ ଦି'ଜାଗାରେ ଗୁମାସ୍ତା କାମ କରିସାରି ଏବେ ହୋଇଛି ବନ୍ଦୋବସ୍ତ ଅମିନ। ବାପ କେତେଥର କହିଲାଣି ଚାକିରି ଛାଡ଼ିବାକୁ। ଦରକାର କଣ ? ଆମେ ଅଳପକ ଲୋକ, ଆମର ଏତେ ଆଡ଼ମ୍ବର କାହିଁକି ? ମାଟି ତାଡ଼ି ତାଡ଼ି ତ ବାପା ଅଜା ସାତପୁରୁଷ ଗଲେଣି; ଲଙ୍ଗଳମୁଣ୍ଡା ଛାଡ଼ି କଲମ ଧରିଲେ ଆମେ କେଉଁ ସ୍ୱର୍ଗକୁ ଉଠିଯିବୁଁ।

ବରଜୁ ମଧ୍ୟ ବୁଝିଛି-ଜଣକର ନୌକରି କରି, ଜଣକର ତଳିପା ଚାଟି, ଆଉ ଜଣକ ମୁଣ୍ଡରେ ଗୋଡ଼ ଥୋଇବା, ହାକିମ କରିବା, କେଡ଼େ ଅଲାଜୁକପଣିଆ" ! ତେବେ ଘରସଂସାର, ବାଳବଚାତ ଅଛନ୍ତି। ତାଙ୍କ ପାଇଁ ତ ମଣିଷ ସବୁ କରୁଛି ! ବାପ ଚାକିରି ଛାଡ଼ିବାକୁ ଯେତେ ଥର କହେ ସବୁ ଥର ସେ ହଁ ଛାଡ଼ିବି' କହି କିଛିଦିନ ମଟାଳି ଦିଏ। ଚାକିରି ତାଳଗଛ ଛାଇ, କ୍ଷଣକେ ଅଛି କ୍ଷଣକେ ନାହିଁ। ତାକୁ ଗୋଟାଏ ଚାହିଁ ବସିବ ? ତେବେ ଟିକିଏ ବାପା ସାଙ୍ଗରେ ତରକ କରି ସେ କହିଲା-

"ଛାଡ଼ିଦେଲେ ତ ଦଣ୍ଡକେ ଛାଡ଼ି ହୋଇଯିବ। ତେବେ ଯାହା କରିବା, ଟିକିଏ ବୁଝି ବିଚାରି ସିନା କରିବା ? ଚାକିରି ଖଣ୍ଡ ଛାଡ଼ିଦେଲେ ବରଷକୁ ବରଷ ଯାହା ଗଣ୍ଡେ ପାଏ ଖରିଦ ହେଉଛି ସେତକ ତ ଆଉ ହେବନାହିଁ।"

ପଧାନ-ବୁଢ଼ା ପୁଅର ବୋକାପଣିଆ ଦେଖି ହସି ହସି କହିଲା, "ଆରେ ପାଗଳା, ଧନ ସଞ୍ଚିବାଟା ପାଗଳାମି। କଥାରେ ଅଛି, ପୁଅ ଯୋଗ୍ୟ ହେଲେ ଧନ

କାହିକି ସଞ୍ଚୁ? ପୁଅ ଅଯୋଗ୍ୟ ହେଲେ ଧନ କାହିଁକି ସଞ୍ଚୁ? ଧନ ସଞ୍ଚିବାଟା କେତେବେଳେ ହେଲେ ନୁହେଁ।"

ପୁଅ କହିଲା-"ଧନ ସଞ୍ଚିବାଟା କଣ ପାପ?"

"ଖାଲି ପାପ ନୁହେଁ-ମହା ଅପରାଧ। ଧନ ସଞ୍ଚିବାଟା ଖାଲି ଚୋରିରେ ବାପ, ଖାଲି ଡକାଇତି-ଆମ ଗାଁରେ ହରି ମିଶ୍ରଙ୍କୁ ଦେଖୁନୁ? କେତେ ରାଣ୍ଡୀଖଣ୍ଡୀଙ୍କ ତଣ୍ଟି ଚିପି ସମ୍ପତ୍ତି କରିଚନ୍ତି! ସେ କଣ ସମ୍ପତ୍ତିରେ ବାପ-ଖାଲି ତତଲା ନିଶ୍ୱାସ! ପୋଡ଼ିଦେବ ରେ, ପୋଡ଼ି ଦେବ-ଦୁନିଆଟାକୁ ବି ଜାଳି ପାଉଁଶ କରିଦେବ! ବନ୍ଦୋବସ୍ତ ପଇସା, ଏଇ ତତଲା ପିଣ୍ଡର ପଇସା; ହଳାହଳ ସେ-ଯୋଉଠି ପଡ଼ିବ, ସେଠି ଜଳିବ!"

ବଇଜୁ ଯେଉଁ ଅମିନଗିରିଟି କରେ, ସେଥିରେ ଦରମାଟି ଛାଡ଼ି ଗୋଟିଏ ପଇସା ଅଧିକ ହୋଇ ତା' ହାତକୁ ଆସେ ନାହିଁ। ଲୋକେ କାବା ହୋଇ କହନ୍ତି-"ଲଙ୍କାରେ ହରି ଶବଦ-ଅମିନ ହୋଇ ଫେର୍ ପଇସା ନ ଖାଇବ-ଦି' ଦି'ଟା ବନ୍ଦୋବସ୍ତ ଆମେ ଦେଖି ଆସିଲୁଁ-ଏ କଥା କାନ ଶୁଣି ନଥିଲା, ଆଜି ଆଖି ଦେଖିଲା।" ସତକୁ ସତ ବରଜୁ ଲୋକଟା ଭାରି ସଚ୍ଚୋଟ। କାହାଠାରୁ ବାଇଗଣ କଷିଟାଏ ପାଇଁ ସେ ଲୋଭ କରି ନାହିଁ; କେଉଁ ଗାଁରେ ପଡ଼ି ଗଣ୍ଡାଏ ପାଇଁ ଦାବୀ କରି ନାହିଁ।

ସେ ଟିକିଏ ଜୋର୍ କରି କହିଲା, "ଚାକିରି କରି ଦି'ପଇସା ରିସ୍‌ବତ ଯେ ଖାଇବ, ତାର ସିନା ଅପରାଧ। ଯେ ନିଜ ଦରମା ଗଣ୍ଡାକରୁ ପାହୁଲାଏ ଅଧିକା ପାଇଁ ଆଶା ରଖିବ ନାହିଁ?"

"ହଁରେ ବାପ, ସବୁ ଜଣା ଅଛି। ଚାକିରି କରୁଚ, ଦରମା ପାଉଚ-ରିସ୍‌ପତ ଖାଉ ନାହଁ। ସେ ଦରମାଟି ପୁଣି କିଏ ଦେଉଛି? ତମ ବାପ କଣ କୋଉଠି ଥାଡି ଥୋଇଥିଲା! ଦରମା, ଦରମା, ବାବୁ, ହାକିମ! କାହା ପଇସାରେ ଏଡ଼େ ବଡ଼େଇ ମ? ଏଇ ମଳିମୁଣ୍ଡିଆଁଙ୍କ ପଇସାରେ। ଏ ବାବୁଗିରି, ହାକିମ, ବଡ଼ଲୋକ-କାହା ଯୋଗରୁ ମ? ଓଳିଏ ଖାଇ ଯେ ତିନି ଓଳି ଉପାସ ଶୁଅନ୍ତି, ତାଙ୍କରି ଯୋଗରୁ? ଏ କଳ କାରଖାନା, ରେଳ ଜାହାଜ, କୋଠା ବାଡ଼ି-କିମିତି ହେଲା? ଆମରି ଗରିବଙ୍କ ରକତ ଚିପୁଡ଼ା ହୋଇ ସିନା ତିଆରି ହୋଇଚି? ନା, ଦି'ପୁଞ୍ଜା ହାବୁ ହାକିମ ତିଆରି କରିଦେଲେ!" ପଧାନ ବୁଢ଼ାର ଆଖି ଦି'ଟା ଜଳ ଜଳ ହୋଇ ଉଠିଲା। ତା ଛାତି ଫୁଲି ଉଠିଲା-ସେ ଯେମିତି ଦୁନିଆର ଗରିବ ଦୁଃଖୀଙ୍କ ପାଇଁ, ପୀଡ଼ିତ ପଦଦଳିତଙ୍କ ପାଇ ଆଜି ଚିତ୍କାର କରି ପୃଥିବୀ ଆଗରେ ଏହି କଥା ଘୋଷଣା କରୁଚି!

ବରଜୁର ଲହୁ ଟବଟବ ହୋଇ ଫୁଟି ଆସିଲା।ବାପଠାରୁ ଆଉ ଦି'ପଦ କଥା

ଶୁଣିବାକୁ ସେ କହିଲା-"ହାକିମ, ସିପେଇ, ଓକିଲ ବଡ଼ଲୋକ, ଜମିଦାର କଅଣ ଆମର କିଛି ଭଲ କରନ୍ତି ନାହିଁ ?"

"ହଁ, ହଁ, ଭଲ କରୁନାହାନ୍ତି କଅଣ ? କେତେ ଚୋର, ଡକାଇତ, ଗଣ୍ଠିକଟା, ତଣ୍ଟିକଟାଙ୍କ ହାତରୁ ଆମକୁ ରଖୁଛନ୍ତି ତ। କିଏ ଗୋଟାଏ ପାପ କର୍ମ କଲା ତ ତାର ଉଚିତ ଦଣ୍ଡ ହେଉଚି। କିଏ ବଲୁଆ ପଡ଼ି ଆଉ ଜଣକ ଜମି ଚାଷ କଲା ତ ତାର ଉଚିତ ଅଦାଲତରେ ସେ କଥା ବିଚାର ହେଉଚି। ତେବେ ଏ ଯେ ଚୋର, ଗଣ୍ଠିକଟା, ତଣ୍ଟିକଟା-ଏ ତ ଆମରି ଭିତର ମଣିଷ। (ଆମେ ପାପୀ; ଆମେ ଦୋଷୀ ବୋଲି ତ ଏତେ ମୋହରିର, ଓକିଲ, ହାକିମ, ଅମଲା, ସିପେଇ, ଚପରାସି ! ଆମେ ସିନା ଯାଙ୍କୁ ତିଆରି କରିଥାଇଁ। ସେଥିପାଇଁ ମୁଁ କହୁଚି-ସେମାନେ ଆଉ କିଛି ନୁହନ୍ତି, ଆମରି ମନ୍ଦ କର୍ମର ଅଭିଶାପ; ଆମରି ପାପ ଫଳ। ଆମ ପାପ ଯେତେ ବେଶି ହେଉଚି ଚାକିରିଆ ଓକିଲ ସେତିକି ବଢୁଛନ୍ତି ସିନା। ଆମେ ଭଲ ହେଲେ ଏତେ ହାକିମ କାହିଁକି ? ପୁଲିସ, ଓକିଏ, ମୁକ୍ତର କାହିଁକି ? ଏତେ ଜେଲ୍‌ଖାନା କଅଣ ହୁଅନ୍ତା, ଏତେ ନାଲିପଗଡ଼ି କଅଣ କରନ୍ତେ ?")

ପୁଅ କହିଲା, "ଆମର ତେବେ ଆଉ ପୁଣ୍ୟ କାହୁଁ ହେବ ? ଧନ ସମ୍ପତ୍ତି ତ ଲୋଡ଼ା ନାହିଁ-ଯେଉଁ ଆଣ୍ଠୁ ପକେଇ ବିଲ ବାଛୁଥିଲେଁ, ସେଇକଥା ତ ରହିଲା-ବଡ଼ବଡ଼ିଆଯାକ ଆମକୁ ପେଡ଼ିବେ, ପେଷିବେ ନାହିଁ ତ, ଆଉ କାହାକୁ ?"

ବୁଢ଼ା ହସି ହସି କହିଲା, ଧନ ସମ୍ପତ୍ତିରେ ସବୁ କିଣା ହୁଏରେ, ବାପ-ପୁଣ୍ୟ କିଣା ହୁଏ ନାହିଁ। ଟଙ୍କା ଦେଇ ଟିକଟି କିଣି କରି ବୈକୁଣ୍ଠକୁ ଯିବାର ଉପାୟ ନାହିଁ। ପୁଣ୍ୟ କିଣେ ଖାଲି ମଣିଷପଣିଆ ରେ, ବାପ ! ଯୋଉଠି ଯେତେ ମଣିଷପଣିଆ କମ୍‌ତି, ସେଠି ପାପ ସେତିକି ବେଶି।"

ଏ ସତକଥା। ବରଜୁ ତା' ଅମଳରେ ଯାହା ଦେଖି ଆସିଚି, ନୌକରି କଲେ ଏଇ ମଣିଷପଣିଆଟିକ କିମିତି ଆସ୍ତେ ଆସ୍ତେ ଶେଷ ହୋଇଯାଏ-ଆଉ ମଣିଷ ଭିତରେ ପିଶାଚ କିପରି ଚନ୍ଦ୍ରକୁ ରାହୁ ପରି ଚାହୁଁ ଚାହୁଁ ଗିଳିଯାଏ। ଗରିବ ଦିନ ମଜୁରିଆ କାମିକା ଲୋକ-ସେ ସଂସାରରେ କଣ ନ କରେ ! ଦୁନିଆର ଖାଇବା ପିନ୍ଧିବା-ଦିଟା ବଡ଼ କଥା ଯୋଗାଏ ସେ ତ ! ମଣିଷ ପବନ ପିଇ ବଞ୍ଚେ, ଏକଥା ସେ ଦିନରେ କେତେଥର ଭାବେ ? ସେମିତି ଏଇ ଗରିବ ମଜୁରିଆଙ୍କୁ ପିଇ ସଂସାର ବଞ୍ଚେ। ସେକଥା କେହି କହିବେ ନାହିଁ।

ବରଜୁ ଠିକ୍ କଲା.....ଚାକିରି କରିବ ନାହିଁ। ମାଟି ତଡ଼ା ତ ତା'ର ବେଷା, ସାତ ପୁରୁଷର; ସେଇୟା କଲେ ତା'ର କୋଉ ମାନହାନି ହେଇଯାଉଛି।

ପଧାନ ବୁଢ଼ା ଯାହା କହିଥିଲା ବୁଢ଼ୀ ମରିବାର ବରଷେ ନ ପୁରୁଣୁ ତାକୁ ବି ଆସିଲା ତଲବ। ବୁଢ଼ା ପରଉଆନା ପାଇ ମୁରୁକି ହସା ଦେଇ ବରୁଜୁକୁ କହିଲା, "ବାପାରେ ମୋର ହୋଇଗଲା; ଏଣିକି ତମ କଥା ତମର। ଗୋଟାଏ କଥା, ତମେ ତ ଯୋଡ଼ିଏ ଭାଇ-ବିଲ ମଝିରେ ହିଡ଼ ନ ପଡ଼େ, କି ଘର ମଝିରେ ପାଚିରୀ ନ ଉଠେ। ଏଥିପାଇଁ ତୁ ଜଗିଥିବୁ।"

ବଡ଼ବୋହୂ ପିଲାମାନଙ୍କୁ ଶିଖାଇଦେଲା। ସେମାନେ ଯାଇ ବୁଢ଼ା ପାଖରେ ଅଳିକଲେ, "ଜେଜେ, ଆମପାଇଁ କୋଉଠି କଣ ରଖିଚ?" ବୁଢ଼ା ପୁଣି ଦୁଇଥର ଆଖି ଫିଟାଇ କାହାକୁ ଖୋଜିଲା ପରି ଜଳ ଜଳ କରି ଚାହିଁଲା, ପୁଣି ଆଖି ବନ୍ଦ କରିଦେଲା। ବଡ଼ ନାତୁଣୀ ହାରା ପାଟି କରି ଡାକିଲା, "ଜେଜେ, ଆମ ପାଇଁ କଣ ରଖିଚ?" ବୁଢ଼ା ପୁଣି ଆଖି ମେଲା କରି ଚାହିଁଲା-ଏ ଶବ୍ଦ ଯେମିତି ବଡ଼ ଦୂରରୁ ଶୁଣାଯାଉଛି! ଛକଡ଼ି ମୁଣ୍ଡ ଆଉଁସି ଦେଉଥିଲା, ଆଉ ଥରେ ବୁଝାଇ କହିଦେଲା। ବୁଢ଼ା ବୁଢ଼ାମାନେ ମରିଯିବା ବେଳକୁ ଟଙ୍କା କଉଡ଼ି ସାଇତି ରଖି ଯାଇଥାନ୍ତି, ପିଲା ଝିଲାଙ୍କୁ ଶେଷରେ ଦେଇଯିବା ପାଇଁ। ବୁଢ଼ାପଧାନ ରଖିଚି କଣ? ସେ ଟିକିଏ ମୁରୁକି ହସି ଗୋଟିଏ ଆଙ୍ଗୁଠି ଉପରକୁ ଟେକି ଦେଇ କହିଲା, "ତୁମ ପାଇଁ -ଧର୍ମ! ଧର୍ମ!"

ଆଖି ବନ୍ଦ ହୋଇଗଲା, ଆଉ ଫିଟିଲା ନାହିଁ। ପୁଅ ବୋହୂ ନାତି ନାତୁଣୀ ଭୋ ଭୋ କାନ୍ଦି ଉଠିଲେ। ବଡ଼ପୁଅ ବରଜୁ ପଧାନ ଯେତେବେଳେ ମୁର୍ଦ୍ଦାର ଘରୁ ଫେରି ଆସିଲା, ସେତେବେଳେ ତା' ଆଖିରୁ ଥପ ଥପ ହୋଇ ଚାରି ଛଅ ଟୋପା ଲୁହ ଗଡ଼ିପଡ଼ିଲା। ଗାମୁଛାରେ ଆଖି ପୋଛି ଦେଇ ସେ ବାପର ଅନ୍ତ୍ୟେଷ୍ଟି କ୍ରିୟାରେ ମନ ଦେଲା। ଭାଇ ଭଉଣି ମାନଙ୍କୁ ବୁଝାଇ କହିଲା, "ବେଶ୍ ତ-ଆଉ କଣ ଅଛି? ଜୀବନ ମରଣ ତ ସଂସାର।"

ପଧାନ ବୁଢ଼ାର ମରିଯିବା ଖବର ଗାଁ ଆଖପାଖ ଚାରିଆଡ଼େ ଚାହୁଁ ଚାହୁଁ ଖେଦିଗଲା। ସମସ୍ତଙ୍କ ଘର ଅବା ମୁରବୀଶୂନ୍ୟ ହୋଇଗଲା। ଆହା, ମଣିଷଟାଏ ଥିଲା ଏକା-ହଜାର ମଣିଷରେ ମଣିଷଟାଏ। ସାତ ଚାଖଣ୍ଡ ମାଟି ତ ସମସ୍ତେ କିଣିଚନ୍ତି। ତମ୍ବାମୁଣ୍ଡ କିଏ ବାନ୍ଧି ଆସିଚି କି? ହେଲେ ଏଇ ମାଟିରୁ ବି ସୁନା ହେଉଚି। ଏଇ ମାଟି ଉପରେ ସେ ସୁନା କଣିକାଏ ଥିଲା।

ଜୀବର ଭଲ ମନ୍ଦ ବାଣୀ
ମରଣକାଳେ ତାହା ଜାଣି।

ବରଜୁ ଭାରି ଖାରା ଲୋକ ବୋଲି ଗାଁଯାକ ସମସ୍ତେ ଜାଣନ୍ତି। ସେଥିପାଇଁ ଶାମ ପଧାନ ମଲାପରେ ଲୋକେ କହିଲେ, ବାପର ନାଁ ରଖିଲେ ରଖିବ ବରଜୁ।

ଯାହାର ବାପ ଚଢ଼ଇ ଘୋଡ଼ା, ତା'ର ପୁଅ ଚଢ଼େ ଥୋଡ଼ା ଥୋଡ଼ା। ବାପ ପରି ବରଜୁ ସେମିତି ମଜଭୁତିଆ, ପାଞ୍ଚହାତ ମର୍ଦ୍ଦଟାଏ-ମୁଣ୍ଡରେ ଠେକାଟାଏ ଭିଡ଼ି ସକାଳ ପହରୁ ଛାଇ ଲେଉଟିଲା ଯାଏ ବିଲ ବାଡ଼ି, ବାଗବଗିଚା ସବୁ ଆଡ଼ ବୁଲୁଥିବ। ଘରକୁ ଆସିଲେ ଦି'ଗୋଡ଼ରେ ତେଲ ମାଲିସ କରି ଶୁଏ। ବାପ କହିଛି "ମୁଣ୍ଡରେ ଠେକା, ପାଦରେ ତେଲ, ବଇଦ ସଙ୍ଗତେ କରିବ ଗେଲ।"ସତକୁ ସତ ଲୋକଟାକୁ ମୁଣ୍ଡ ବଥେଇବାର କେହି ଜାଣି ନାହିଁ। କି ଖରା, କି ବର୍ଷା କି ଶୀତ-ସବୁ ଋତୁରେ ଏହିପରି ବିଲବାଡ଼ି କାମ କରିଆସେ। ଧାନ ହଳା ଭାରକରି କାନ୍ଧରେ ଥୋଇଦେଲେ, ଦି'ଜଣ ମଣିଷ ତଳୁ ଉଠାଇ ପାରିବେ ନାହିଁ। ପାଣି ବୋହି ବସିଲେ, ଚାରି ଜଣ ବୋହି ହଟିଯିବେ, ସେ ସେମିତି ଶେଣାଟିକୁ ଧରି ଖୁଣ୍ଟ ପରି ଠିଆ ହୋଇଥିବ।

ଲୋକେ ସବୁଠାରୁ ତାକୁ ବେଶି ଖାତିର କରନ୍ତି, ତା ସଚ୍ଚୋଟ ପଣିଆ ଯୋଗୁଁ। ତମର ସୁନାମୁଣ୍ଡା ପଡ଼ିଥିଲେ ସେ ଚାହିଁବ ନାହିଁ। କାଣିକଉଡ଼ିଟାଏ ତା' ଉପରେ ଥିଲେ ଯାଚି କରି ଦେଇଯିବ। ପାହୁଲାଟାଏ କାହାର ଖାଇବ ନାହିଁ। ସେଥିପାଇଁ ଗାଁଲୋକେ କହନ୍ତି, ବରଜୁଆ ପଇସା ତ ବାଉଁଶ ଆଗରେ ଥୁଆ। ଜଗନ୍ନାଥଙ୍କ ନୀତି ବଦଳିଯିବ, ବରଜୁ ପଧାନର କଥା ଯାହା ମୁହଁରୁ ବାହାରି ଥିବ, ଜୀବନ ଚାଲିଗଲେ କେତେ, ମୁଣ୍ଡ କଟିଗଲେ କେତେ-ସେଇକଥା ହେବ, ହେବ।

ହେଲେ କଣ ହେବ, ବରଜୁର ଘରଣୀ ତା' ନିଜ ଲାଖି ହେଲା ନାହିଁ। ସେକଥା କଥାକେ କଜିଆ କରିବସେ। ଚାରିଟି ପିଲାର ମା ବୋଲି ଗର୍ବରେ ତା' ଗୋଡ ତଳେ ଲାଗେ ନାହିଁ। ସମସ୍ତଙ୍କ ପାଖରେ ବେଶି ଆଦର ପାଇବାକୁ ଦାବୀ କରେ। ସେହି କାରଣରୁ ବରଜୁ ସାଙ୍ଗରେ ଥରକୁଥର ତା'ର ମନ ଅମେଳ ହୁଏ।

ହେଲେ, ଏତେ ମେଳ ଅମେଳ ଆଦର ସୁଆଗ ପାଇଁ ବରଜୁକୁ ତର କାହିଁ? ଦିନ ଭିତରେ ତ ଘଡ଼ିଏ ତର ମିଳେ ନାହିଁ, ଘର ଭିତରର ହାଲ ବୁଝିବାକୁ। ରାତି ହେଲେ ଗଣ୍ଡାଏ ଖାଇଦେଇ ପଡ଼ିଯାଏ। ବଡ଼ ବୋହୂ ଘରକାମ ସାରି ଯାଇ ସ୍ୱାମୀକୁ ମୋଡ଼ି ବସେ। ବରଜୁର ନିଦ ଭାଙ୍ଗି ଗଲେ ଭୁଟୁରୁ ଭୁଟୁରୁ କରି ସାନ ବୋହୂ କଥା ଦିଅର କଥା ଆରମ୍ଭ କରେ- "ଶାଶୁ ଥିଲେ, ଶଶୁର ଥିଲେ, ସବୁକଥା ଛପି ରହୁଥିଲା। ଏବୁକୁ ଏବୁକୁ ସମସ୍ତଙ୍କ ମୁହଁ ଫିଟିଲା। ଏ ପୁଣି ମାଙ୍କଡ଼ ଟୋକାଟାଏ ଯେ ସେ ମୋତେ କହିବ ଖାନିକୀ। କାହିଁକି ବା, ତୁ ଟା କିଏରେ! ତୁ ପୁଣି ମତେ କହିବୁ- ବାଘର ଘରେ ମିରିଗର ନାଟ? ଭେଣ୍ଡାଟାଏ ତ ହେଲୁଣି ଯେ ଗୋରୁ କୋଉଠି ଧାନ ଖାଇଲେ, ବିଲ କେଉଁଠି ଉଜୁଡ଼ି ଗଲା, ଦିନେ କିଛି ବୁଝିବୁ ନାଇଁ-ଗୋଟିଏ ମଣିଷ ସବୁ କଥାକୁ ଦଉଡ଼ି ଦଉଡ଼ି କଣ୍ଟା ହେଲାଣି। ବାର ଦୁଆର ଖୁଣ୍ଟି ପିଣ୍ଡା ହୋଇ ଖାଲି

ଦି'ଓଳି ଦି'ବଖତ ଖାଇବାବେଳକୁ ଆସିବୁ। ତା' ଉପରେ ମତେ ପୁଣି କହିବୁ - ଖାନିକୀ। ମାଇପୁଟାଏ ଯେ କୁଟା ଖଣ୍ଡକ ଦି'ଖଣ୍ଡ କରିବ ନାହିଁ- ଚାଉଳ କିମିତି ଚୁଲି ମୁଣ୍ଡକୁ ଆସେ, ଜାଣିବ ନାଇଁ। ଖାଲି କଥା କହିଲା ବେଳକୁ ଘଇତା ମାଇପ ବାଘପରି ମିଶି ଆସିବ-ସେ କହିବ, ରାଣ୍ଡ ଆଣ୍ଠୁକୁଡ଼ି, ଏ କହିବ ଖାନିକୀ। ଭଲାରେ-ମୁଁ କଣ ଛତରଖାଇ ପତରଗୋଟେଇ କି-ମୋର କଣ କେହି ନାହାନ୍ତି କି!"

କିନ୍ତୁ ବରଜୁ ଯେ ସେ କେତେବେଳୁ ନିଦରେ ଶୋଇ ଘୁଙ୍ଗୁଡ଼ି ମାରିଲାଣି। ବଡ଼ବୋହୁ କଥା ଗପି ଗପି ଶେଷରେ ନିରାଶ ହୁଏ।

ତେବେ ଭାଗବତ ଅଧ୍ୟାୟକ ପାର୍ବତୀ ଶୁଣି ନ ପାରିଲେ କଣ ହେଲା, ଶୁକଦେବ ଶୁଣନ୍ତି। ସାନବୋହୁ କାନ୍ଥ ପାଖରେ କାନପାରି ସବୁ ଶୁଣି ଛକଡ଼ି ଆଗରେ ବୟାନ କରେ-

"ବଡଭାଇ ବଡ଼ଭାଇ ହଉଥିଲେ ପରା, ଏବେ ଶୁଣ ଆସି। ମାଇପଟା ତାଙ୍କର ନ ହେଇ, ତମେ ତାଙ୍କର ହବ? ମାଇପ କେତେ ମିଛ ସତ କଉ ଲଗେଇ କହୁଚି; ଘଇତା ସେଥିରେ ପୁଣି କେମିତି କହୁଚି, - କାହିଁକି! ଘର ପାଇଟି ସେ ସବୁ କରିବନି, ଖାଲି ବସିକରି ଗୋଟାଏ ମଣିଷ ଖାଇବ କି? ବସେଇ ଏ ମତେ ଖାଇବାକୁ ଦଉଚି! ଧାନଉଷୁଆଁଠଉଁ ଭାତରନ୍ଧା କିଏ ସବୁ କରେ ମ? ଏଥର ମୋର ଗରଜ ପଡ଼ିଚି, କେମିତି ରାନ୍ଧିବାଢ଼ି କରି ଦେବା ଦଉ ରାଣ୍ଡୀ।"

ଏତେ ଗୁଡ଼ାଏ କଥା, ସବୁ ଏକାବେଳେ ତୁଚ୍ଛା ମିଛ ବୋଲି ଛକଡି ବୁଝିପାରେ ନାହିଁ। ବଡ଼ଭାଇକି ଲୋକେ ବାହାରେ ଯାହା କହନ୍ତି, ଭିତରେ ତେବେ ସେ ତାହା ନୁହେଁ! ହରି ମିଶ୍ରେ ଯାହା କହୁଥିଲେ ସତ କଥା। ବରଜୁର ଖାଲି ଉପରେ ଦେଖିବାକୁ କଥାଟି ସରୁ।

ହରି ମିଶ୍ରେ ପଞ୍ଚାୟତ ପ୍ରେସିଡ଼େଣ୍ଟ। ବରଜୁକୁ ଲୋକେ ଯେମିତି ଭଲ ପାଆନ୍ତି, ତାହା ସେ ଦି' ଆଖିରେ ଦେଖି ପାରନ୍ତି ନାହିଁ। ସେଥିପାଇଁ କଥା ବରଜୁର ନିନ୍ଦାତକ ଗାଇ ବୁଲନ୍ତି। ଛକଡ଼ି ଭାଇର ନିନ୍ଦା ଘରଣୀଠାରୁ ଶୁଣେ, ତାଙ୍କଠାରୁ ବି ଶୁଣେ। କିନ୍ତୁ ମୁହଁ ଫିଟାଇ ଭାଇ ଆଗରେ କହି ପାରେ ନାହିଁ।

ବଡ଼ଭାଇ ତା'ଠାରୁ ବୟସରେ ଅନେକ ବଡ଼, ଦଶ ବର୍ଷରୁ ବେଶି। ଆଖ ପାଖ ପାଞ୍ଚଖଣ୍ଡି ଗାଁରେ ଜାଣନ୍ତି ବରଜୁ ପଧାନର ଘର। ଛକଡ଼ି ବିଚରାର ନାଁ ହେଲେ କେଉଁଠି ପଡ଼େ ନାହିଁ। ବାପ ମରିଯିବା ପରେ ଛକଡି ଦେଖିଲା, ସେ ବଡ଼ ହୀନ ହୋଇ ପଡ଼ି ରହିଚି। ଖୁଣ୍ଟା ଦେବା ପାଇଁ ପୁଣି ଘରଣୀ ସବୁବେଳେ ଠିକ୍ ଅଛି।

କେଉଁଦିନ ଛକଡ଼ି ତାସ୍ ଖେଳି ଆସିଲା ବେଳକୁ ଦୁଧ ନ ଥିଲା, ତରକାରୀ

କମ୍ ଥିଲା, ଭାତ ତଳତଳିଆ ପେଜୁଆ ହୋଇଥିଲା- ଭାରିଯା ମନକୁ ଏ ସବୁ ବଡ଼ ବାଧେ। "କାହିଁକି ମ-ମୋର କଣ ଛ'ଟା ଅଛନ୍ତି କି-ଗୋଟାଏ ବୋଲି ମଣିଷ। ସେ ଗଣ୍ଡେ ମନ ବୋଧକରି ଖାଇ ପାରିବ ନାହିଁ। ଦରକାର ନାଇଁ, ମୁଁ ଏଠି ରହି କରି କାହାର କଣ କରିବି କି? ତମ ଭାଇ ଭାଉଜଙ୍କୁ ଘିନିକରି ତମେ ରହ। ମୋର ତ ବାପ ଘର ପଡ଼ିଚି; ପାଞ୍ଚୁଟା ଉପୁରି ମଣିଷ ରୋକିନା ଖାଇ ଯାଉଛନ୍ତି। ମୋ ପେଟ କଣ ଅପୋଷା ରହିବ?"

ଛକଡ଼ିକୁ ଯେଉଁ ସବୁ କଥା ଆଗେ ଆଗେ ଖରାପ ଲାଗୁଥିଲା, ପରେ ଆସ୍ତେ ଆସ୍ତେ ସେ ସବୁ ଅଭ୍ୟାସରେ ପଡ଼ିଗଲା। ମାଇଚିଆଟା ପରି କେତେ କାଳ ଏମିତି ସେ ପଡ଼ି ରହିବ? ନାଥ ଖଟେଇ, ହାଲୁ ସାଉ ଏବେ ଭାଇମାନଙ୍କଠଉଁ ଭିନ୍ନେ ହୋଇଗଲେ।ସେ କଣ ଚଳୁ ନାହାନ୍ତି। ଆଉରି ତ ଭଲ ଚଳୁଛନ୍ତି। ଦୋକାନ ଖଣ୍ଡେ ଖଣ୍ଡେ କରି ହାତରେ ପାଞ୍ଚ ପଇସା କରି ଏଛୁଣି ତ ତାଙ୍କ ପରି ସେ। ଭାଇ ପାଖରେ ରହି ଛକଡ଼ିକୁ ଏବେ କଣ ଗୁଡ଼ାଏ ମିଳି ପଡୁଚି? କିନ୍ତୁ ଭିନ୍ନେ ହେବ କେମିତି? କିଏ ସେ କଥା ଆଗକରି ଉଠେଇବ?

ପରିଚ୍ଛେଦ ଚାରି

ଚାରିପାଖରେ ଧାନ କ୍ଷେତ ସବୁଜ ହୋଇ ପଡିଚି । ଉପରେ ଅଶିଣ ମାସର ନେଳି ଆକାଶ-ଟାଇଁ ଟାଇଁଆ ଖରା ତାଲୁ ଫଟେଇ ଦେଉଛି । ମଝିରେ ମଝିରେ ଖଣ୍ଡେ ଖଣ୍ଡେ ଧଳା ବଉଦ ସଫରୀପଣ ଦେଖାଇ ସୂର୍ଯ୍ୟ ଆଗରେ ଭାସିଗଲା ବେଳେ ତାରି ଛାଇ ବିଲ ପରେ ବିଲ ଡେଇଁ ଚାଲି ଯାଉଛି । ବହୁତ ଦୂରରେ ଗଛ ଗହଳରେ ଗାଁ ଗୁଡ଼ିକ ଲୁଚି ରହିଚି । ପବନ ଅଛି ଅଛି ବହି ଯାଉଚି । ଏଇ ସବୁଜ କିଆରି ଉପରେ ତା'ର ଗତି । ଆକାଶ କେଡ଼େ ଉଚ୍ଚା, କେଡ଼େ ନେଳି ! ପୃଥିବୀ ଉପରେ ମଣିଷ ହାତର ଏହି କାରିଗରି ଦେଖି ଯେମିତିକି ସେ କାବା ହୋଇ ଚାହିଁ ରହିଛି ।

ଏଇ ଶୋଭା ଭିତରେ ଠାଏ ଠାଏ ବିଲ ମଝିରେ କେତେ ଗୁଡ଼ାଏ କଳା ଜନ୍ତୁ ନଇଁ ପଡ଼ି କଣ କାମରେ ଲାଗିଛନ୍ତି । କୋଉଠି ପଞ୍ଝାଏ ବଗ, କୋଉଠି ପଲେ ଶୁଆ-ଏ ବିଲରୁ ଉଠି ସେ ବିଲରେ ପଡୁଛନ୍ତି; ସେ ବିଲରୁ ଉଠି ଦୂର ଗାଁ ତଳେ ମିଶି ଯାଉଛନ୍ତି । ଏହି ଧାନ ଗଛ ମୂଳେ ନଇଁ ପଡ଼ିଥିବା କଳା କଳା ଜନ୍ତୁଗୁଡ଼ିକର କୁଆଡ଼କୁ ନଜର ନାହିଁ । ସେ ବି ଯେମିତି ଏହି ବିଲ ବାରି ଚଢ଼େଇଙ୍କ ପରି, ଏହି ସୂର୍ଯ୍ୟ ଆକାଶ ପରି ନିତିଦିନିଆ- ପୁରୁଣା । ଖରା ନାହିଁ, ବର୍ଷା ନାହିଁ, ଶୀତ ନାହିଁ, କାକର ନାହିଁ- ବାରମାସ ଛ'ଋତୁ ତିନିଶ ପଁଷଠି ଦିନ ଏହି ଏକା ଭାବରେ ସେ ଚାଲିଛନ୍ତି । କାଳ କାଳ ବିତିଗଲାଣି । ଆଜିଯାଏ ସେ ଦିହ ପାଇଁ ଖଣ୍ଡେ ଅଙ୍ଗା ମିଳିଲା ନାହିଁ ଘୋଡ଼େଇ ହେବାକୁ- ଛ'ହାତି ଗାମୁଛା ଆଠ ହାତ ହୋଇ ପାରିଲା ନାହିଁ, ଭଲ କରି ଟିକିଏ ପିନ୍ଧିବାକୁ । ସେଥିପାଇଁ ସେ ମଣିଷ ନୁହନ୍ତି, ଜନ୍ତୁ । ଖାଲି ମାଟି, ମାଟି-ମାଟି ତାଙ୍କର ବେଉଷା- ଜନମଠାରୁ ମରଣଯାଏଁ । ମାଟିରେ ଜନମ, ମାଟିରେ ଶୁଆ, ଉଠା ବସା, ମାଟିରେ ଘର-ମାଟି ତାଡ଼ିଲେ ପେଟ ପୋଷେ-ମାଟିର ମଣିଷ...... !

ଏହି ଜନ୍ତୁ ଗୁଡ଼ିକ ଭିତରୁ ବରଜୁ ପଧାନ ଗୋଟିଏ-ଅଣ୍ଟାରେ ଖଣ୍ଡେ ମସିଆ

ଗାମୁଛା ଘେରେଇ ଦେଇଛି, ମୁଣ୍ଡରେ ଠେକାଟାଏ ଭିଡ଼ି ଧାନ ଗଛମୂଳେ ଆଣ୍ଠେଇ ପଡ଼ିଛି। କାଳ କାଳ ଧରି କେତେ ବରଜୁ ଏମିତି କାଦୁଅ ଚକଟି ପିଠିରେ ଖରା ତାପ ସହି ମଣିଷଜାତି ପାଇଁ ଆହାର ବାଢ଼ି ଗଲେଣି-ଆଶା ନାହିଁ-ଭାଷା ନାହିଁ-ଆଖି ଥାଉଁ ଥାଉଁ ଦେଖି ପାରନ୍ତି ନାହିଁ, କାନ ଥାଉଁ ଥାଉଁ ଶୁଣି ପାରନ୍ତି ନାହିଁ, ଜିଭ ଥାଇ କଥା ପଇଟେ ନାହିଁ-କାଲ, ଅନ୍ଧ, ମୂକ। ନିଜ ଦୁଃଖ ନିଜେ ବୁଝନ୍ତି ନାହିଁ, ନିଜ କଥା କହି ପାରନ୍ତି ନାହିଁ- ଅବିକଳ ଗୋଟିଏ ଗୋଟିଏ ଗୋରୁ। କାରଣରେ ଅକାରଣରେ ପିଠିରେ ପାଞ୍ଚଣ ପାହାର ପଡୁ, ଗାଳି ଫଇଜତି ହେଉ, ତିନି ଓଳି ମୁନିବ ଖାଇବାକୁ ନ ଦେଉ-କାହିଁରେ ଆପତ୍ତି ନାହିଁ।

ଯଦୁ ଦଳେଇ ବରଜୁର ପଡ଼ିଶା-ଭାଇ ଲେଖା ହେବ- ପାଖ ବିଲରେ ବିଲ ବାଛୁଚି ସେମିତି ଆଣ୍ଠୁ ମାଡ଼ି। ଦି'ଜଣଙ୍କ ଭିତରେ ଗପସପ ହେଉଛି। ଆଉ ଚଷାମାନେ ଯେଝା ଘର କଥା ବିଲବାରି କଥା ଗପ କରୁଛନ୍ତି। "ବରାଜୁଆ ଭାଇ, ସବୁ କପାଳରେ ଭାଇ, କପାଳ-ଗଲା ସନ ଆଖୁ ଅରାକ କେତେ ସୁବିଧାରେ ଉତୁରି ଗଲା, ଏଥର ଗଛ ଗୁଡ଼ାକ ଯେମିତି ମୁରୁକୁଟିଆ ମୁରୁକୁଟିଆ ହେଇଚି, ସେଥିରେ ଖର୍ଚ୍ଚ ଉଠିବ କି ନାହିଁ।"

"ତାକୁ ଆଉ ତୁ କର କରିବୁ ? ଆମେ ତ ଚଷା, ପାରୁ ପରିଯନ୍ତେ- କମେଇବା ସିନା-ତେଣିକି ନହେଲେ କାହା ହାତରେ ଅଛି ?"

"କୋଉ କଥା ଆମ ହାତରେ ଅଛିରେ ଭାଇ-'କର୍ମ ମୋହର ନିଜ ଗୁରୁ, ଉଦ୍ଧବ କେତେ ତୁ ପଚାରୁ।' କର୍ମ ହଉଚି ସବୁ। କର୍ମରେ ନଥିଲେ କିଏ ଦବ ? ପିଲାଟାର ଦିହଦୁଃଖ ହେଲା ପରା କେତେ ଦିଅଁ ଦେବ ତାଙ୍କୁ କଣ ନ ଯାଚିଲା ! ମଙ୍ଗଳା ମା'ଙ୍କ କେତେ ମାଜଣା ନ କଲି ! କେହି ରଖି ପାରିଲେ ? ସବୁ ଖାଲି ମାହାଳିଆରେ ଭାଇ, କର୍ମ ବଡ଼। ଟୋକାଟା ବଞ୍ଚିଥିଲେ ଏ ବର୍ଷ ମୋର ଭାବନା ଥିଲା। ମାସ ଛଅଟା କଲିକତା ଚାଲି ଯାଇଥିଲେ ଜଗୁ ସୋଇଁ ଧାନ ରହିଥାନ୍ତା, ନା ମିଶ୍ରଘର ଟଙ୍କା ରହିଥାନ୍ତା ?"

"ମଣିଷ ବିଚାରିଲେ ଯେବେ ସବୁ ହେଇଯାଉଥାନ୍ତା-"

"ହଁ ଭାଇ, ସତ କହିଲୁ, ମଣିଷ ବିଚାର କିଛି ନୁହେଁ। କର୍ମ ଅସଲ-ମାଟିକ ସୁନା କରିବ, ସୁନାକୁ ମାଟି କରିବ।" ବରଜୁ ମିରୁକି ହସି କହିଲା, "ଆଖିଆଗରେ ଦେଖୁନୁ -ହରି ମିଶ୍ରଙ୍କ ଘରେ-କର୍ମଟା କେଡେ ସଲଖ।

"ହଁ ରେ ଭାଇ, ସଂସାରରେ ଧର୍ମ ଅଛି ବୋଲି କ'ଣ କହିବା ଆଉଁ ? ଧର୍ମ ଖାଲି ପୁରାଣ ଭାଗବତରେ ନା। ହରି ମଶ୍ର-ବ୍ରାହ୍ମଣ ଟାଏ-କଣ ନ କରୁଚି-କେତେ

ଘର ନ ଭାଙ୍ଗୁଚି, କେତେ ତଣ୍ଟି ନ ଚିପୁଚି ? ସେଦିନ ବନ୍ଦୋବସ୍ତ ଦିପୋଟି ଆଗୁଟାରେ ଧଣ୍ଡା ତୁଳସୀ ଛୁଇଁ ହଲପ କରି ଜେନା ଘର ଜମିଗୁଡ଼ା ନେଇଗଲା-ପଚିଶ ଜଣଙ୍କ ଆଗରେ ! କେଡ଼େ ନିଆଁ ଗିଳା-କେମିତି ତା ଛାତି ପତେଇଲାରେ ! ଏବେ ଦେଖିଲୁ, ଧନ ଜନ ଗୋପଲକ୍ଷ୍ମୀ-କୋଉ ପଦରେ ତାର ଊଣା ? ଏ କଥା ଦେଖିଲେ ସଂସାରରେ ଧର୍ମ ଅଛି ବୋଲି କିଏ କହିବ ?

ବରଜୁ ପଧାନର ତାଳୁଠାରୁ ତଳିପାଯାଏ ଥରି ଉଠିଲା । ଧର୍ମ ନାହିଁ ! ଖାଲି ଅଧର୍ମ, ଅନ୍ୟାୟ,ପାପ ! ମଣିଷ ଜାତିଟା ଏହାରି ଉପରେ ବଞ୍ଚିଛି ! ଲୋକେ କହନ୍ତି, ବଣମଣିଷଙ୍କ ଭିତରେ ସେ ସବୁଠାରୁ ବେଶି ବଳୁଆ ପଡେ, ସେ ଆପଣା ପିଲା ମାଇପି ଆଉ ପାଞ୍ଚଟା ଦୁର୍ବଳିଆଙ୍କୁ ମାରି ଖାଏ । ଭୁଆ ବିରାଡ଼ି ବଳୁଆ ପଡ଼ି ଉଣ୍ଡି ଉଣ୍ଡି ନିଜ ଛୁଆଗୁଡ଼ାଙ୍କୁ ଖାଏ । ମଣିଷ କଅଣ ସେଇୟା ! ଆଖ ପାଖ ସାଇ ପଡ଼ିଶା ପାଞ୍ଚୋଟିଙ୍କୁ ମାରିଲେ ଗୋଟିଏ ବଞ୍ଚିବ ! ଯାହାର ଟିକିଏ ବେଶି ଜୋର୍ ହେଲା-ଧନରେ ହେଉ, ବୁଦ୍ଧିରେ ହେଉ, କି ବଳରେ ହେଉ, ସେ ସାଇପଡ଼ିଶା ଆଖ ପାଖ ଗରିବଗୁରୁବା ଦୁର୍ବଳିଆ ଆଉ ପାଞ୍ଚଟିଙ୍କୁ ମାରି, ଖିନି ଖରାପ କରି, ନିଜେ ମୋଟା ହୋଇ ବଢ଼ିବ । ମଣିଷ ତେବେ ଏଇୟା ! 'ଆହାରେ ଭଲ ମନ୍ଦ ନାହିଁ, ଯେ ସ୍ଥାନେ ଯେମନ୍ତ ମିଳଇ' -ଏ ଭାଗବତବାଣୀ ତେବେ ମଣିଷ ପାଇଁ ହୋଇ ନାହିଁ । ଅଧର୍ମ ପାଇଁ ରାମାୟଣ ମହାଭାରତ ହେଲା; ଅଧର୍ମ ପାଇଁ ବସୁଧା ଫାଟି ଯାଇଥିଲା; ଏ କଣ ମଣିଷ ଜାତିର କଥା ନୁହେ !

ବରଜୁ ପାଟିକରି ଉଠିଲା, "ଧର୍ମ ଅଛିରେ ଭାଇ, ଅଛି । ଆମେ ପାପୀ ବୋଲି ଧର୍ମ କୁଆଡ଼େ ଯିବ ? ଆମେ ଯାକୁ ତାକୁ କଣ କହିବା-ନିଜେ ତ ଦୋଷୀ । ଧର୍ମ କାର୍ଯ୍ୟ ପାଇଁ ଗୁଣ୍ଡୁଚି ମୂଷାଟାଏ ସେତୁବନ୍ଧରେ ଯାଇ ମାଟି ପକାଇଲା, ମାଙ୍କଡ଼ ଗୁଡ଼ାଏ ଯାଇ ହାଣମୁହଁରେ ବେକ ପତେଇଦେଲେ; ଶହଶହ ରାଜା ମହାରାଜା ଘର ଦୁଆର ମାଇପଙ୍କ ମୋହ ତୁଟାଇଲେ, ଲହୁ ଢାଳିଦେଲେ । ଆମେ କଣ କରୁଚେଁ ? - ଆମର ତ ଘର ଘରକେ ତିନି ଫାଙ୍କ-ବାପ ପୁଅ ଭିତରେ, ଭାଇ ଭାଇ ଭିତରେ, ସ୍ତ୍ରୀ ପୁରୁଷ ଭିତରେ ତ ମନ ମିଳୁ ନାହିଁ; ସେଥିରେ ଯେବେ ଜଣେ ଜଣେ ହରି ମିଶ୍ର ତୋ ମୋ ଭିତରେ କଜିଆ ଲଗେଇ ମାଙ୍କଡ଼ ଲଡୁଭାଗ ବାଣ୍ଟିଲା ପରି ମଝିରେ ମଝିରେ ସବୁତକ ପକେଇଲେ, ଦୋଷ ଖାଲି ତାଙ୍କର ? ଆମେ ଗୋଟିକଯାକ ତୁଳସୀ ? ଆଉ ଖାଲି ମଙ୍ଗଳାମା'ଙ୍କ ଠେଇଁ ମୁଣ୍ଡିଆ ମାଇଲେ ତ ସେ ଅସୁରଟାକୁ ମଣିଷ କରି ଦେବେ ନାହିଁ । ଆମର କୋଉ ମଣିଷପଣିଆ ଅଛି ଯେ, ଆମେ ଯାକୁ ତାକୁ ନିନ୍ଦିବା ?"

"ନାଇଁରେ ଭାଇ ସବୁ ଗୋଟାଏ କଥା, କପାଳ ହଉଚି ଗୋଟାଏ କଥା ହରି

ମିଶ୍ରର କପାଳ ଟାଣ-ସେଇ ମହାଜନ, ସେଇ ଜମିଦାର, ସେଇ ପ୍ରସଦନ୍ତ, ପୁଲିସ ତାରି ହାତରେ, ହାକିମ ହୁକୁମା ତାରି ହାତରେ। ଏସବୁ କର୍ମ-କର୍ମ ତେଜ ନଥିଲେ କଣ ହୋଇପାରେ!"

"ହଁରେ ଭାଇ, ଯାହା କହିଲୁ ସତ କଥା-କପାଳ ସବୁ। ତେବେ ବର୍ଷା ହେଲା ନାଇଁ, ଆଖୁଖେତ ଉଜୁଡ଼ିଗଲା-ସେ କପାଳ ଗୋଟାଏ। ଆଉ ତୋ ମୋ ଭିତରେ କଜିଆ ଲଗେଇ ଦେଇ, ତୋ ଜମି ମୋ ତଳେ ଲେଖିଦେଇ ଲାଭ ଖାଇଲେ ହରି ମିଶ୍ର। ସେଥିରୁ ଆସିଲେ ଅମିନ, ପୁଲିସ, ହାକିମ, ଓକିଲ, ମୋହରିର। ଆମେ ଭାସିଲେଇ ଅକୂଳରେ। ଏ କଥା ନିଆରା। ଏଠି ଆମର କପାଳ ଆଉ କିଛି ନୁହେଁ-ଆମ କପାଳ-ହରି ମିଶ୍ର, ବୁଝିଲୁ ନା ?"

ଖଣ୍ଡେ ଦୂରରେ ଗୋଟାଏ ବଳଦଗାଡ଼ି ତେଲ ବିନା 'କେଁ କଟ କଟ କେଁ, ଡାକି ଡାକି ଧୀରେ ଧୀରେ ଚାଲିଛି। ଶଗଡ଼ିଆର ଟାକରା, ଗୋରୁ ଉପରେ ପାଞ୍ଚଣ ମାଡର ଶବ୍ଦ, ଆଉ ମଝିରେ ମଝିରେ ପଦେ ଅଧେ ଗୀତ-ରାମ ବିଭାକାରେ ଲୋ ଲଖଣ ବରଜାତ-ଇ-ଟ,ଟା।' ବରଜୁ ପଧାନର କଥାଗୁଡ଼ାକ ସେମିତି ଅବା ଧାନ ଗଛ ଉପରେ ପବନର ଢେଉ ଖେଳ ସାଙ୍ଗେ ସାଙ୍ଗେ ଚାରିଆଡ଼େ ବାଜିଗଲା।

ଯଦୁ ଦଳେଇ କହିଲା, "ହଁ ଭାଇ, ସବୁ ବୁଝିଲି ଯେ;ତେତେ ତୋ କଥାଗୁଡ଼ାକ କେମିତି ଅଡୁଆ ଲାଗୁଚି। ହରି ମିଶ୍ର ସିନା ଖରାପ-ତେବେ ଓକିଲ, ଅମଲା, ହାକିମମାନେ କଣ ଆମର କିଛି ଭଲ କରୁ ନାହାନ୍ତି ?"

"ହଁ, ତାଙ୍କର ଯାହା ମରଜି-ଭଲ କଲେ ଆମ କପାଳ ଭଲ, ମନ୍ଦ କଲେ ଆମ କପାଳ ମନ୍ଦ। ମୋଟ ଉପରେ ଆମେ ମନ୍ଦ ହେବାରୁ ସିନା ଏତେ ସବୁ ଭିଆଣ।"

"ହଁରେ ଭାଇ, ଏ କଥାରେ ଏ ଗୋଟାଏ କଥା- ସଂସାରଟା ମନ୍ଦ ହେବାରୁ ଏତେକଥା। ହେଲା ବା ଜଣେ ମଣିଷ ଭଲ ହେଇଗଲା; ଆଉ ସମସ୍ତେ ତ ଚୋର-ସେ ଭଲ ମଣିଷଟି ପାଇଁ ଥାନ କୋଉଠି ମିଳିବ ?"

"ଗୋଟି ଗୋଟି ହେଇ ତ କୋଟିଏ। ଯେ ଭଲ ହୁଏ, ସେ ଆଉ ପଚିଷଟାକୁ ଭଲ କରିଦିଏ। ଗୋଟାଏ ଠେଇଁ ଫୁଲଟା ଫୁଟିଲେ ଚାରି ପାଖ ଧରି ବାସ ଚହଟାଇ ଦିଏ। ଯୋଉ ଫୁଲର ଯେଡ଼େ ବାସନା, ସେ ସେତିକି ଦୂରକୁ ମହକ ଦିଏ।"

ବଳଦଗାଡ଼ିର 'କେଁ କଟ କଟ କେଁ' ଡାକ ଧୀରେ ଧୀରେ ଦୂରକୁ ଚାଲି ଯାଉଛି-ଶଗଡ଼ିଆର ଟାକରା, ଗୋରୁ ଉପରେ ପାଞ୍ଚଣ ମାଡ଼ର ଶବ୍ଦ, ପୁଣି ମଝିରେ ମଝିରେ ପଦେ ଅଧେ ଗୀତ- 'ସୁବର୍ଣ୍ଣ ବେଦୀ ତରେ ଲୋ ଧଇଲେ ପାଟଛତି-ଇ-ଟ,ଟା।'

ତେବେ ପିଲାଙ୍କୁ କାହାକୁ ଚିପୁଡ଼ା ଭାତଖଣ୍ଡେ, କାହାକୁ ମୁଢ଼ି ହୁଡୁମ୍ବ ମୁଠାଏ ଦେଇ ବଡବୋହୂ ଖଣ୍ଡେ ଦାନ୍ତକାଠି ଚୋବେଇ ଚୋବେଇ ଯାଏ ପୋଖରୀ ଘାଟକୁ। ଶାଶୁ ମରିଯିବା ଦିନୁଁ ଦି'ଜାଙ୍କ ଭିତରେ ପଡ଼େନାହିଁ। କେହି କାହାର ପଦେ ହେଲେ ସହିବ ନାହିଁ-ପଦକୁ ପଦେ ଉତ୍ତର। ଘର ଭିତରେ କାମ ବଣ୍ଟା ହୋଇ ଯାଇଛି-ସାନ ବୋହୂର ଗୋରୁମୁହାଁ ଗୁହାଳପୋଛା, ଘସିପରା, ଧାନଉଷୁଆଁ କାମତକ; ବଡ଼ବୋହୂର ଭାତ ତୁଣ ରନ୍ଧା ବଢ଼ା, ଗଲା ଅଇଲା ସବୁକାମ। କେହି କାହା କାମରୁ ସୂତାଏ ହେଲେ କରିବେ, ଦିନେ ହେଲେ ଧାନରେ ଗୋଡ଼ ମାରି ଟିକିଏ ନାହିଁ କି ସାନବୋହୂ ଦିନେ ହେଲୋ ଚଲାଇ ମୁହଁ ଦେବ ନାହିଁ।

ବଡ଼ବୋହୂ ସେମିତି ଦନ୍ତକାଠି ଖଣ୍ଡେ ଚୋବେଇ ଚୋବେଇ ପୋଖରୀ ତୁଠରେ ଆସି ପହଞ୍ଚିଲା, ସେମିତି ତା'ରି ସାଙ୍ଗ ସହଚରୀ-ମାନେ ଆସି ଗୋଟି ଗୋଟି ହୋଇ ଜୁଟିଲେ। ମଣିବୋଇ ଗଡ଼ିଆକୂଳରୁ ମୁଠାକୁ ମୁଠା ଓଦାମାଟି ନେଇ ପିତଳ ବାହିଟାକୁ ଘସର ଘସର କରି ମାଜି ପକାଉଥାଏ; ଏଣେ କହିଲାଗିଥାଏ, "ଇଏ କଣ ବା ହାରାବୋଉ, ତୋର କାଇଁକି ଏଡ଼େ ଉଛୁର ବା ?"

"ଆଲୋ, ହଳଦୀ ବାଟିଲି, ବେସର ବାଟିଲି, ବଡ଼ଟାକୁ ପଖାଳ ମୁଠାଏ ବାଢ଼ିଦେଲି, ସାନ ଦି'ଟାଙ୍କ ଅଣ୍ଟିରେ ମୁଢ଼ି ଗଣ୍ଡାଏ ଗଣ୍ଡାଏ ଦେଲି-"

ମଣିବୋଉ ଖୋଳେଇ ହୁଏ- "କାଇଁକି ବା, ସାନ କଣ ତୋ ପିଲାଙ୍କ ଖାଇବା କଥାତକ ବୁଝନ୍ତା ନାଇଁ ?"

"ଆଲୋ, ସେ ପରା ବଡ଼ଘର ଝିଅ। ମୋ ପିଲାଗୁଡ଼ାକ ତାକୁ ଗନ୍ଧାନ୍ତି ନା! ଘଇତା ମାଇପେ ଯେବେ ଗୋଟାଏ ଘର ଭିତରେ ଟୁପୁରୁ ଟାପର ହଉଥିବେ, ତମର ଏଆଡ଼େ ଭାତହାଣ୍ଡି ଉତୁରି ପଶିଲେ କେତେ, ଡାକି ଡାକି ଫାଟି ଫୁଟିଗଲେ ତ ତା' ଭିତରୁ ବାହାରିବେ ନାହିଁ।"

ଶରଦୀମା ଦାନ୍ତକାଠି ଖଣ୍ଡକରେ ବସଣୀଟାକୁ ମାଜୁ ମାଜୁ କହିପକାଏ, "ଛି, ଆଲୋ, ଭୁଆଶୁଣୀଟା, ଘଇତା ପାଖରେ ସବୁବେଳେ ପଶିଥିବ-ବରଜୁଆ ମା ଥିଲେ ଏକଥା ପୁଣି କାନ ଶୁଣନ୍ତା ?"

ହାରାବୋଉ କହିଲା, "କଣ ସେତିକି କି ଲୋ ଅପା, ଦେଢ଼ଶୁରଟା ସେଇଠି ଦୁଆର ମୁହଁରେ ବସିଥିବ-ଘରଭିତରେ ଭାଇ ଭାଇବୋହୂଙ୍କର ହସ ତାମସା ଲାଗିଥିବ ଯେ-ଯେ ଗୋଟାଏ ଶୁଣିବ, କହିବ ଏ କ'ଣ ଦାରୀଘର।

ନାଣ୍ଡୀ ପଣ୍ଡାଆଣୀ ଆଞ୍ଜୁଳା ଆଞ୍ଜୁଳା ପାଣି ଧର୍ମ-ଦେବତାଙ୍କୁ ଟେକି ଦେଉଥାଏ, ଏଣେ ବି କହି ଲାଗିଥାଏ, "କିଲୋ, ପରା କଳିକାଳ ଏ-ଏଣିକି ତ କେବେ ନୂଆ

ନୂଆ କଥା ଦେଖିବ, କେତେ ନୂଆ ନୂଆ କଥା ଶୁଣିବ-ଆମର ତିରିଶ ବରଷଯାଏ ଆମେ ଦାଣ୍ଡ ଦୁଆର କିମିତି ଦେଖି ନ ଥିଲୁଁ କି ଘଇତା ମୁହଁ କମିତି ଜାଣି ନଥିଲୁଁ। ଏବକାଳକୁ ତ ଭାଇବୋହୂ ଦେଢ଼ଶୁର-ଛିଆ, ଛିଆ, ସେ କଥା ତୁଣ୍ଡରେ ଧର ନାଁ!"

ସାନବୋହୂ ଘର ଭିତରେ କାନ ପାରି ବାଁରେଇ ବାଁରେଇ ବାରିପଟକୁ ଆସି ସବୁ କଥା ଶୁଣିଲା। ଛକଡ଼ି ଆସିଲାରୁ ଯାହା ଶୁଣିଥିଲା, ତାହା ତା ଆଗରେ କହିଲା, ଯାହା ନ ଶୁଣିଥିଲା ତାହା ବି କହିଲା। ଛକଡ଼ି କରିବ କଣ? ବଡ଼ଭାଇ ଆଗରେ କହିବାକୁ ତା'ର ସାହାସ କାହିଁ?

ବଡ଼ବୋହୂ ସାନବୋହୂ ଏଣିକି ମୁହାଁମୁହିଁ ହୋଇ କଜିଆ ଆରମ୍ଭ କରିଦେଲେ। ଶାଶୁଶଶୁର ତ ନାହାନ୍ତି-ଏବେ ଯେଝା ହାତରେ ସେ ଚଉଦ-ପା-କିଏ କାହାକୁ ମାନିବ, କିଏ କାହା କଥା ଶୁଣିବ? ବସିଲେ କଳି, ଉଠିଲେ କଳି, କଥା କଥାକେ କଳି! ବଡ଼ବୋହୂ ବସିଚି, ସାନବୋହୁ ସେ ବାଟରେ ଚାଲି ଯାଉଁ ଯାଉଁ ଅଜାଣତରେ ବଡ଼ ଜା ଦିହରେ ଗୋଡ଼ଟା ବାଜିଗଲା। 'ବିଷ୍ଣୁ' କରିଦେଇ ସାନ ଜା ଚାଲିଯାଉଚି, ବଡ ନା କହି ପକାଇଲା, "କିଲୋ କଣ ମଣିଷ ଦିଶୁ ନାହାନ୍ତି କି-ବାଟ ଚାଲୁ ଚାଲୁ ଗୋଇଠା ମାରି ଦେଇ ଯାଉଚୁ!" ମୁହଁ ଛିଞ୍ଚାଡ଼ି ଦେଇ ସାନ ଜା କହିଲା, "କାଇଁକି ବା, ମଣିଷଙ୍କୁ କଣ ଥାନ ମିଳେ ନାଇଁ କି, ବାଟରେ ଘାଟରେ ବସିବେ!"

"କିଲୋ, ଭାରି ବହପ ତୋର-ମାଡ଼କୁ ମାଡ଼ ମାରି କେଡ଼େ କଟେଣି ଦେଖଉଚୁ!"

ସାନବୋହୁ ବି ଜବାବକୁ ଜବାବ ଯୋଡ଼ିଦେଇ କହିଲା, "କାଇଁକି ମ, କିଏ କଣ ତା'ର ଖାଏ କି-କଥା କହିବେ ନାଇଁ ଡରିବେ !"

କଥାକୁ କଥାଏ ହୋଇ ଶେଷରେ ଦି'ଜାଙ୍କ ମୁହଁରୁ ଯେଉଁ ସବୁ କଥା ବାହାରିଲା, ତାହା ଅଭିଧାନ ଭିତରେ ନାହିଁ।

ବରଜୁ ଛକଡ଼ି ଘରକୁ ଆସିଲେ। ବରଜୁ ଆସିଲା ବିଲବାଡ଼ି କାମ ବୁଝି ସାରି; ଛକଡ଼ି ଆସିଲା ଦି'କୋଶ ବାଟରୁ କେଳାନାଟ ଦେଖି। ଦୁଇ ଜଣ କଜିଆ କଥା ଶୁଣିଲେ। ଜଣେ ଶୁଣିଲା ସାନ ବୋହୁଙ୍କ ଦୋଷ, ଆଉ ଜଣେ ବଡ଼ଭାଉଜଙ୍କ ଅପରାଧ। ଛକଡ଼ି ସବୁ କଥା ଶୁଣି ସ୍ତ୍ରୀକୁ ସାବାସ୍ କରି କହିଲା, "ହଁ, ଏମିତି କଥାକୁ କଥାଏ କହିଲେ ସିନା ଜିତିବା।" ସ୍ତ୍ରୀର ରୂପ କିନ୍ତୁ ଆଉ ପ୍ରକାର। ସେ ମୁହଁ ମୋଡ଼ି ଦେଇ କହେ, ସେ ମାଇଚିଆ ସୁଆଗ ଗୁଡ଼ାକ ରଖିଥା। ଗଣ୍ଡାଏ ଖାଇବି ବୋଲି ବାର ଅରକ୍ଷିତିଆଣୀଙ୍କ ଠାଉଁ କାଇଁକି ବାର କଥା ଶୁଣିବି ମ? ଖଣ୍ଡେ ପିନ୍ଧି ଗଣ୍ଡାଏ ଖାଇବାକୁ ମୋର କଣ ନାଇଁ କି?"

ତା'ର କଣ ଅଛି କି ନାଇଁ, ସେ ଜାଣେ ନାହିଁ-ଜାଣିଥିଲେ ଜାଣିଥିବ ଛକଡ଼ି। ହେଲେ, ଛକଡ଼ିର କେଉଁ ଗହୀରରେ କେତେ ଚାଷ, ସେତକ ମାଲୁମ ନାହିଁ। ସେ ବୁଝାଇ ସୁଝାଇ କହେ, "ଆଚ୍ଛା ହଉ ରହ, ଦେଖିବା ଭାଇ ଆଗେ କଣ କହୁଚନ୍ତି, ବୁଝିବା।"

ସାନବୋହୂ କୋପାନଳ ହୋଇ କହେ "ରଖିଥା ତୋ ଭାଇ ଭାଉଜ-ତୋ ଭାଇ ପୁତୁରା ଝିଆରୀଙ୍କୁ ନେଇ ଥା-ମତେ ଖଣ୍ଡେ ଅଲଗା ହାଣ୍ଡି କରି ଦେ।"

ଆର ଘରେ ବରଜୁ ଖାଲି ସାନବୋହୂର ଦୋଷଗୁଡ଼ିକ ଶୁଣେ। ସେ ବୁଝିଲାଣି, ସବୁ କଥାରେ ତୁନିହୋଇ ରହିଲେ ଏଣିକି ଆଉ ଚଳିବ ନାହିଁ। ଆପଣା ସ୍ତ୍ରୀକୁ ବୁଝାଇ ବୁଝାଇ ସେ ଥକିଲାଣି। କାହିଁରେ କିଛି ହେଲା ନାହିଁ। ବିଶ୍ୱାସରେ ବିଶ୍ୱ ଚଳୁଚି। ବିଶ୍ୱାସ ତୁଟିଗଲେ ବାପ ପୁଅ, ସ୍ତ୍ରୀ ପୁରୁଷ, ଭାଇ ଭାଇ, ରଜା ପ୍ରଜା, କାହାରି ଭିତରେ କିଛି ସମ୍ବନ୍ଧ ରହିବ ନାହିଁ। ଦି'ଜାଙ୍କ ଭିତରେ ତ ଏ ବିଶ୍ୱାସ ନାହିଁ; ତେବେ ଦି'ଭାଇଙ୍କ ଭିତରେ ସେ ରହିବାର କଥା, ତାହା ବି କମି ଯାଉଅଛି।

ବରଜୁ ସ୍ତ୍ରୀକୁ ସବୁ ପ୍ରକାର ବୁଝାଇ ସୁଝାଇ ଶେଷରେ କହିଲା, "ତମର ଏ କଳିଗୋଳ ଯୋଗରୁ ଦେଖୁଚ ତ, ସକାଳୁ ସଞ୍ଜଯାଏ ମୁଁ ଘରେ ରହୁ ନାଇଁ। ଏଣିକି ନ ହେଲେ ରାତିରେ ବି ଯାହା ଟିକିଏ ଆସୁଚି, ସେତକ ବନ୍ଦ କରିଦେବି।"

ବଡ଼ବୋହୂ ସଂସାର ଭିତରେ ସବୁଠାରୁ ବେଶି ଡରେ ବରଜୁକୁ- ଆଡ଼ପାଗଳା ମଣିଷଟାଏ, ଯାହା ରେଣ୍ଟି ଧରିଥିବ, ସେୟା। କେତେବେଳେ ମାଛିଟାଏ ମାଇଲେ ସହିବ ନାଇଁ, ଆଉ କେତେବେଳେ ତମର କାନ୍ଦି ବୋବେଇ ମୁଣ୍ଡ କଚାଡ଼ି ଜୀବଛାଡ଼ିଯାଉ, ଟିକିଏ ଆଖି ଫେରାଇ ଚାହିଁବ ନାଇଁ-ଏମିତି ମଣିଷଟାର ହାତ ଧରିବାକୁ ବଡ଼ବୋହୂ କପାଳରେ ଥିଲା! ଆଉ କଣ ଘଇତା ମାଇପେ ହୋଇ ଲୋକେ ଚଳୁ ନାହାନ୍ତି-ଏଇ ପରା ଛକଡ଼ି-ହସ ଖୁସିରେ ଦିନ ଅଣ୍ଟୁ ନାହିଁ, ଆଜି ସୋଲାଭଜା, କାଲି ଜିଲିପି, ପଅରଦିନ ପିଚାପାଡ଼ ଶାଢ଼ୀ। ଏ ଗୋଟାଏ ମଣିଷ ଯେ କହି କହି ଫାଟି ଫୁଟିଗଲେ ଭଲରେ ମନ୍ଦରେ ଖଣ୍ଡେ ଜିନିଷ କରିବ? କିଏ ଯେମିତି ଶହେ ପଚାଶ ଘିନି ପଳେଇଲା, ଏମିତି ସବୁବେଳେ ମୁହଁଟାକୁ ଓଲିଆ ପରି କରିଥିବ। ସେଥିରେ ପୁଣି ଜିଦିଖୋର ଯେ କହିଲେ ନ ସରେ-ପୋଡ଼ା କପାଳରେ!

ବଡ଼ବୋହୂ ଶଙ୍କି ହୋଇ କହିଲା, "ହଁ ତମର ତ ଖାଲି ସେଇ କଥା ଡରେଇବାକୁ ଅଛି-ପିଲା,ମାଇପଙ୍କୁ ଅନାଥା କରି ଘରଛାଡି ପଳେଇବ। କାଇଁକି, କଜିଆ କେମିତି ବନ୍ଦହେବ ବତେଇ ଦେଉନା?"

ବରଜୁ ଯାହା ବତାଏ, ସ୍ତ୍ରୀକୁ ତାହା ଏକାବେଳେ ଅସମ୍ଭବ ପରି ମନେହୁଏ।

ସେ ସବୁ ଶୁଣେ-ସେଥିରୁ ଯାହା ବୁଝେ, ଦୋଷ ଦିଏ ସ୍ତ୍ରୀର। ସେ ବଡ଼ ଜା-ସେ ଯେମିତି ଚଳନ୍ତା, ସାନ ଜା ସେଥିରେ ବଳେ ବାଧ ହୁଅନ୍ତା। ସବୁ କଜିଆ ଗୋଳପାଇଁ ବଡ ଜା ନିଶ୍ଚେ ଦାୟୀ। ସେ ଆଗ ହୋଇ ଘରକୁ ଆସିଚି-କେତେ ଆଗରୁ ବୋହୂ ପଣିଆ କରିଚି, ଘରଣୀ ହୋଇଚି; ଘରଦୁଆର, ଭଲ ମନ୍ଦ ସବୁ ବୁଝାମଣା କରିଚି-ସବୁ ଦୋଷ ପାଇଁ ସେ ଆଗ ଦୋଷୀ।

ସ୍ତ୍ରୀ ମୁହଁ ଫୁଲାଇ କହେ, "ହଁ, ମୋ କଥାକୁ ମାନିବାକୁ ତ ସେ ଚାହିଁ ବସିଚି !"

ସ୍ୱାମୀକହେ, "ସେ ନ ମାନିଲେ ବି ଦୋଷ ତାର ନୁହେ, ତମର-କାହିଁକି' ନା ତମେ ବଡ। ତମ ଦି'ଜଣଙ୍କ ଭିତରେ ଯେ ମନଭାଙ୍ଗି ଯାଉଚି, ସେଥିପାଇଁ ବି ତମେ ଦୋଷୀ-କାହିଁକି ନା ତମେ ବଡ-ତମ ବୁଦ୍ଧି ତା'ଠାରୁ ବେଶି ସରସ, ତମେ ତା'ଠାରୁ ବେଶି ଜାଣିବା ମଣିଷ।"

ଦୁଇଧାର ଲୁହ ଗଡାଇ ପକାଇ ହାରାବୋଉ କହିଲା, "ତୁମେ ଆଉ ଭାଇ ଭାଇବୋହୂଙ୍କ ପଟକୁ ନ କହି ମୋ ପାଇଁ କହନ୍ତ କି ? ମୁଁ ତମର ସାତ ପରରୁ ପର !"

ବରଜୁ କେତେ ବୁଝାଇ କହିଲା-ପୁରାଣ ଇତିହାସରୁ କେତେ ଭଲ ଗପ-ସବୁ ଅକାରଣ-ସ୍ତ୍ରୀ ବୁଝିଲା ନାହିଁ।

ଛକଡ଼ିର ନିଜ ଘରକରଣା ଉପରେ, ନିଜ ଉପରେ ବେଶି ମନ ଚାଲିଲା-ନିଜେ ଆଉ ନିଜ ସ୍ତ୍ରୀ, ଏ ଦୁଇଜଣଙ୍କ ଛଡା ଆପଣାର ହୋଇ ସଂସାରରେ ତା'ର ଆଉ କେହି ନାହାନ୍ତି। ଭାଇ, ଭାଉଜ, ଝିଆରୀ ପୁତୁରା, ସମସ୍ତେ ତା'ଠାରୁ ଦୂରେଇ ହୋଇ କିମିତି ଛାଡ଼ି ଯାଉଛନ୍ତି। ଯେଉଁ ଭାଇ ଆଗରେ ସେ ଆଜିଯାଏ ସଳଖ ହୋଇ ବାଟ ଚାଲି ନାହିଁ, ସେଇ ଭାଇ ! ଯେଉଁ ଭାଇ ଆଜିଯାଏ ଦିନେ ହେଲେ "ଛକଡ଼ି, ବିଲକୁ ଯା ଧାନ କାଟ" ବୋଲି ପଦେ ହେଲେ ବୋଲ ବତେଇ ନାହିଁ। ଯାତ ତୀର୍ଥରୁ ଆସିଲେ ଝିଆରୀ ପୁତୁରାଙ୍କ ପାଇଁ ଆଉ ସେ କୋରା, ଖଇ, ମାଙ୍କଡ଼, ବିଲେଇ, କୁଣ୍ଢେଇ ସବୁ ଆଣେ ନାହିଁ- କାହିଁକି ନାଁ, ନେତ୍ରମଣି ସେ ସବୁ ଦେଖିଲେ ଆଉ କଣ ତିନି ଦିନ ଯାଏ କଥା କହୁଚି ! ତେବେ ପିଲାଗୁଡ଼ିକ ତା ଚାରିପାଖ ବେଢ଼ିଯାଇ ଯେତେବେଳେ ପଚାରନ୍ତି, "ଦାଦି, ମୋ ପାଇଁ କଣ ଆଣିଚୁ ?" ସେତେବେଳେ ଦଣ୍ଡକ ପାଇଁ ତା ମନଟା କାହିଁକି ଛଟପଟ ହୋଇ ଉଠେ-ମା ବୁଢ଼ୀ ଥିବାବେଳେ କଥା ମନେପଡ଼ି ମନଟା କିମିତି ବଥାଏ-କୁଆଡେ ଗଲାଣି ସେ ଦିନ ! ଖାଲି ହାତରେ ଆସିଚି ବୋଲି ପିଲାଙ୍କ ମନ ବୁଝାଇବା ପାଇଁ ଟିକିଏ କାଖେଇ ପକେଇବାକୁ ଇଚ୍ଛା ହୁଏ। ବାପ୍‌ରେ ! ସେ- ଘରେ ନେତ୍ରମଣି ଜଗି ବସିଚି, ଆଉ ରଖିଦେବ ?

ବରଜୁର ହାରା, ସୁନା ଦି'ଟି ଝିଅ। ଚଷାକୂଳ ତ - ବାହା ଦେବା ବୟସ

ହେଲାଣି। ଆଉ କେତେ ଦିନ ରହିପାରିବେ? ବଡ଼ ଝିଅ ହାରାର ବାହାଘର-ତା' ମା'ର ଗୋଡ ତଳେ ଲାଗୁ ନାଇଁ। କୋଉଠି ବଡ଼ି, କୋଉଠି ଜାଇ, କୋଉଠି ପାନିଆ, କୋଉଠି ଫରୁଆ-ଦରଣ୍ଡା ଦରଣ୍ଡି ସଜଡ଼ା ସଜଡିରେ ଦିନରାତି ଅଣ୍ଟୁନାହିଁ। ସାନବୋହୂର ପିଲା ନାଇଁ-ଏ କଥା ଗୁଡ଼ାକ ତା' ଦିହ ସହିବ କେତେକେ? ମନଇଚ୍ଛା ଘରର ଆଉ ଆଉ କାମ ସେ କରୁଛି। ହିଂସାରେ ଦିହଜଳି ଯାଉଛି, କାହିଁରେ ତାର ମନ ଲାଗୁ ନାହିଁ। ବଡ଼ବୋହୂ ମଝିରେ ମଝିରେ "ସାନବୋହୂ, ନଡ଼ିଆଟା କୋରି ପକାଇବୁଟି-ମହୁର ବଘାରି ଦବୁଟି" କହି ନିଜ କାମରେ ଲାଗିଚି। ସାନବୋହୂ ଦିହରେ ଏ କଥାଗୁଡ଼ାକ ଛୁଞ୍ଚି ପରି ଗଳି ଯାଉଛି। ହଁ, ତାର ଗରଜ!

ଛକଡିକୁ ଆଗରୁ ସାନବୋହୂ ସାବଧାନ କରିଦେଇଚି, 'ଖବରଦାର, ଭାଇ ଭାଉଜ ସୁଆଗୀ ହେବ ତ ମୋ ପାଖ ମାଡିବ ନାଇଁ।" ସେ ବିଚରା କଣ କରିବ? ତା' ପାରୁଯାଏ କିଛି ନ କରି ତୁନି ହୋଇ ରହୁଛି। ତେବେ, କେତେବେଳେ ତେଲଟା କିଣାଯିବ, ପୁରୋହିତକୁ ଦକ୍ଷିଣା ଦିଆଯିବ, ବରଯାତ୍ରୀଙ୍କ ଚରଚା ବୁଝାଯିବ, ଏ ସବୁ ଖବର ଟିକିଏ ନ ବୁଝିଲେ ନ ହୁଏ। ଦାଣ୍ଡ ଦୁଆରେ ସ୍ତ୍ରୀ ନ ଦେଖିବା ଥାନରେ କେତୋଟା କଥା ବୁଝେ, ଘର ଭିତରକୁ ଆସିଲେ କିଛି ନ ଜାଣିଲା ପରି ତୁନି ହୋଇ ରହେ। ତେବେ ହେଲେ ରକ୍ଷା ନାହିଁ। ସ୍ତ୍ରୀର ମୁହାଁମୁହିଁ ହେଲା ତ, ସେ ତମ୍ପ ସାପ ପରି ଆଗରୁ ଫଣା ଟେକି ବସିଛି। ଶୋଇବା ଘରକୁ ଗଲେ ନେତ୍ରମଣି ହୁକୁମ ଚଲାଏ, "ଘର ଭିତରେ ଶୋଇ ରହୁନା, ଦାଣ୍ଡ ଦୁଆରେ ଯାଇ ବାହାଘରେ ମାମଲତ ଦେଖେଇ ହଉଚ।" ଛକଡ଼ି ବିଚରାର ଉପାୟ ନାହିଁ। ଘରେ ଆଜି ବିରାଡ଼ି ପିଲା ବି ଲାଙ୍ଗୁଡଟେକି ଡେଉଁଛି। ମନେ ମନେ ବି ଖୁସି ଟିକିଏ ହେବାକୁ ତାକୁ ମନା।

ହାରାର ବାହାଘର ଭାରି ସନମାନରେ ହୋଇଗଲା। ଗୋଡ଼ ଠଉଁ ମୁଣ୍ଡ ପର୍ଯ୍ୟନ୍ତ ଅଳଙ୍କାର ରାହା ନାହିଁ। ସମସ୍ତେ ଖାଇ ପିଇ ସନ୍ତୋଷ। ବରକୁ ଯାହା ତ ତା' ଓଜକୁ ଚାହିଁ ଖର୍ଚ୍ଚ କଲା, ତେବେ ଖର୍ଚ୍ଚ କଲା ବେଶି ବରଘର। ବ୍ରହ୍ମପୁରୀ ପାଟ ଦେଖିବ କଣ, ସୁନା ବଟଫଳ, ସୁନା କେତକୀ ଦେଖିବ କଣ, କୋଉ ପଦରେ ଊଣା ନାହିଁ।

ବାହାଘରେ ସମସ୍ତେ ଖାଇପିଇ ଖୁସି। ନାଣ୍ଡୀ ପଣ୍ଡିଆଣୀ ଶରଦୀବୋଉ ଯାଇ ସାନବୋହୂ ପାଖରେ ପାନ ଭାଙ୍ଗି ବସିଲେ। ଶରଦୀବୋଉ ପଚାରିଲା, "କାଇଁମ ସାନବୋହୂ, ତୋ ନୂଆ ଲୁଗା କାଇଁମ?" ସାନବୋହୂ ନାକ ଟେକି କହିଲା, "ମୋର କଣ ନୂଆଲୁଗା ହବ ମ, ମୋର କଣ ବାହାଘର ନା ପୁଆଣୀଘର?"

"ମ-ବାହାପୁଆଣୀ କଣ ମ? ଘର ଭିତରେ ବାହାଘର ବାଜା ବଜନ୍ତରୀ କେତେ

କଣ ନେଇ ଯାଉଛନ୍ତି, ଘରଭିତରେ ସମସ୍ତଙ୍କ ପାଇଁ ଖଣ୍ଡେ ଖଣ୍ଡେ ନୂଆ କନା ବରକୁ ପଧାନ କରି ଥିବ! କି କଥା କହୁଚ ମ?"

'ନାଣ୍ଡୀ ପଣ୍ଡିଆଣୀ ଏଥିଭିତରେ ଘର ଚାରିପାଖ ଆଖି ବୁଲା ସାରିଲାଣି। ସେ ହସି ହସି କହିଲା, "ଆଲୋ ନାଇଁମ, ସେ ସେମିତି ଛଦରମୀ ହଉଚି ନା, ହେଇ ପରା ନୂଆ ଲୁଗା" କହି ସେ ଓଳିଆ ଉପରୁ ଖଣ୍ଡେ ନାଲି ନୂଆ ଓଟାରି ଆଣିଲା।

ଶରଦୀବୋଉ ଗାଁ ମାଇପଙ୍କ ଭିତରେ ମାମଲତକାର-ଭାରି କୁହାଳିଆ। ସେନାପୁର ଚୌଧୁରୀଘର ଝିଅ ବାହା ଯେ ଦେଖିଚି, ତାହା ପାଖରେ ଆଉ ବାହାଘର କାହିଁକି ଲାଗେ? କେତେ ଅଳଙ୍କାର ନାଁ ସେ ନ ଜାଣେ, କେତେ ପରକାର ଲୁଗା ଶାଢ଼ୀ ସେ ନ ଦେଖିଚି? ଏ ଲୁଗା କି ତା ମନକୁ ଆସେ? ଚାରି ଆଙ୍ଗୁଳିରେ ଲୁଗା ଦିହଟାକୁ ଦେଖି ପକାଇ ସେ କହିଲା, "ମ, ମ, ଏଇ ନୀରସା ଗୋବାରୀ ଶାଢ଼ୀ ଖଣ୍ଡେ-ଏ ଖଣ୍ଡତ ଛାଡ଼ି ପଡ଼ିବ ପରା!"

ନାଣ୍ଡୀ ପଣ୍ଡିଆଣୀ କହିଲା, "ହଁ, ଏମିତି ଖଣ୍ଡେ ତ ବଡ଼ବୋହୂ ପିନ୍ଧଚି!"

ଶରଦୀବୋଉ ଟିକିଏ ତୁନି ତୁନି କରି ନାଣ୍ଡୀ ପଣ୍ଡିଆଣୀକୁ କହିଲା, "ଆଲୋ, ତୁ ବୁଝୁ ଛେନାଗୁଡ଼, ବଡ଼ବୋହୂ ପାଇଁ ଆସିଲା ବୋଲି ସାନ ବୋହୂ ପାଇଁ ସେମିତି ଲୁଗା ଆସିବ, ଏକଥା କଣ କୋଉଁ ପାଠରେ ଲେଖା ହୋଇଚି? ବଡ଼ବୋହୂର କଣ ନ ହେଲା ଯେ ଏଇ ଲୁଗା ଖଣ୍ଡକରେ ଖାଲି ସାନବୋହୂ ସାଙ୍ଗରେ ତାକୁ ସରିସା କରି ପକେଇଚୁ? କାଇଁକି, ତାର ଝୁଅ ବାହା ହେଲା; ଶହ ପଚାଶ ଖରଚ ହେଲା; ବରହମପୁରର ଶାଢ଼ୀ, ଆୟ ଅଳଙ୍କାର କେତେ କଣ ଝୁଅ ପାଇଁ ଆସିଲା, ସାନବୋହୂ ପାଇଁ ସରସୀ କରି ଖଣ୍ଡେ ଶାଢ଼ୀ ଆଣିଥିଲେ କଣ ସରିଯାଇଥାନ୍ତା?" ନାଣ୍ଡୀ ପଣ୍ଡିଆଣୀ ଟିକିଏ ସାନବୋହୂକୁ ଚାହିଁ ମୁରୁକିହସା ଦେଇ କହିଲା, "ସେଇଥିପାଇଁ ତ ସାନବୋହୂ ମନ ମରି ଯାଇଚି!"

ଏଠି ସାନବୋହୂ ଯେମିତି ନାହିଁ, ସେମିତି କରି ଶରଦୀବୋଉ କହିଲା, "ମଲା ଲୋ, କଥାଟା କହୁ ଯେ ମନକୁ ପାଏ ନାଇଁ। ମନ କାଇଁକି ମରିଯିବ ମ-ସେ କୋଉ ଲୁଗା ପିନ୍ଧି ନାଇଁ, କଣ ଖାଇ ନାଇଁ, କଣ ସାରି ନାହିଁ ଯେ ଏଇ କନା ଖଣ୍ଡକ ପାଇଁ ତା ମନ ମରିଯିବ।"

ନାଣ୍ଡୀ କହିଲା, "ସେ କଥା କିଏ ନାଇଁ କରୁଚି? କାହା ଘର ଝିଅ ସେ; ବାପ ନାଁ ତା'ର କୋଉଠି ନପଡୁଛି; ଲୁଗା ପିନ୍ଧିବାକୁ କଣ ସେ ରଙ୍କୁଣୀ ହେଇଚି? ସେଇଥି ଯୋଗରୁ ବନ୍ଦେଇ ସାରି ପକାଇଲା ନା, ଆଉ ପିନ୍ଧିଲା!"

ସାନବୋହୂର ଛାତି ଏଉଁ ଫୁଲି ଉଠିଲା। ସେ କହିଲା, "ମୋ ଅପା

ଯେତେବେଳେ ବାହା, ହେଲା, ଏମନ୍ତି ଲୁଗା ଧୋବଣୀ, ଭଣ୍ଡାରୁଣୀ କେତେ ନେଇଥିବେ !"

ଶରଦୀବୋଉ କହିଲା, "ହଁ ମ, ସେ କଥା କିଏ ନ ଜାଣେ ? ଏ ନୂଆ ଡାଆଣୀ ପୁଅ ଖେରେଇ ଶିଖୁଛନ୍ତି !" ଶରଦୀବୋଉ ଯେ ସାନବୋହୂ ବାପଘର କଥା ପଦେ ହେଲେ ଜାଣେ ନାହିଁ, ଏହା କହିବା ଦରକାର ନାହିଁ।

ପରିଚ୍ଛେଦ ପାଞ୍ଚ

ହରି ମିଶ୍ରେ ଗାଁ ଚୌକିଦାର ପ୍ରେସିଡ଼େଣ୍ଟ। ବହୁତ ସରୁ ଚାଉଳ, ଘିଅ ବଦଳରେ ତାଙ୍କୁ ଏ ହାକିମୀ କାମ ଖଣ୍ଡିକ ମିଳିଛି। ତାଙ୍କର ସମ୍ପତ୍ତି ବାଡ଼ି ଯାହା ପୈତୃକ ଥିଲା, ନିଜ ଯୋଗ୍ୟତାରେ ସେ ଆଉ କେତେଟା ରାଣ୍ଡୀ ଖଣ୍ଡୀ ଗରିବଙ୍କ ଘରଭାଙ୍ଗି ନିଜ ସମ୍ପତ୍ତିରେ ମିଶାଇ ପାରିଛନ୍ତି। ବରଜୁ ପଧାନକୁ ସେ ଦି'ଆଖିରେ ଦେଖି ପାରନ୍ତି ନାହିଁ। କାହିଁକି ନା, ବରଜୁ ଯୋଗୁଁ ତାଙ୍କ କାମରେ ବହୁତ ବାଧା ପଡୁଛି; ତାଙ୍କୁ ଅନେକ କ୍ଷତି ସହିବାକୁ ହୋଇଛି। ଗାଁ ଭିତରେ କି ଆଉ ଆଉ ଗାଁ ମାନଙ୍କରେ ଯେତେବେଳେ ମାଲି ମକଦ୍ଦମା ହୁଏ, ବରଜୁକୁ ଆଗେ ଡାକରା ପଡ଼େ। ପଞ୍ଚୁଆତିରେ ବସି ମକଦ୍ଦମାତକ ସେ ଆପୋଷରେ ମେଣ୍ଟାଇ ଦିଏ। ମିଶ୍ରଙ୍କର ତ ଆଉ କାଟେଣୀ ଚଳିଲା ନାହିଁ। ମକଦ୍ଦମା ତଦନ୍ତରେ ଏକ ପକ୍ଷରୁ ଚାରି'ଣା ପାଇ ତା'ପାଇଁ ଚାରିଅଣାର ଓ ଆର ପକ୍ଷରୁ ଆଠ'ଣା ପାଇ ତା' ଆଠଅଣାର ରିପୋଟରେ ଲେଖିବାର ସୁବିଧା ତାଙ୍କୁ ସବୁଠାରେ ଜୁଟିଲା ନାହିଁ। ଲୋକଙ୍କ ଆଖି ଫିଟି ଯାଇଛି। ବରଜୁ ପଧାନ ସେଥିପାଇଁ ସବୁଠାରୁ ବେଶି ଦାୟୀ। ମିଶ୍ରେ ଏମିତି ଗୋଟାଏ ଦି'ଟା ବଡ଼ ମକଦ୍ଦମାରେ ଦୁଇଆଡ଼ ହାତ ବୁଲାଇବାର ଯୋଗାଡ଼ କଲାବେଳେ ବରଜୁପଧାନ ମଝିରେ ପଶି ଆପୋଷରେ ମାମଲାତକ ଭାଙ୍ଗି ଦେଇଛି। ଏକଥା କି ମିଶ୍ରେ ସହନ୍ତି? ଜାତିରେ ଚଷା ଟୋକାଟାଏ, ବାପ ନାଁ ପଚାରିଲେ ଆସିବ ନାହିଁ, ତାହାର ବହପ ଦେଖ!

ମିଶ୍ରେ ଖଡ଼ିକା ଖଣ୍ଡେ ଧରି ଦାନ୍ତମୂଳରୁ ଗୁଆ କାଢୁଛନ୍ତି। ଛକଡ଼ି ସେହି ବାଟେ ବଟୁଆ ଖଣ୍ଡ ଧରି ଦୋକାନ ଆଡ଼େ ଚାଲିଛି। ମିଶ୍ରେ ଡାକ ପକାଇଲେ, "ଏ କିଏ ରେ, ଛକଡି? ଆରେ, ଆମ ଅଖାଇନାନୀ ପୁଅ।" ମିଶ୍ରେ ଛକଡି ପାଖକୁ ଆସିବାରୁ ମିଶ୍ରେ କହିଲେ, "କିରେ, ଆମ ପିଣ୍ଡା ଉପରକୁ ଉଠି-କଣ ବାହାଘର କଲ, କେତେ

ଖର୍ଚ୍ଚ କଲ ?" ଛକଡି କହିଲା, "ଆପଣ ତ ନିଜେ ଯାଇଚ, ସବୁ ଦେଖିଚ କରିଚ, ଆଉ ପଚାରୁଚ କଣ ?"

"ହେଃ ହେଃ- ଆରେ ଆମେ କ'ଣ ଦେଖିଲୁଁ, କଣ କଲୁଁ ମ ? ଭୋଜନର ପିଆରା ଆମେ। ଖିରିପିଠା ସରିଲା ତ କିଏ କାହାକୁ ପଚାରେ ?"

"ଆଉ ମତେ ପଚାରୁଚ କଣ ?"

"ଏଁ,ଏଁ, କଣ କହିଲୁ, ତତେ ପଚାରିବି ନାଇଁ ତ ଆଉ କାହାକୁ ପଚାରିବି ରେ ? ଘରର ଭାଇ ତୁ, ନିଜ ହାତରେ ତ ସବୁ ନେ ଆଣ କରିଥିବୁ; ତତେ ପଚାରିବି ନାଇଁ ତ ଆଉ କଣ ଚିନ୍ତା ହାଡ଼ିକୁ ପଚାରିବି ?"

ଛକଡ଼ି ଗମ୍ଭୀର ହୋଇ କହିଲା, "ଆମେ ଚିନ୍ତା ହାଡ଼ିଠଉଁ ବଳୁଁ, କକେଇ।"

"ଏଁ, ଏଁ, କଣ କହିଲୁ-ଚିନ୍ତା ହାଡ଼ି ? ଚିନ୍ତା ହାଡି କଣ ରେ, ଛି,ଛି, !"

"ଆଉ ମତେ ପଚାରୁଚ ଯେ କକେଇ, ଖର୍ଚ୍ଚବାର୍ଚ୍ଚ କଣ ହେଲା ମୁଁ କଣ କିଛି ଦେଖିଚି, ନା କରିଚି ?"

"ଏଁ, ଖର୍ଚ୍ଚ ତୁ କରି ନାହୁଁ କି ଜାଣି ନାହୁଁ ? ଏ ଗୁଡାକ କି କଥାରେ-ଛି, ଛି, ବରଜୁର ଏ ଗୁଡାକ ମଣିଷପଣିଆ ନୁହେଁ। ଘର ଭିତର ଭାଇଟା।"

"ତାଙ୍କର କିଛି ଦୋଷ ନାଇଁ, କକେଇ, ସେ କଣ କରିବେ ?" ଛକଡ଼ିର ରାଗଯାକ ସବୁ ଭାଉଜ ଉପରେ।

"କଣ ଗୁଡ଼ାଏ ତୁ ପିଲାଙ୍କ ପରି କହୁଚୁରେ ,ଦୋଷ ନାଇଁ ବରଜୁର !- ଆଉ ଖାଲି ମାଇପଙ୍କର ଦୋଷ ? ତୁ କଣ ମତେ ବୁଦ୍ଧି ବତେଇବୁ ଛକଡି ?"

ଛକଡି କହିଲା- "ସେ କଥା ମୁଁ କହିପାରିବି, କକେଇ ? ତେବେ, ଭାଇ-"

"ଆରେ ଯା ଯା, ତୋ ଭାଇ ତତେ ବଡ଼; ଦାଣ୍ଡରୁ ପାଞ୍ଚଜଣଙ୍କୁ ଡାକିଲୁ ଏ କଥାଟାକୁ ତଉଲିବା ? ଦି'ଭାଇ ଏକାଠେଇ ଘର କରିବ, କାହା ପାଖରେ ଜମା କେତେ ରହିଲା, ଖର୍ଚ୍ଚ କେତେ ହେଲା, ଏ ହିସାବରେ ଦି' ଜଣଯାକ ବୁଝିବ ନାଇଁ ?"

ତେବେ କକେଇ, "ଭାଇଙ୍କୁତ ମୁଁ ଅବିଶ୍ୱାସ କରୁନାଇଁ !" ଛକଡ଼ି ମୁହଁରୁ ଏ ପଦଟା ବଡ଼ ଜୋରରେ ବାହାରି ଆସିଲା। ମିଶ୍ରେ ମଧ୍ୟ ଟିକିଏ ଦବିଗଲେ। ମିଛ ଉପରେ ସତର ଜୋର ତ କମ୍ ନୁହେ ! ମିଶ୍ରେ କହିଲେ, "ଆରେ ରାମ, ରାମ, ସେକଥା ମୁଁ କଣ କହୁଛି ? 'ଯାହା ନ ଦେଖିବ ଦୁଇ ନୟନେ, ପରତେ ନ ଯିବ ଗୁରୁ ବଚନେ।' ବରଜୁ ଭଲ ମଣିଷ, ଏହା ସମସ୍ତେ କହୁଚନ୍ତି, କିନ୍ତୁ ମୋ ବିଚାରରେ ଏଇଟା ତାର ବଡ ନାକରା କଥା। ଭାଇ ତ କିଛି ପିଲା ଛୁଆ ହେଇନାହିଁ ! ଭାଇର ଯଦି ତୁମ ଉପରେ ଏତେ ବିଶ୍ୱାସ, ଭାଇକି ତୁମେ ଚାରିଅଣାରେ ବିଶ୍ୱାସ କଲେ ମଧ୍ୟ

ତୁମର କି କ୍ଷତିଟା ହୋଇଯାନ୍ତା ? ନହେଲା ଭାଇ କିଛି ନ ବୁଝିଲା, ନ କଲା; କୋଉ ଦିନ ତୁମେ ଭାଇ ହାତରେ ଦଶ ପଚିଶ ଧରି ଦେଇ କହିଚ-ନବୁଟିରେ ଛକଡ଼ି ଏ ଦଶଟି ଟଙ୍କାର ଅମୂକ ସମୁକ ସଉଦା କରି ଆଣ। ନଇଲେ ଆସିବୁଟିରେ ଛକଡ଼ି, ଲେଖନ ତାଳପତ୍ର ଆଣ, ବାହାଘରେ କେତେ ଖର୍ଚ୍ଚ ହେଲା ଗୋଟିଏ ହିସାବ କରି ପକାଇବା। ଏଥି ଭାଇ ଭାଇ ଭିତରେ ବିଶ୍ୱାସ ତୁଟି ଯାନ୍ତା ନା ବେଶି ବଢ଼ନ୍ତା।

ଛକଡ଼ି ଉତ୍ତର କଲା, "ନାଇଁ କକେଇ, ହିସାବପତ୍ର ବୁଝିବାକୁ, ସଉଦା କରିବାକୁ ଭାଇ ମତେ କହିଥିଲେ। ମୁଁ କହିଲି, ମତେ ସେସବୁ ଆସିବ ନାଇଁ, ତୁମେ ଆଉ କାହାକୁ କହ। ଭାଇ ସେଥିରୁ ତାଙ୍କ ଶଳା ହାତରେ ଟଙ୍କା ଧରିଦେଲେ।"

ତାଳିଟାଏ ମାରି ଦେଇ ମିଶ୍ରେ କହିଲେ, "ବେଶ୍-ହେଲା; ଏକଥା କଣ ହେଲା ? ଏଥିରେ ମାନ ଅଭିମାନ ରହିଲା କି ନାହିଁ ? ଭାଇ ନହେଲା, ଶଳା ତ ହେଲା !"

ଛକଡ଼ିର ମନ ଟାଣ ନୁହେ-ଭାରି ଲେସମା। ମିଶ୍ରଙ୍କ କଥାରେ ଶେଷକୁ ତା ମନ ଚଳିଲା। ଘର ଭିତରେ ଓ ବାହାରେ ତାର ଥାନ ଅତି ହୀନ, ଏହା ସେ ବୁଝି ପାରିଲା। ଶେଷରେ କହିଲା, "ଏସବୁ ଗୋଳମାଳ କକେଇ, ଖାଲି ଏକାଠେଇଁ ରହିବାରୁ ହେଇଚି ନା ! ନ ହେଲେ ତ ଭିନେ ହେଲା ଭାଇ ପଡ଼ିଶାପଣକୁ ଯୋଗାଏ ନାଇଁ। ଦୋଫାଁଙ୍କ ରହିଲେ ଯେଝା କଥା ସେ କରନ୍ତା।"

"ଏଁ ଏଁ, ଦୋଫାଁଙ୍କ ରହିବ-କାଇଁକିରେ-କଣ ତୁମର ଅସୁବିଧା-ହେଃ, ହେଃ, ଏଗୁଡାକ ଖାଲି ପିଲା କଥା।"

"ନାଇଁ, ପିଲା କଥା ନୁହେ କକେଇ, ଏଣିକି ତ ଆମେ ଆଉ ଏକାଠି ଚଳିପାରିବୁ ନାଇଁ। ଉପରେ ଖାଲି ସିନା ଏକାଠି ଚଳୁଚୁଁ, ଭିତରେ ତ ମନ ଫାଟିଲାଣି। ପୋଡ଼ିଗଲା ତୁଣରେ ଆଉ ସୁଆଦ ଥାଏ କି କକେଇ !"

"ଆରେ ଆରେ ଏଗୁଡ଼ାକ ଖାଲି ପାଗଳା କଥା। ପିଲା ଦି'ଟା ଏଇ ଦିନୁଁ ଭିନେ କଣ ହେବରେ ? ହଁ, ତୁ ପିଲାଲୋକ-ତୋର ଟିକିଏ ଭଲ ଖାଇବା କି ଭଲ ପିନ୍ଧିବାକୁ ମନ ଚାହିଁବ, ପାଁଜଣଙ୍କ ପାଖରେ ପାଞ୍ଚ କଥା ଶୁଣିବାକୁ ଇଚ୍ଛା ହେବ। କାହିଁକି, ମତେ କହ, କାଲି ତତେ ମୁଁ ଆମ ଚୌକିଦାରି ପଞ୍ଚାୟତ ଭିତରେ ରଖି ଦେଉଛି।"

"ନାଇଁ କକେଇ, ଅଲଗା ନ ହେଲେ ସେ ବୁ କଥା କିଛି ହେବ ନାଇଁ।"

"ହେଃ ହେଃ-ଫେର୍ ସେଇ ଅଲଗା ହେବା କଥା। ଅଲଗା ହେବା କିଏ ନାଇଁ କରୁଛି ? କିନ୍ତୁ ଅଲଗା ହେଲେ ପିଲାଲୋକ, ଚଳି ପାରିବୁ ତ।"

ଛକଡ଼ି ହସି ହସି କହିଲା, "କାହିଁକି କକେଇ, ତମ ଦୁଆରେ ବସିଲେ କଣ ତୁମେ ମୁଠାଏ ଖାଇବାକୁ ଦେବ ନାଇଁ।"

"ଆରେ ଆରେ, ସେ କଥା କାହିଁକି କହୁଚୁ-ତମର କଣ ନାଇଁ ଯେ, ତମେ କାହିଁକି କାହା ଦୁଆରେ ବସିବ? ଖାଲି ନିଜ ଗୁଣରେ ସବୁ ସାରିବା କଥା ନା! ଶାମ ପଧାନ ପୁଅ-ତୁ ଫେର୍ ଏମିତି କଥା କହନ୍ତୁ? ଆଉ ହବନି ହବନି। ମୋ ଦୁଆରେ ତୁ ବସିବୁ! କାହିଁକି, ମୋ ଘରେ ତୁ ତ ପୁଅ-କହିବୁ ତ କାଲି ତିନିଶଟଙ୍କା ଦେଉଚି, ଦୋକାନ କର, ବ୍ୟବସାୟ କର-ତୋ ଲାଭ ତୁ ଖା-ମୋ ଟଙ୍କା ମେତେ ମୂଳେ ମୂଳେ ଧରି ଦେ। କି ରେ, ଘିଅ କାହିଁରେ ପଡ଼ିବ, ନା ପଇତିରେ ପଡ଼ିବ। ମୋ ଧନ ତ ଶାମ ପଧାନ ପୁଅ ଖାଇବେ, ଆଉ ତ କେହି ନୁହେ! ମଣିଷ ଥିଲା ଶ୍ୟାମ ପ୍ରଧାନ-ଦଶ ଜଣରେ ସୁମାରି ହେଉଥିଲା-ପଚିଶ ଜଣ ତା କଥା ମାନୁଥିଲେ। ତା'ର ପୁଏ ତେମେ-ବାବନାଭୂତ ହୋଇ ବାରଆଡ଼େ ବୁଲିବ-ଏ ଗୁଡ଼ାକ ଆମେ ଆଖି ଆଗରେ ଦେଖିବା? ନା ନା, ସେ କଥା ହେବ ନାହିଁ।"

ହରି ମିଶ୍ରଙ୍କର ଶାମ ପଧାନର କେଡ଼େ ଭାବ ଥିଲା, ସେ କଥା ଗାଁ ଯାକ ସମସ୍ତେ ଜାଣନ୍ତି। ହରି ମିଶ୍ରେ ସେତେବେଳେ ଗାଁ ଭିତରୁ ଜଣକୁ ଡାକି ଫୁସୁଲାନ୍ତି, "କିରେ ତୋ ଆଡ଼କୁ ସେ ବାଡି ମଡ଼େଇ ଯାଉଛି? ତୁ ତା' ବାଡ଼ ହାଣି ଦେଉ ନାହୁଁ?" ବାଡ଼ ହାଣିବାକୁ ଗଲେ ଆର ଜଣକ ଆସି କଲା ଆପତ୍ତି। ହରି ମିଶ୍ରେଙ୍କର ସେଥିରୁ ବରାଦ ହେଲା, "ଦି'ଜଣ ଯାକ ପାଞ୍ଚ ପାଞ୍ଚ ଟଙ୍କା ଥୁଅ-ମପେଇ ଦବା, ଯୋଉଠି ହିଁସା ପଡ଼ବ, ସେଠି ବାଡ଼ ଦିଆଯିବ।" ପାଞ୍ଚଟଙ୍କା ଗଲା ମିଶ୍ରଙ୍କ ଖର୍ଚ୍ଚା ବାବତକୁ। ସେତେବେଳେ ଶାମ ପଧାନ ମଝିରେ ପଶି ଦି'ଜଣଙ୍କ ଭିତରେ ମପାମପି ମେଣ୍ଟାମେଣ୍ଟି କରାଇ ଦେବ-ଗୋଟିଏ ପଇସା ବି କାହାରି ଖର୍ଚ୍ଚ ନାହିଁ। ଦି'ଜଣ ମାଇପେ ଗାଧୋଉଛନ୍ତି, ଜଣକର ସୁନା ପେଣ୍ଡିଟା ପାଣି ଭିତରେ ଖସି ପଡ଼ିଲା। ସେ ଆସି ଘରେ କାନରେ ପେଣ୍ଡି ନ ଦେଖି ଆର ଜଣକୁ ପଚାରିଲା। ସେ ଜଣକ ପାଣିରୁ ପାଇଥିଲା, ତା' ହାତରେ ଦେଲା। କଥାଟା ମିଶ୍ରଙ୍କ କାନକୁ ଗଲା। ହଜିଥିବା ଲୋକର ମୁରବୀକୁ ଡାକି ଆଣି ପଚାରିଲେ, "କି ରେ ତମେ ଆଉ ମତେ ରଖେଇ ଦେବ ନାହିଁ କିରେ? ଶେଷରେ ପ୍ରେସିଡ଼େଣ୍ଟ କାମଖଣ୍ଡକ ମୋ ହତରୁ ନେବ, ଦେଖୁଛି? ଏ ଚୋରି ମକଦ୍ଦମା, ପୁଲିସ ମକଦ୍ଦମା-ତୋ ଜିନିଷ ତୁ ସିନା ପାଇ ବୋଧ ହେଇଗଲୁ, ମକଦ୍ଦମାଟି ସମ୍ଭାଳିବ କିଏ? କାଲି ପୁଲିସ ଆସି ତତେ ଧରିବ, ତାକୁ ଧରିବ-ମୁଁ ବି ସେଇ ଗାତରେ ପଡ଼ିବି-ପ୍ରେସିଡେଣ୍ଟ ହୋଇ ଚୋରି ମକଦ୍ଦମା ମୋରି ଗାଁରେ ଗପ୍-ଏ କଣ ଖାଇ ବୁଡ଼େଇ ମାରିବା କଥା ସିନା!" ସେ ବିଚରାର ଆଉ ନ ମାନିବାକୁ ଚାରା ଅଛି!-ଦିଅ, ଆଣ

ଏଥର-ଚଉକିଆ ପାଇଁ କଣ ଦେଉଚ ଦିଅ, ଗାଁ ଠାକୁର ଘରକୁ କଣ ଦେଉଚ ଦିଅ। ଗାଁ ଠାକୁରଘର ସାଙ୍ଗରେ ଗାଁ ଚଉକିଆର ତୁଳନା ହୋଇ ପାରେ ନାହିଁ-କାହିଁକି ନା ଦୁହିଁଙ୍କ ଭିତରେ ପୂର୍ବ ପଶ୍ଚିମର ତଫାତ୍। ତେବେ ମିଶ୍ରଙ୍କ ସାଙ୍ଗରେ ଠାକୁରଘର, ଗାଁ ଚଉକିଆ ତୁଳନା ହୋଇ ପାରନ୍ତି-କାରଣ, ସେ ସହଜରେ ଠାକୁରଘର ଅବା ଗାଁ ଚଉକିଆ ହୋଇ ପାରନ୍ତି। ଦୀପ ତେଜିଲେ ହାତ ଚିକଣ-ଆଚ୍ଛା କହୁଚ! ଓହୋ, ଏ କାଳଟା କେଡ଼େ ଅନ୍ୟାୟ କାଳ ହୋଇଗଲା! ମଣିଷଟା ଗାଧୋଉଚି, ତୁ ତା' ଜିନିଷଟାକୁ କାନଭୁ କାଢ଼ି ଘେନି ପଳେଇଚ? ଏ ଗାଁରେ ତ ଆଉ ରହି ହେବନି-ଏ ଲୋକ ତ ଆଖିରୁ କଜଳ କାଢ଼ି ନେବେ!

ଶାମ ପଧାନ କହେ, "ଆରେ ଆମେ ସିନା ଗରିବ, ଅଳପିକିଆ ଚୋର; ଲାଉଟାଏ, କଖାରୁଟାଏ ଉପରେ ଆଖି ଦେବୁଁ। ଏମାନେ କଣ? ଏ ପ୍ରେସିଡେଣ୍ଟ, ଜମିଦାର ମହାଜନ-ଏ ଚୋର ନୁହନ୍ତି; ଡକେଇତ-ଦିନ ଦି' ପହରେ ଧମକେଇ ଚମକେଇ ଆଇନ ମକଦ୍ଦମା ଡର ଦେଖେଇ ତମକୁ ଦାଣ୍ଡର" ଭିକାରି କରିଦେବେ। ମଣିଷଖିଆ ବାଘ, ମଣିଷଖିଆ କିମ୍ଭୀର ଅଛନ୍ତି-ଏ ହେଉଛନ୍ତି ମଣିଷଖିଆ ମଣିଷ। ବାଘ କିମ୍ଭୀରଙ୍କ ପରି ଏଙ୍କୁ ଆଉ ଆଇନ କଣ କରିବ; ନ୍ୟାୟ କଣ କରିବ-ଏ ତ ତାଙ୍କର ପ୍ରକୃତି। କଥା ତ ଅଛି- ଘୁଷୁରି ପ୍ରକୃତି ପଙ୍କେ ଲୋଟେ, ମଣିଷ ପ୍ରକୃତି ମଳେ ତୁଟେ।

"ଆଖି ଆଗରେ ତ ଦେଖୁଥାଇଁ-ହରି ମିଶ୍ରେ ବ୍ରାହ୍ମଣଟାଏ ଚଣ୍ଡାଳଠଉଁ ତା ପ୍ରକୃତି ହୀନ। କେଳା ବାଟରେ ଚାଲି ଯାଉଁ ଯାଉଁ ଭଲ ଚଢ଼େଇ ପଲେ ଦେଖିଲେ ଯେମିତି ମାରିବା ପାଇଁ ଲୋଭ କରେ, କେଉଟ, ବାଟରେ ନଈପାଣିରେ ମାଛଗୁଡ଼ିଏ ଖେଳୁଥିବାର ଦେଖିଲେ ଜାଲଖଣ୍ଡ ପାଖରେ ନାହିଁ ବୋଲି ଯେମିତି ଦୁଃଖ କରେ, ଏ ଠିକ୍ ସେମିତି। କିଏ ରାଣ୍ଡୀ ଖଣ୍ଡୀ ଅଛି; ତାର ନାବାଳକ ପିଲା ଦୋଟି ଭଲ ନଡ଼ିଆ ବାଡି ଖଣ୍ଡେ ଅଛି, ସେ ଖଣ୍ଡି ମିଶ୍ରଙ୍କ ବାଡ଼ିକୁ ଲାଗିଚି, ସେ ଖଣ୍ଡ କେମିତି ବାଡ଼ିସାଙ୍ଗରେ ମିଶନ୍ତା। କାହାର ଚେନାଏ ବୋଲି ଆମ୍ବତୋଟା ମିଶ୍ରଙ୍କ ତୋଟାକୁ ଲାଗିଚି, ସେ ଦିହଦୁଃଖରେ ପଡ଼ିଚି-ମରିଗଲେ- ତା ସ୍ତ୍ରୀ ବଳେ ତ ମିଶ୍ରଙ୍କୁ ବିକ୍ରି କରି ଦିଅନ୍ତା!"

"ଗାଁଟାରେ କେହି ରହିବେ ନାହିଁ। ସବୁ ଜମି, ସବୁ ବାଡ଼ି, ବଗିଚା ମିଶ୍ରଙ୍କର ହେଉ, ଆଉ ସମସ୍ତେ ତାଙ୍କ ଦୁଆରେ ମୂଲ ଲାଗିଛନ୍ତି। ମିଶ୍ରଙ୍କ ମୁଣ୍ଡରେ ସବୁବେଳେ ଏଇ କଥା ଖେଳୁଛି, ସବୁବେଳେ ତାଙ୍କର ଏଇ ଚିନ୍ତା। ମଣିଷଖିଆ କଥାଟା ଆଉ କଣ ଯା ଠାରୁ ବେଶି ଭୟଙ୍କର! ଦୁନିଆଟାରେ ଆଉ କେହି ରହିବେ ନାହିଁ, କାହାରି କୋଉଠି ମାଣେ କଣେ ରହିବ ନାହିଁ-ଏକଥା ଯେଉଁ ଲୋକ ସବୁବେଳେ ଭାବୁଚି, ତା'ଠାରୁ ବାଘ କିମ୍ଭୀର କଣ ଆଉରି ବେଶି ଭୟଙ୍କର?

"ଲୋକେ କହନ୍ତି, ଆମେ ଛୋଟଲୋକ, ଆମେ ପାଜୀ, ଆମେ ସଇତାନ-ବଡ଼ଲୋକମାନଙ୍କୁ ଖରାପକରି ଦେଲୁ ଆମେ। କେଳା ପ୍ରକୃତିଟାକୁ କଣ ଚଢ଼େଇ ଖରାପ କରିଦିଏ, ନା କେଉଟ ପ୍ରକୃତିଟାକୁ ମାଛ ଖରାପ କରିଦିଏ! ଆମେ ଗୋରୁ ଚରଉଚୁଁ, ସେ ମଣିଷ ଚରଉଚନ୍ତି-ମାଇ ନୋହୁଁ ଗାଇ ନୋହୁଁ-ଦଶ ବେତ ପିଟିଲେ ଆମ ତୁଣ୍ଡ ମୁଣ୍ଡ ଫିଟିବ ନାହିଁ, ଏତେ ଏତେ ବୁଦ୍ଧିଆ ମଣିଷଗୁଡ଼ାଙ୍କୁ ଖରାପ କରିଦେବୁଁ ଆମେ! ଯାହାଙ୍କ ହାତରେ ଖଡ଼ା ସିଝିବ ନାହିଁ, ତାଙ୍କର ପୁଣି ଏତେ ଓଜ ଅଛି! କହିବା କଥା ନ ଶୁଣିବା କଥା।"

ହରି ମିଶ୍ରଙ୍କର ଶାମ ପଧାନର ଏଡିକି ଦୋସ୍ତି ଥିଲା। ତା'ରି ପୁଅ ବରଜୁ ପଧାନ, ବାପ ବଦଳି ପୁଅ ହୋଇ ବାହାରିଚି। ଗାଲ ଚିପିଦେଲେ ଦୁଧ ବାହାରି ପଡ଼ିବ-ମିଶ୍ରଙ୍କ ପାଖରେ ଥଟ୍ଟା!

ପରିଚ୍ଛେଦ ଛ

ବରଜୁ ଦେଖିଲା, ଘର କଜିଆ ଦିନକୁ ଦିନ ବଢ଼ିବାକୁ ଲାଗିଲା। କେତେବେଳେ ଦଣ୍ଡେ ହେଲେ ଘରେ ଶାନ୍ତି ନାହିଁ-ଘର ଆଉ କଣ-ମଶାଣିଠାରୁ ହୀନ। ମଢ଼ ପାଖରେ କୁଆ ଶାଗୁଣା ବିଲୁଆ କୁକୁର ଯେମିତି କଜିଆ ଲଗାନ୍ତି, କଥା କଥାରେ, ସେମିତି ଘରେ କଜିଆ ଲାଗିଯାଇଛି। ଦଣ୍ଡେ ହେଲେ ମଣିଷ ନିଶ୍ଚିନ୍ତରେ ବସି ପାରିବ ନାହିଁ। ଛକଡ଼ି ଖାଲି ଉପରେ ଟିକିଏ ବଡ଼-ଭାଇ-ମାନ୍ୟ ରଖିଛି-ନ ହେଲେ ପଛରେ ତ ବାରଅନା କରି କହିଲାଣି। ଭାଇ ଝିଅ ବାହାଘର କଲା, କେତେ ଖର୍ଚ୍ଚକଲା, କଣ କଲା, କିଛି ତାକୁ ପଚାରିଲା ନାହିଁ। ମନ ଫିଟିଗଲେ ଆଉ ତେଣିକି ଥାଏ କଣ? ଛିଣ୍ଡିଗଲା ସୂତାଟାକୁ ଖାଲି ଗଅଣ୍ଠେଇବାକୁ ହେବ ସିନା!

ସାନବୋହୂ ଝୁଣ୍ଟି ପଡ଼ିଲେ, ବଡ଼ବହୂକୁ ଝିଅ ବାହାଘର ପିଲାଙ୍କ ଖର୍ଚ୍ଚ ଉଲୁଖା ଦଉଚି! ସେ ତ ଏକା ମଣିଷ, ତାର କିଏ ଖାଉଚି, କିଏ ସାରୁଚି? ସାନବୋହୂ ପରି ପାଞ୍ଚଟା ମାଇପଙ୍କ ସାଥିରେ ଯୁଦ୍ଧ କରିବାକୁ ବଡ଼ବୋହୂ ବି ତିଆରି-ତାକୁ ପୁଣି ବଳିଯିବ କିଏ?

କଣ କରାଯିବ? କିମିତି ପୁଣି ଘରଟାରେ ଆଗପରି ଶାନ୍ତି ଆସିବ, ଭାବି ଭାବି, ବରଜୁ କିଛି ଥଳକୂଳ ପାଉ ନାହିଁ। ଆଉ କଣ ଭିନେ ହୋଇଯିବ! ହଁ, ଭିନେ ହୋଇ ବି ତ ଲୋକେ ଚଳୁଛନ୍ତି, ଘରକେ ସାତ ସାତ ଫାଙ୍କ୍! ଅଲଗା ରହିଲେ ସେଥିରେ ଯେବେ ଦୋଟି ଘର ସୁଖରେ ରହନ୍ତେ, ତେବେ ତ ଭଲ କଥା। ଆବୁରୁ ଜାବୁରୁ ହୋଇ ଗୋଟାଏଠାରେ ସମସ୍ତେ ଗୁଞ୍ଜି ହୋଇଥିବେ କିଆଁ? ସେଥିରେ ଯେବେ ପୁଣି ମନ ଅମେଳ ହୁଏ, ଅଲଗା ହୋଇ ରହିବାରେ କିଛି ଆପତ୍ତି ନାହିଁ-ତେବେ ମନ ମେଳ ଥାଇଅଲଗା ହେବା ଗୋଟିଏ କଥା, ମନ ଅମେଳ ଥାଇ ଅଲଗା ହେବା ଆଉ ଗୋଟିଏ କଥା। ଛକଡ଼ି ବରଜୁ ଭିନେ ହେବେ। ଛକଡ଼ି-ଛି, ମେଞ୍ଚଡ଼ ଟୋକାଟା-

କାଲି ପରି ତ ଲାଗୁଛି, କାଖରେ ଘେନି ବରଜୁ ତାକୁ ବୁଲୁଥିଲା, ଅବୁଝା ହେଲେ ବୁଝାଇ ଦେଉଥିଲା। ଆଜି ବି ତ ସେମିତି ସେ ଟୋକା ଅବୁଝା ହୋଇଛି, ଆଜି କଣ ଆଉ ବରଜୁର ତାକୁ ସେମିତି ବୁଝାଇ ଦେବାକୁ ବୁଦ୍ଧି ନାହିଁ? ସେତେବେଳେ କୁଆଟାଏ ଗଛଟାଏ ଦେଖାଇ ବୁଝାଇ ଦେଉଥିଲା। ଆଜି କଣ ସେମିତି କିଛି ଦେଖାଇ ବୁଝାଇ ପାରିବ ନାହିଁ? ବାପ କଥା ମନେ ପଡ଼ିଲା--'ସେ ଚଗଲା ଟୋକାଟା-ଏ ଘର ମଝିରେ ପାଚିରୀ ନ ଉଠେ କି ବିଲ ମଝିରେ ହିଡ଼ ନ ପଡ଼େ,-ବରଜୁ ଆଖିରୁ ଥପ ଥପ ହୋଇ ଚାରିଟୋପା ଲୁହ ଗଡ଼ି ପଡ଼ିଲା। ଏଥିରୁ ଆଉ ବେଶି କାନ୍ଦିବାର ତାକୁ କେହି ଦେଖି ନାହିଁ।

ସେହି ଛକଡ଼ିଠଉଁ ଆଜି ଗାଈବଳଦ, କଂସାଲୋଟା, ବିଲବାରି ଅଧେ ଅଧେ କରି ସେ ଭିନ୍ନେ ହେବ। କାଲି ସକାଳେ ସେ କାହା ଆଗରେ ମୁହଁ ଦେଖାଇବ-ବରଜୁ ଭିନ୍ନେ ହେଲା ଛକଡ଼ିଠାରୁ। ଛି, ଛି-ଏଇ ପରା ତାର ମଣିଷପଣିଆ!

ସାତପାଞ୍ଚ ଭାବି ଭାବି ବରଜୁ କିଛି ଠିକ୍କରି ପାରିଲା ନାହିଁ। ପାଞ୍ଚଗାଁରେ ପଞ୍ଚୁଆତିରେ ବସି ସେ କେତେ କଳିକଜିଆ ଭାଙ୍ଗିଛି, କେତେ ମାଲି ମକଦ୍ଦମା ମେଣ୍ଟେଇ ଦେଇଛି-ଘର କଜିଆକୁ ତ ତାରି ବୁଦ୍ଧି ନାହିଁ। ଏମାଇପି ଦି'ଟା ସିନା କଜିଆ ଲଗେଇଛନ୍ତି-ଛକଡ଼ି ତ ତାକୁ ଆଜିଯାଏ କିଛି କହିଲା ନାହିଁ। ଆଉ କଣ ସେ ଛକଡ଼ିକୁ ଡାକି ଏକଥା କହିବ? ଛି, ବରଜୁ-ପିଲାଟା ଆଗରେ-ଏଇଲାଜ କଟାଟା......!

ବରଜୁ ଦେଖିଲା, ଦୋଷୀ ଘରଯାକ ସମସ୍ତେ-ସ୍ତ୍ରୀ, ଭାଇ, ଭାଇବୋହୂ, ଆଉ ସେ ନିଜେ। ସେ ନିଜେ ସବୁଠାରୁ ବେଶି-କାହିଁକି ନା ଘରର ମୁରବୀ ସେ-ଘରଭିତରଟାରେ ସବୁବେଳେ ନିଆଁ ଜଳୁଛି, ସେ ସେଥିପାଇଁ କଣ କରିଛି? ଦାରୁଭୂତ ହୋଇ ବସି ରହିଲେ କଣ ହେବ, ଦୋଷ ତ ସବୁ ତାରି! ଘରଟା ଭାଙ୍ଗିଗଲେ ନିନ୍ଦା ତ ତାରି ଉପରେ।

ଛକଡ଼ି ମାଇପଙ୍କ କଳି ଭିତରେ ପଶି ଭାଉଜକୁ ଗାଳିଗୁଲଜ କଲାଣି-ତିନି ଥର ମାରିବାକୁ ମିଶିଲାଣି। ଛାଡ଼, ଏସବୁ ବରଜୁ ସହିବ ନାହିଁ ତ, ସହିବ ଆଉ କିଏ?

ଯେତେ ହେଲେ ସବୁ କଳିର ଗୋଡ଼ ଏଇ ମାଇପୀଯୋଡ଼ିକ। ଏ ଦୁହେଁ ତୁନି ହେଲେ ଛକଡ଼ି ମରଦ ପିଲାଟା ଆଉ କଣ କଳି ଆରମ୍ଭ କରନ୍ତା? ମାଇପେ ଦି'ଜଣଙ୍କ ଭିତରୁ ପୁଣି କାହାଠଉଁ କଳି ବାହାରୁଛି, କାହାଠେଇଁ ଛିଣ୍ଡୁ ଛି, ସେ କଥା ଜାଣିବ କିଏ? ତେବେ ଏକଥା ନିଶ୍ଚୟ ଯେ, ଦି'ମାଇପଙ୍କ ଭିତରେ କେହି କାହାକୁ ଊଣା ନୁହେଁ। ଜଣେ ଭଲ ହେଲେ ଆଉଜଣେ ଆପେ ଆପେ ତୁନି ହୋଇ ରହନ୍ତା। -ଗୋଟାଏ ହାତରେ କଣ ତାଳି ବାଜେ?

ଠିକ୍ କଥା-ଏକା ବଡ଼ବୋହୂ-ଏକା ହାରାବୋଉ ଭଲ ହେଲେ ସବୁ ମେଣ୍ଟିଯିବ। ସେ କଥା ପୁଣି କାହା ହାତରେ ଅଛି-ବରଜୁ ହାତରେ। ମାଇପିଟାକୁ ଭଲ ବାଟକୁ ଯେବେ ଆଣି ନ ପାରିଲା, ତେବେ ଆଉ କି ମଣିଷ ସେ? ବରଜୁ ମନଟା ଖୁସି ହୋଇଗଲା। ଏତେ ଦିନକେ ତାକୁ ଉପାୟ ଦିଶିଲା-ମାଇପିଟାକୁ ସେ ଭଲ ବାଟକୁ ଆଣି ପାରିବ ନାହିଁ।

ସେଦିନ ହାରାବୋଉକୁ ବରଜୁ କହିଲା, "ଆଜି ଗୋଟାଏ କଥା କହିବାକୁ ଅଛି।" କଥା କହିବାକୁ ଅଛି! - ବରଜୁର ହାରାବୋଉକୁ! ଆଜି କେଉଁ ଦିଅଁଙ୍କର ଆଖି ଫିଟିଛି! କଥା କହିବାକୁ ଅଛି! କିସ କଥା ନା ବେଙ୍ଗୁଲୀ କଥା- ହାରାବୋଉର ଛାତି ଖୁସିରେ କୁଣ୍ଢେ ମୋଟ ହୋଇଗଲା। ସେ ତେଲ ହଳଦୀଲଗେଇ ଗୋରା ଦେହଟାକୁ ଜକ ଜକ କରି, ମୁଣ୍ଡ କୁଣ୍ଡେଇ, ସିନ୍ଦୂର କଜଳ ଘେନି କେତେ ଥର ସ୍ୱାମୀ ଆସିଲା ବେଳକୁ ଚାହିଁ ବସିଛି-ଏହି କଥା ପଦେ ଶୁଣିବ ବୋଲି। ସବୁବେଳେ ବୋଇତାଳୁ ପରି ଫାଲୁ ଫାଲୁ ମୁହଁଟା ଦେଖିଚି! - କଥା ପଦେ ଶୁଣିବାକୁ ତା' କପାଳରେ ଜୁଟେ ନାହିଁ। ଆଜି ସେହି ବରଜୁ ମୁହଁରୁ କଥା ବାହାରିଛି! ଭାଗ୍ୟରେ ଥିଲେ ମିଳେ।

ହାରାବୋଉ ମୁହଁରୁ କଥା ବାହାରିଲା ନାହିଁ। ସେ ଜଳ ଜଳ କରି ଚାହିଁ ରହିଲା।

ବରଜୁ ପଚାରିଲା, "ଆଚ୍ଛା ଘର ଭିତରେ ଏ ଯେଉଁ କଜିଆ ସବୁବେଳେ ଲାଗି ରହିଲା, ଏ କଣ ଏମିତି ଲାଗିଥିବ?"

"ଆଉ କେମିତି କମିବ, ସେ କଥା ତମେ ବତେଇ ଦଉ ନା। କଜିଆ ମୁଁ କରୁଚି ନା ସେ କରୁଚି?" ହାରାବୋଉର ଭାରି ଅଭିମାନ-ବରଜୁ ସବୁବେଳେ ଭାଇବୋହୂର ପଟ ନେହି କଥା କହେ-ଆଉ ଦୋଷ ଯେତେକ ସବୁ ତାରି ଉପରେ ଢ଼ାଳିଦିଏ।

ବରଜୁ କହିଲା, "କଜିଆ କିଏ କରୁଚି, ସେ କଥା ବାଛିବାକୁ ଗଲେ ତ କଳି ମେଣ୍ଟିବ ନାହିଁ।"

"କଳି ମେଣ୍ଟୁ ନ ମେଣ୍ଟୁ, ମୁଁ ତ ତା' ପାଖରେ ରହି ପାରିବ ନାଇଁ?" "ତେବେ ସିନା ଭିନେ ହେବା-ଆଉ ଉପାୟ କଣ?"

"ଭିନେ ହୁଅ ନଇଲେ, ଏକାଠି ରହ-ମୁଁ ତା'ଠାରୁ ଏତେ ଗଞ୍ଜଣା ଝିଙ୍ଗାସ ଶୁଣି ପାରିବି ନାଇଁ, କି ତା' ପାଖରେ ରହି ପାରିବି ନାଇଁ।

ବରଜୁ ଦେଖିଲା, ଅଭିମାନ ଗରିମା ପାହାଡ଼ ପରି ହାରାବୋଉ ଛାତିରେ ଲଦି

ହୋଇ-ତାକୁ ଟାଳିବା କଣ ସହଜ! କଥାରୁ ଜଣା ପଡୁଚି, ଭିନେ ହେବା ତା'ର ପୂରା ଇଚ୍ଛା, ତେବେ ଖାଲି ମୁହଁ ଫିଟାଇ ସେକଥା କହୁନାଇଁ-ବରଜୁ ଆଗରେ କହିବ-ଡ଼େ ସାହସ! ବରଜୁ ବିରକ୍ତ ହୋଇ କହିଲା, "ମତେ ଏତେ ଗୋଳିଆ କଥା ଆସେ ନାଇଁ-ସଙ୍ଘା କଥା ଯେବେ କହିବ......" ବରଜୁର ଓଠ ଥରି ଉଠିଲା, ଆଖି ଦି'ଟା ଜଳି ଉଠିଲା। ଏ ମୂର୍ତ୍ତି ଦେଖି ହାରାବୋଉର ଦିହ ଗୋଟାକ କଞ୍ଚାପାଣି ହୋଇଗଲା। ମଣିଷଟାଏ ତା କପାଳରେ ଥିଲାରେ-ଏଇରେ ତ କଣ ବୋଲି କଣ କରିବ!

ହାରାବୋଉ ଶଙ୍କିଗଲା। କାନ୍ଦ କାନ୍ଦ ହୋଇ କହିଲା, କିଛି କଥା ନାଇଁ କାଇଁକି ଏମିତି ହଉଛ ମ-ମୁଁ ତ ଘର ଗୋଟାକର ସବୁ ବୁଝିବି-"

ବରଜୁର ରାଗ ହେଲା, "ପୁଣି ମିଛ କଥା କହୁଚ-ଘର ଗୋଟାକର ଆଡ଼ତି ସବୁ ତମେ କର, ସାନବୋହୂ କିଛି କରେ ନାଇଁ?"

ହାରାବୋଉ ଜାଣେ, ସେ କାନ୍ଦିଲେ ନାହିଁ, ବୋବାଇଲେ ନାହିଁ-ବରଜୁର ଛାତି ଲୁହାରେ ବନ୍ଧା, କାହିଁରେ ସେ ତରଳିବ ନାହିଁ। ଓଲଟି ମିଛକଥା ଶୁଣି ରାଗିଲାଣି, ଆଉ ଥରେ ତ ଏମିତି ପଦେ ମିଛ ଶୁଣି ଦି'ଦିନ ଘରେ ଖାଇ ନଥିଲା। ଯାରି ନାଁ ମିଛ କଥା। କେତେ କେତେ ମିଛ ଲୋକେ କହୁ ନାହାନ୍ତି।!

ସେ ପୁଣି ଧୀରେ କହିଲା, "ନ ହେଲା ସେ ଉଷେଇଁଲା କି କୁଟିଲା, ଯାହା କଲା-ମୋ ପିଲାଏ ତାର କଣ କରିଥିଲେ, ମୋ ପିଲାଙ୍କୁ ସବୁବେଳେ କାଢିବା କାହିଁକି?"

"ପିଲାଙ୍କୁ କାଢିଲେ ପିଲାଙ୍କର କିଛି କ୍ଷତି ଖରାପ ହେଉ ନାହିଁ!"

ହାରାବୋଉ ତାତି ଉଠିଲା- ତା ପିଲାଙ୍କୁ କାଢିବ! "ଭଲରେ ମତେ ଖାସା ବୁଦ୍ଧି ଶିଖାଇବେ ଏ-ଦରକାର ନାଇଁ, ମୋ ପିଲାଙ୍କୁ ଘେନି ମୁଁ ଅଲଗା ହୋଇ ରହିବି।"

"ଭଲ କଥା, ପିଲାଙ୍କୁ ଘେନି ଯେବେ ଅଲଗା ରହିବ ତେବେ ରହ, ମତେ ଆଉ ଖୋଜିବ ନାଇଁ।"

ଧନ୍ୟରେ! ପିଲାଙ୍କ ପାଇଁ ବି ଏ ମଣିଷଟାର ଟିକିଏ ହେଲେ ମାୟା ନାହିଁ!- "ହଁ, ଆଉ କଣ କହିବ କି, ସେ କଥା ତ ଡରେଇବାକୁ ଅଛି!" ହାରାବୋଉ କାନ୍ଦି ପକେଇଲା।

ସତକୁ ସତ ବରଜୁ ମଣିଷଟା ଅଟଳ ମହାମେରୁ- କଥା ତାର ଟିକିଏ ହେଲେ କଅଁଳ ହେଲା ନାହିଁ। ଶୁଣ, କନ୍ଦାକନ୍ଦି ରଗାରଗିରେ କଳି ତୁଟେ ନାହିଁ।

ହାରାବୋଉ ବି ଟାଣ ହୋଇ କହିଲା, "କଳି କେତେବେଳେ ହେଲେ ତ ତୁଟିବ ନାଇଁ।"

“ଭଲ କଥା, ତେବେ ଯେତେ ଇଚ୍ଛା କଳି ଲଗାଅ” କହି ବରଜୁ ଧୀରେ ଧୀରେ ଘରୁ ବାହାର ହୋଇଗଲା। ବରଜୁ ବାହାର ହୋଇଗଲା ଗୋଟିଏ ଭଲ ପିଲାଟିପରି। ପଦେ ହେଲେ କଥା ମୁହଁରୁ ବାହାରିଲା ନାହିଁ-ଚାହାଳୀଚାଟ ଅବଧାନ ଆଗରେ ଯେମିତି ଚାଲିଯାଏ।

ବରଜୁ ଚାଲିଯିବା ପରେ ହାରାବୋଉର ଚେତା ପଶିଲା। କାଲ ଠାର କାଲମା ଜାଣେ। ସରିଲା ! କଣ କଲି ମୁଁ ଡଙ୍କୁଣୀ ଖାଇସାରି ହେଲେ ଯାଇଥାନ୍ତା। ସକାଳପହରୁ ବିଲବାରି ବୁଲି ଅଗାଧୁଆ ଅପାଧୁଆ- ନଈ ସୁଅପରି ଝୁରିଝୁରି ହୋଇ ହାରାବୋଉର ଦି ଆଖରୁ ଲୁହ ଝରି ପଡ଼ିଲା। କଣ କଥା କହିବ ବୋଲି ତ କେଢ଼େ ଖୁସିରେ ଡାକିଥିଲା-ଏଇ କଥା ଶେଷକୁ ଏମିତି ଛାଡକରି ଚାଲିଯିବ ବୋଲି ! କେତେ ଜଗି ଜଗି କଥା କହିଲି, କାହିଁରେ କିଛି ହେଲା ନାଇଁ। ମତେ ମରଣ ନ ହେଲା କହିଁକି !

ଅକାରଣରେ ସବୁବେଳେ ଏମିତ ମନ ଅମେଳ। ଏଥିରେ କାହା ମନ ପିତା ନ ଦେବ ? -ହାରାବୋଉର ସବୁ ରାଗ ଜା ଦିଅରଙ୍କ ଉପରେ ପଡ଼ିଲା-ସେଇ ଦି'ଟଙ୍କା ଯୋଗରୁ ସିନା ମନ ଖୋଲି କଥା ପଦେ ସେ କହିପାରୁ ନାହିଁ ! ବର ଭାରିଯା ହୋଇ ଭାଇବୋହୂ ଦେଢ଼ଶ୍ବୁର ପରି ଚଳୁଛନ୍ତି। କାହାରି କଥାକୁ କେହି ବୁଝିପାରୁ ନାହିଁ। ଜଣେ ପଦେ କଥା କହିଲେ, ଆଉ ଜଣକୁ ବି ଭଳି ଲାଗୁଚି। କାହିଁକି ? କାହିଁକି ଏମିତି ହେଲା- ଦିନ ରାତି ଖାଲି ପର୍ବତ ମାଡ଼ି ପଡ଼ିଲା ପରି ଲାଗୁଚି କାହିଁକି।

ଏଥିରେ କିଏ କଣ କରିଚି-ନିଶ୍ଚେ, ନିଶ୍ଚେ,ନିଶ୍ଚେ। ଏଇ ସାନବୋହୂ ରାଣ୍ଡୀତ କଣ କିମିଆ କରିଥିବ ! ଆଉ କାହାର ଦିନ ସରୁ ନଥିଲା ଯେ କିଏ କଣ କରନ୍ତା ? ହେଉ, ହେଉ, ହାରାବୋଉ କଣ ଏତିକିରେ ତୁନି ହୋଇଯିବ ? -ତାରି ଉପରେ ସବୁ ରାଗଯାକ ସୁଝାଇବ ନାହିଁ ତ ସେ ଘନ ପରିଡ଼ା ଝିଅ ନୁହେ।

“ଆରେ ମୋତି ଆଲୋସୁନା, ଦେଖିବଟି ଲୋ ବାପକୁଆଢ଼େ ଗଲା-ମୋରି ପାଇଁ ଏ ମୁଦେଇଟା ଜନମ ହୋଇଥିଲା।” ମୋତି ସୁନା ତଳର ସାନଝିଅ। ମୋତି ସୁନା ଖୋଜି ଖୋଜି ବାପକୁ ଦେଖିଲେ, ମଙ୍ଗଳାଙ୍କ ବେଦୀଉପରେ ଲମ୍ବ ହୋଇ ଶୋଇଚି-କରତଳେ ଗାମୁଛା ଖଣ୍ଡେ ବି ପରା ହୋଇ ନାହିଁ। ପାଖରେ କିଆ ଗୋହିରୀ ମଝିରେ କଣ୍ଟା କୁସୁମ ଗଛଟାଏ। ତା'ରି ଉପରେ କଜଳପାତୀ ଚଢ଼େଇଟାଏ ଭଉଁରି ଖେଳି ଏ ଡାଳକୁ ସେ ଡାଳ ଡେଇଁ ବସୁଛି। ଅଳ୍ପ ଦୂରରେ ବରଜୁର ଆଖୁଖେତ ଖଣ୍ଡି ନୂଆକରି ଫୁଲ ଧରିଛି। ମଝିରେ ମଝିରେ ବରଜୁର ନିଦ ଭାଙ୍ଗି ଗଲେ ସେ ଏହି ଆଖୁ କିଆରୀ ଉପରେ ଆଖି ପକାଉଛି-ତାର କେତେ ଆଶା, କେତେ ଚିନ୍ତା, କେତେ ଝାଳ ବୁହାଇ ଫଳ ଏ।

ଛାଇ ନେଉଟିଲାଣି-ବଉଁଶଟା ଯାକ ନ ଖାଇ ନ ପିଇ ପଡ଼ିଛନ୍ତି। ଖରାରେ ବୁଲି ବୁଲି ପିଲା ଦିଟାଙ୍କ ମୁହଁ କଳାକାଠ ହୋଇଗଲାଣି ! ବରଜୁ ଝିଅ ଦି'ଟିଙ୍କୁ ସାଙ୍ଗରେ ଘେନି ଘରକୁ ଆସିଲା।

ଉପାୟ କଣ ? -ସେ ନ ଖାଇଲେ ତ ଘରେ କେହି ଖାଉ ନାହାନ୍ତି; ସମସ୍ତଙ୍କୁ ଉପାସ ଭୋକରେ ପକାଇ ରଖିବାକୁ ତାକୁ ଭଲ ଲାଗିଲା ନାହିଁ ତେବେ ଆଉ କଣ ହେବ? କେତେ ଦିନ ଅନା ସମସ୍ତେ ଭୋକରେ ପଡ଼ିବେ? ହେଲା ବା, ଉପାସ ଭୋକରେ ପଡ଼ିବାକୁ ବରଜୁ ଯେବେ ଡରିବ, ତେବେ ତାର କାମଟି ତ ଆଉ ପୂରା ପଡ଼ିଲା ନାହିଁ! ଗୋଟିଏ ଗୋଟିଏ କାର୍ଯ୍ୟ ସିଦ୍ଧି କରିବାକୁ ତ ଏହି ଦେଶରେ ଲୋକେ କେତେ କଠୋର ତପସ୍ୟା କରିଛନ୍ତି। ଗଛରପତ୍ର ଆହାର କରିଛନ୍ତି। ବରଜୁ ଏତିକିରେ ଦବିଯିବ, ଆଉ ହାରାବୋଉ ଉପାସରେ ପଡ଼ି ଜିତିବ-ଚିର ଦିନ ସେମିତି କଳିହୁଡ଼ୀ ହୋଇ ରହିବ-ଘରଟାରେ ସବୁ କାଳେ ଅଶାନ୍ତି, ସବୁବେଳେ କଳି ତକରାଳ। ଭିନେ ହେଲେ ବି। ତ ଆଉ କେହିଁ ଭଲରୂପେ ବିଚାର ସମଝି ଭିନେ ହେବେ ନାହିଁ? କାହାରି କାହାରି ଭିତରେ ପଡ଼େ ନାହିଁ ବୋଲଇ, ଖରାପ ସ୍ୱଭାବ ଭଲ ହୋଇ ପାରିଲା ନାହିଁ ବୋଲି ଭିନେ ହେବେ ସିନା। ଏହି ମଣିଷ ଭିତରେ ଭଲ ଅଛି, ମନ୍ଦ ଅଛି, ଦେବତା ଅଛି, ଅସୁର ଅଛି। ଦୁହିଙ୍କ ଭିତରେ ଲଢ଼େଇ ଲାଗିଛି। କେତେବେଳେ ଭଲ ଜିତୁଛି। କେତେବେଳେ ମନ୍ଦ ଜିତୁଛି। ଭଲ ଜିତିଲା ବେଳେ ମଣିଷ ଦେବତା ହୋଇ ପୂଜା ପାଉଛି, ଅମର ହୋଇ ରହୁଛି, ଆଉ ଦଶଟିଙ୍କୁ ଭଲ ବାଟରେ ନେଉଛି। ମନ୍ଦ ଜିତିଲା ବେଳେ ମଣିଷ ହୋଇଛି ଚୋର ଖଣ୍ଟ ଡକେଇତ। ଗାଁ ଗାଁକେ ଘର ଘରକେ ଯେ ମାଲି ମକଦ୍ଦମା କଳି ତକରାଳ ଲାଗିଚି, ଏଥିରୁ ଜଣାପଡ଼େ ସଂସାରରେ ମନ୍ଦ ବଢ଼ି ଯାଉଛି-ଅସୁର ବଳ ଦେବତା ଠାରୁ ବେଶି ହୋଇ ପଡ଼ିଛି। ରାମାୟଣ ମହାଭାରତରେ ଯେ ଦେବତା-ଅସୁରଙ୍କ ଭିତରେ ଯୁଦ୍ଧ, ସେ ତ ଏଇ ଭଲମନ୍ଦ ଭିତରେ ଯୁଦ୍ଧ-ଏ ଯୁଦ୍ଧ ସଂସାରରେ ସବୁ; କ୍ଷଣରେ ଲାଗି ରହିଛି।

ବରଜୁ ଜାଣୁ ଜାଣୁ ଏହି ଅସୁର ପାଖରେ ହାରିବ ? ହାରାବୋଉର ଉପାସ, କାନ୍ଦରେ ଏହି ମନ୍ଦଟାକୁ ଆଖି ଆଗରେ ଘର ଭିତରେ ବଢ଼ାଇବ ? ନା, ନା, ବରଜୁ ଏ ଯୁଦ୍ଧରେ ସହଜରେ ହାରିବ ନାହିଁ। ଏ ଯୁଦ୍ଧ ପାଇଁ ତ ରାମଚନ୍ଦ୍ର ବାପକୁ ହରାଇଲେ, ଘର ଛାଡିଲେ, ଦୁଆର ଛାଡ଼ିଲେ, ସ୍ତ୍ରୀ ଛାଡ଼ିଦେଲେ-ରାଜ ଘର ପୁଅ। ସ୍ନେହ ମମତା ଜଗିବାକୁ ଗଲେ ଭଲଟିକୁ ଛାଡ଼ି ମନ୍ଦଟି ଲୋଡ଼ିବାକୁ ହେବ। ପାଣ୍ଡବ ପାଞ୍ଚଭାଇ କି ଦୁଃଖ ନ ସହିଲେ। ସବୁ ପୁରାଣ ପୋଥିରେ ଏହି ଗୋଟିଏ କଥା-ଦେବତାର ଜୟ, ଅସୁରର କ୍ଷୟ।

ବରଜୁ ଘର ଭିତରେ ଏହି ଅସୁର ଉପଦ୍ରବ କରୁଛି। ବରଜୁ ଛକଡ଼ି, ଦି' ବୋହୂ, ସମସ୍ତଙ୍କ ଭିତରେ ଏହି ଅସୁର କଂସବେଶୀ ହୋଇ ରହିଚି। ଏହି ଅସୁରକୁ ଜିତିବା ପାଇଁ ରାମଚନ୍ଦ୍ର ସ୍ତ୍ରୀଶୋକ ସହିଲେ, ପଞ୍ଚୁପାଣ୍ଡବ ରାଜ୍ୟ ଛାଡିଲେ, ଦ୍ରୋପଦୀ ଦୁଃଖ ସହିଲେ। ଆଉ ବରଜୁ-କେତେ କଡ଼ାରେ ଗଣ୍ଡାଏ ସେ-ଟିକିଏ ଉପରୋଧ ଏଡ଼ି ପାରିବ ନାହିଁ! ହେଲା ବା ହାରାବୋଉ ନ ଖାଇ ନ ପିଇ ପାଞ୍ଚ ଦିନ ଶୋଇଲା, ପିଲାଗୁଡ଼ାକ ଉପାସ ଭୋକରେ କାନ୍ଦିଲେ-ଏଥିପାଇଁ ସେ ଦେବ-ତାକୁ ଛାଡ଼ି ଅସୁରର ଆଶ୍ରାନେବ ? ଏଡ଼ିକି ଅଧମ ସେ। ବରଜୁ କଣ ହାରାବୋଉକୁ ଭଲ ପାଏ ନାହିଁ ? ହଁ, ଭଲ ପାଏ-ତେବେ ଭଲପାଏ, ଭଲ ଗୁଣକୁ ସିନା-ମନ୍ଦ ଗୁଣକୁ କେମିତି ଭଲ ପାଇବ ? ସେ ତ ଭଲ ପାଇବା ନୁହେ, ମନ୍ଦ ପାଇବା। ବରଜୁ ହାରାବୋଉକୁ ଭଲ ପାଇବାକୁ ଚାହେଁ, ତାକୁ ଭଲକରି ତାର ଦୁର୍ଗୁଣଗୁଡିକ ଦୂର କରିଦେଇ। ଯେ ଯାହାକୁ ଭଲପାଏ, ସେ ତାର ମଙ୍ଗଳ ସିନା ପାଞ୍ଚେ ? ହାରାବୋଉ ତାର ମଙ୍ଗଳ କଣ, ତାର ଭଲ କଣ, ଯେବେ ବୁଝି ନ ପାରିଲା, ବରଜୁର କଣ ଏହା ତାକୁ ବୁଝାଇ ଦେବାଟା ଠିକ୍ ନୁହେଁ ?

ସେଥିପାଇଁ ହାରାବୋଉ ସଙ୍ଗରେ ମନ ଅମେଳ ହେବ-କ୍ଷତି କଣ ? ହାରାବୋଉକୁ ଏସବୁ କିଛି ଭଲ ନ ଲାଗିବ, କାଲି ଯେତେବେଳେ ସେ ଭଲ ହେବ, ସୁସ୍ଥ ହେବ, ସେତେବେଳେ ତ ବଳେ ବୁଝି ପାରିବ !

ବରଜୁ ଘରେ ପହଞ୍ଚି ଖାଇ ବସିଲା। ଖାଇବାରେ ମନ ନାହିଁ। ସବୁବେଳେ ମନଟା ଗୋଳେଇ ଘାଣ୍ଟି ହେଉଛି-କଣ କଲେ ଏ ଅଶାନ୍ତି ମେଣ୍ଟିବ ? ମୁହଁରେ ସରସତା ନାହିଁ-ଏହିମଣିଷ କଣ କରି ନ ପାରୁଛି, କେଡ଼େ ରାଜ୍ୟ ଶାସନ ତ ପୁଣି ଚଳୁଛି। ମଣିଷ ଚାରିଟାଙ୍କୁ ସେ ଭଲରେ ଚଳାଇ ପାରିଲା ନାହିଁ !

ହାରାବୋଉ ଦେଖିଲା ସ୍ୱାମୀର ମନ ବେଶି ଛାଡ ଛାଡ ହୋଇ ପଡୁଚି। ଘରେ ନାହିଁ, ପିଲାଙ୍କଠାଇଁ ନାହିଁ, ସବୁଠାରୁ ତାର ମନ ଅଲଗା। ଭାତଥାଳୀକୁ ଚାହିଁଦେଇ ଦେଖିଲା-ବରଜୁ ଯାହା ରୋଜ ଖାଏ, ଆଜି ତାହା ଖାଇ ନାହିଁ। ଦିକ୍‌ଦାର ହୋଇ ସେ କହିଲା, "ଖିଆ ନାଇଁ, ପିଆ ନାଇଁ-ମଣିଷଟା ସବୁବେଳେ ଏମିତି ହନ୍ତସନ୍ତ ହୋଇ ବୁଲିଲା-କୋଉଁ ରାଣ୍ଡ ଆଣ୍ଠୁକୁଡ଼ୀ ତ କଣ କଲାଣି !"

"କିଲୋ, କଣ କହିଲୁ-ରାଣ୍ଡୀ" ସାନବୋହୂ ଆର ଘରୁ ବାହାରି ଆସିଲା।

ବରଜୁ ଯାହା ଶୋଇ ରହିଥିଲା, ଧୀରେ ଧୀରେ ଘରୁ ଉଠି ବାହାର ହୋଇଗଲା। ସେଇ ଯେ ବାହାର ହୋଇଗଲା, ଆଉ ଫେରିଲା ନାହିଁ। ଦିନେ ଗଲା, ଦୁଇ ଦିନ ଗଲା, ପାଞ୍ଚଦିନ ଗଲା ବରଜୁ ଫେରିଲା ନାହିଁ। ହାରାବୋଉ ବାରଆଡ଼େ ମଣିଷ ପଠାଇଲା, କୁଆଡ଼ୁ କିଛି ଖବର ମିଳିଲା ନାହିଁ।

ଶରଦୀବୋଉ କହିଲା, "ଏ କଣ ମ ହାରାବୋଉ, ନ ଖାଇ ନ ପିଇ ଶୁଖୁଆ ହେଲୁଣି। ବରଜୁଆ ଏମିତି କାହିଁକି ହେଲା ମ, କେଡ଼େ ଭଲ ମଣିଷଟାଏ ତ ଥିଲା!"

"ମୋ କପାଳକୁ ତ ଭଲ ମଣିଷ ମନ୍ଦ ହୋଇ ଯାଉଛନ୍ତିଲୋ ଅପା!" ହାରାବୋଉର ଦି' ଆଖିରୁ ଝରଝର ହୋଇ ଲୁହ ଗଡ଼ି ପଡ଼ିଲା।

ଶରଦୀବୋଉ କହିଲା- "ଛିହାରାବୋଉ, କାନ୍ଦୁଛୁ କାହିଁକି ମ-ବରଜୁଆ କଣ ଆସିବ ନାଇଁ!"

ହାରାବୋଉର କୋହ ଉପରେ କୋହ ଉଠୁଚି, "ମୁଁ ନ ମରି ଯାହା ଜୀଇଁ ରହିଛି ଲୋ ଅପା! ଆଉ ସେ ଆସିବେ, ମୋର ଭରଷା ଅଛି!" ହାରାବୋଉର ଲୁହ ଧାରାଶ୍ରାବଣ ପରି ଗଳି ପଡିଲା। ପିଲାଗୁଡ଼ିକ ଭୋ ଭୋ ଡକା ପାରିଲେ। କୋଳପୁଅଟି ମାଆକୁ କାନ୍ଦିବାର ଦେଖି "ବୋଉ କାନ୍ଦୁଚି" କହି ଉଠିଲା।

ହାରାବୋଉର ଭରଷା ନାହିଁ, ସତେ ଆଉ ଅରଜୁ ଫେରିବ। କେତେ ସାବଧାନ ସେ ହେଲାଣି, ବରଜୁ ଆଗରେ ମୁହଁଟାକୁ ବନ୍ଦ ରଖିବାକୁ। କାହିଁରେ ତ ହେଲା ନାହିଁ- କୁଆଡୁ ହେଲେ ତ ସେ ମୁହଁରୁ କଥା ବାହାରି ପଡ଼ିଲା। ବିଷ ଖାଇ ମରିଯାନ୍ତା ହେଲେ!

ଶରଦୀବୋଉ କହିଲା, "ତୁ କାଇଁକି ସେମିତି ହଉଚୁ ମ ହାରାବୋଉ ? ଏଥିରେ କଥା ମୁଁ ଜାଣି ପାଇଲିଣି। ଭଲ ମଣିଷଟା କାଇଁକି ଏମିତି ହୁଅନ୍ତା ମ-ପିଲା ମାଇପ ଘର ଦୁଆର ଛାଡି- ଏଥିରେ ଆଉ କଣ କଥା ଅଛି ନା!" ହାରାବୋଉ ମନ ଟିକିଏ ବୁଝିଯିବାରୁ ସେ କହିଲା, "ସେଇ କଥା କହିଲାରୁ ପରା ଲୋ ଅପା ଘର ଭିତରେ ଶୋଇଥିଲା, ଉଠିକରି ଚାଲିଗଲା।"

ଶରଦୀବୋଉ ତୁନି ତୁନି କହିଲା, "ଆଲୋ ଚଢ଼ାକୁ ଉତ୍ତରା କ'ଣ ନାହିଁ? - କେତେ ଓଷଧିଆ ଗୁଣିଆ ମୁଁ ଦେଖିଚି - ସନିଆ ଓଝାକୁ ପୁଣି ବରିଯିବ କିଏ? କାଟପାଣିଟାଏ କରିଦେଲା ଯେ, ଜଗୁ ସାଉ ଆଠ ବରଷ ହେଲା ଘରକୁ ଅନ୍ତର ଦେଇ ନ ଥିଲା - ଦିନ ଦି'ଟାରେ ଆସି ପହଞ୍ଚିଲା।"

"ସନିଆ ଓଝା କୋଉଠି, ମୁଁ କୋଉଠି - କ'ଣ ଜାଣେ ମୁଁ ଏସବୁ?"

"କାଇଁକି ମ, ତତେ କ'ଣ କୁଆଡ଼େ ଯିବାକୁ କିଏ କହୁଚି କି - ନା ବେଶିଗୁରାଏ ଖରଚ ହୋଇଯିବ - ସାତୁଟା ଅଣଲେଉଟା ଚକୁରି ପିଠା, ସାତୁଟା ଘିଅ ଦୀପ, ସାତ କେରା ଦୁବ-"

ଶରଦୀବୋଉ ହିସାବଟି ଦେଖାଇ ହାରାବୋଉଠାରୁ ଖରଚ ନେଇଗଲା।

ସପ୍ତମ ପରିଚ୍ଛେଦ

ଛୋଟ ପଧାନପଡ଼ାଟିରେ ସଞ୍ଜ ହୋଇଛି ସବୁ ଦିନ ପରି। ଗୋରୁଗାଈ ଘରକୁ ଫେରି ଆସୁଛନ୍ତି। କୁଆ ଚଢ଼େଇ ବସାରୁ ଫେରୁଛନ୍ତି। ବିଲ ମଝିରେ ଗୋଟାଏ କିଏ ଡାକ ଛାଡ଼ିଚି, "ଅଇଲୁ ରେ ନବୀନା-!" ଚଷାଘର ବୋହୂ ସଞ୍ଜବଳିତା ବୋଲି ଚଉରା ମୂଳେ ଦାଣ୍ଡଦୁଆରେ ସଞ୍ଜ ଦେଇ ଯାଉଛି। ଘର ଚାଳରେ ଧୂଆଁ ବୁଲି ଆକାଶକୁ ଉଠୁଚି।

ଛକଡ଼ି ପଧାନ ଦାଣ୍ଡ ମଝିରେ ଖଣ୍ଡିଏ ଦୋକାନ ଦେଇଛି। ପାନ ଗୁଆ ଗୁଣ୍ଡିର ଛୋଟ ଦୋକାନଟିଏ। ତରତର କରି ଗରାକିମାନେ ସଉଦା କିଣି ନେଉଛନ୍ତି।

"ଦବଟି ପଧାନ ପୁଅ, ମୋର ଏ ଧାନ ଗଣ୍ଡାକ ମାପି!"

"ଛକଡ଼ି ଦାଦି, ମୋର ଏ ଧାନ ଗଣ୍ଡାକ।"

"ମତେ ଖଣ୍ଡେ ଧୂଆଁ ତର :"

"ଦବୁଟିରେ ଛକି, ଟିକିଏ ଡିଆସିଲିଟା ବଢ଼େଇ।"

"ମତେ ଟିକିଏ ବେଗି ବେଗି ଦିଅ ମ - ମୋ ପୁଅ ପରା ସିଆଡ଼େ କାନ୍ଦୁଚି!"

"ଆଲୋ, ତୋ ପୁଅ କାନ୍ଦିଲେ କେତେ, ମଲେ କେତେ - ମୋର କ'ଣ ହୋଇଗଲା କହିଲୁ" ଛକଡ଼ି ବିଚରା। ଏ ହାଉହାଉରେ ବିରକ୍ତ ହୋଇସାରିଲାଣି।

"ଆଉ - ଭଲ ସଉଦା ନବାକୁ ମୁଁ ଆଇଲି - ଦିଅ ଦିଅ, ମୋ ଧାନ ସେରକ ମତେ ଫେରେଇ-"

"ଯା, ନେଇଯା ତୋ ଧାନ -"

"ଦେ, ଦିଅ ମ - ସଉଦା କେତେକର - କେତେ ବେଜାର ହେଉଚ!"

"ଏଗୁଡ଼ାକ କି ପତର ଦେଲ ମ - ଖାଲି ଗମରା ଗନ୍ଧଉଚି -"

"ଦବୁଟିରେ ଛକି, ବିଡ଼ି ଦି'ଖଣ୍ଡ - ଗୋରୁପାଣି ବସେଇଦେଇ ଆସିଚି।"

"ଆରେ, ଏ ମୋର କେତୁଟା ହାତ କି - ଏଗୁଡ଼ାଙ୍କ ସାଙ୍ଗରେ ବକବକ ହେଇ ମଣିଷର ତୋଟି ବସିଗଲାଣି। କହିବୁଟି ଲୋ ସନିଆମା, ତୋର କ'ଣ କ'ଣ - "

"ଦିଅ, ମତେ ଧୂଆଁତର ଦି'ଖଣ୍ଡ ଦିଅ ମ।" ଛକଡ଼ି ଧାନ ଡାଲାଟାକୁ ହାତରୁ ଫିଙ୍ଗି ଦେଇ ଠିଆ ହୋଇ କହିଲା, "ଆସ, ଆସିବୁଟି ତୁଇ ଆସି ସଉଦା ଦବୁଟି!"

ସନିଆମା' କହିଲା, "ଆ - ଗୋଟାଏ ମଣିଷ, କେତୁଟା ହାତ ହବ କି ଲୋ - ମୋର ପିଲାଟା କାନ୍ଦୁଚି ଯେ, ସଞ୍ଜବେଳୁ ଆସି ବସିଲିଣି, ରାତି ଦି'ଘଡ଼ି ହେଲାଣି - ତୋର ଟିକିଏ ତର ସହୁ ନାହିଁ? ଘୋଡ଼ାରେ ବାଗ ଦେଇ ଆସିଚୁ କି? ଦବଟି - ମୋ ଧାନଗଣ୍ଡାକର - ପାନ, ଗୁଆ, ଖଇର ଖଣ୍ଡେ, ଧୂଆତର -"

ଛକଡ଼ି ବିରକ୍ତ ହୋଇ କହିଲା, "ପାହୁଲାଟାକର ଧାନ, ସେଥିରେ ପୁଣି ସଉଦା ନବ ଛ'ଟା?"

"ଆ - ଆଜି ଏମିତି କାଇଁକି ହଉଚ ମ - ସବୁ ଦିନ ତ ଦିଅ।"

ଛକଡ଼ି ବିଚରା କାଦୁଅ ପଙ୍କ ହୋଇପାରେ ନାହିଁ - ଚାଷବାସକୁ ପାରେ ନାହିଁ। ସେଥିପାଇଁ ଦୋକାନ ଖଣ୍ଡିଏ କଲା। ବରଜୁ ମାସକୁ ମାସ ତା' ହାତଖର୍ଚ୍ଚକୁ କିଛି ଦିଏ। ଦୋକାନ ଖଣ୍ଡିଏ କରିବ ବୋଲି ଜାଣିବାରୁ କିଛି ଟଙ୍କା ମଧ୍ୟ ଦେଲା। କିଛି କାମ ନ କରି ଯାହା ଘରେ ଖାଲି ଖାଲି ବସିଚି, ଏମିତି ଗୋଟାଏ କିଛି ହେଲେ କରୁ। ଛକଡ଼ି ବଡ଼ ଭାଇଠାରୁ ଯାହା ଟଙ୍କା ପାଇଲା, ସେଥିରେ ନେତ୍ରମଣିର ପାହୁଡ଼ ମରାମତିରେ କିଛି ଖର୍ଚ୍ଚ ହୋଇଗଲା। ବାକି ଟଙ୍କାରେ ଦୋକାନ ଖଣ୍ଡିଏ ଯୋଡ଼ି ବସିଚି। ଦୋକାନରେ ଯାହା ତ ବିକିରି ହୁଏ, ପୁଣି ନେତ୍ରମଣିର ପାନଗୁଆ ଖର୍ଚ୍ଚଟା ବି ତାରି ଭିତରୁ। ସୁନା, ମୋତି ଆଗେ ଆସି ଗୁଆ ଗୁଣ୍ଡି ନେଇ ଯାଉଥିଲେ, ଆଜିକାଲି ବୋଉ ମନା କରିଦେଇଚି - "କାଇଁକି ମ, ଆମର ଯାହା ଦରକାର ନିଧି ସାଉ ଦୋକାନରୁ କିଣା ହେଇ ଆସିବ ନି - ଘଇତା କୋଉଠି କୋଉ ଦିନ ଗୁଆଗୁଣ୍ଡି ଅଧଲା ପାହୁଲାକର ଦବ, ମାଇପ ବାରଅନା କରି ଉଘେଇବ!"

ଛକଡ଼ିର ଦୋକାନ ଯାହା ଚଳେ, ସେଥିରେ ଲାଭ କଥା ଦୂରେ ଥାଉ, ମୂଳଜମା ଉଠେ କି ନାହିଁ। ତେବେ ଦୋକାନ ଖଣ୍ଡ ପକେଇ ରଖିଚି - ଆଉ କ'ଣ କରିବ?

ଦୋକାନକୁ ତା'ର ଗରାକ ଯାହା ଆସନ୍ତି, ତାଠଉଁ ବେଶି ଆସନ୍ତି ଯାହାଙ୍କର କିଛି ସଉଦା ଦରକାର ନାହିଁ - ଖାଲି ଗପ କରିବାକୁ। ହରି ମିଶ୍ରେ ବି ଦିନେ ଦିନେ ବି ଗଡ଼ି ପଡ଼ନ୍ତି। ବରଜୁ ଉପରେ ସେ ରକତ ଚାଉଳ ଚୋବାଉଛନ୍ତି। "ଦି' ଭାଇ ଭିନେ ହୁଅନ୍ତୁ, ଦିହିଙ୍କ ଭିତରେ କଳି ତକରାଳ ଲାଗୁ - ଦେଖି, ବରଜୁଆ ପରା କେମିତି

ଦାଣ୍ଡରେ ଭଲେଇ ହଉଚି ! ଘର କଳି, ଭାଇ କଳିକି କେମିତି ସମ୍ଭାଳିବ ଭଲା, ଏଇଠି ତା ଅକଲଟା ପରଖିନବା ନାଇଁ ! ପାଞ୍ଚ ଜାଗାରେ ତ ଏତେ ଭଲଲୋକି ଦେଖେଇ ବୁଲୁଚି, ଘର କଜିଆକୁ କ'ଣ କରିବ ଦେଖିବା ଭଲା - ହାଣ୍ଡି କୁଣ୍ଡେଇ, ଗୋରୁ ଗାଈ, ବିଲ ବାଡ଼ି ଭାଇଠଉଁ ଭାଗ ବାଣ୍ଟିବ ନାଇଁ ?

"କି ରେ କୋଠପୁଅ, ଦୋକାନ ବିକିରି କେମିତି ହଉଚି ମ ?" କହି ମିଶ୍ରେ ଆସି ଦୋକାନ ଦୁଆରେ ଠିଆ ହେଲେ ।

ଛକଡ଼ି ଚଟେଇ ଖଣ୍ଡେ ମିଶ୍ରଙ୍କ ପାଇଁ ପକେଇ ଦେଇ କହିଲା, "ବସନ୍ତୁ କକେଇ ।" ମିଶ୍ରେ ବସିବାରୁ ପାନ ଭାଙ୍ଗି ବସିଲା । ଛୋଟ ପଧାନ ପଡ଼ାଟିରେ ରାତି ଘଡ଼ିକ ଭିତରେ ଗରାକମାନେ ସଉଦା ନେଇ ଫେରିଯାନ୍ତି । ତାପରେ ଗାଁ ଗପଡ଼ିଯାକ ଆସି ଦୋକାନ ଦୁଆରେ ବସି ଗପ କରନ୍ତି ।

ବସିପଡ଼ି ମିଶ୍ରେ କହିଲେ, "ଯାହାହେଉ, ଦୋକାନ ଖଣ୍ଡେ କଲୁ, ଭଲ କଲୁ, ତୁ ସେ ଚାଷବାସ କାମକୁ ପାରିବୁ କୁଆଡ଼େ ?"

ଧରମ ଦାସ କହିଲା, "ଆମେ କେତେ ଲଗେଇ ଲଗେଇ ଏ ଖଣ୍ଡ କଲେ ନା-ନଇଲେ ସେ କିଏ, ଦୋକାନ କିଏ !"

ମିଶ୍ରେ ଟିକିଏ ସୂରଯ ଟେରା । ଦଶ ଜଣଙ୍କ ପାଖରେ ବସି ଗପ କରୁଥିବେ, ଜଣ ଜଣ କରି ଭାବିବେ, ସେ ତାଙ୍କ ଆଡ଼କୁ ଚାହିଁଛନ୍ତି । ସାମନାକୁ ଚାହିଁଲେ ଆଖି ଡାହାଣ ପଟକୁ ଯାଏ, ବାଁ ପଟକୁ ଚାହିଁଲେ ଆଗକୁ ଚାହିଁଲା ପରି ଦିଶେ । ଧରମୁଦାସ ଆଡ଼କୁ ଟିକିଏ ବଙ୍କେଇ ଚାହିଁ ମିଶ୍ରେ କହିଲେ, "ଆରେ ହେ, କାହା ବୋପାଗଣ୍ଡିରେ ଦୋକାନ କଲା ? ବାପ ଶୋଇଥିଲା, ପୁଅ-ଦୋକାନ କଲା ।"

ଛକଡ଼ି କହିଲା, "ନାଇଁ କକେଇ, ବାପା ତ ପାହୁଲାଟାଏ ରଖି ନଥିଲା, ମରିଗଲା ବେଳକୁ ପରା କହିଲା-ଖାଲି ଧର୍ମ ରଖି ଯାଇଚି ।"

"ଆରେ ହଁ ସବୁ ଶୁଣିଚି । ବୁଢ଼ା ବୁଢ଼ୀ କିଛି ରଖି ନଥିଲେ । ବରଜୁ ପଧାନ ଖାଲି ତା' ରୋଜଗାରରୁ ଟଙ୍କାଗୁଡ଼ାକ ତତେ ଗଣି ପକାଇଲା-କହିବା କଥା ନ ଶୁଣିବା କଥା ?"

"କେଜାଣି କକେଇ, ମୋ ଆଗରେ ଦିହିଙ୍କର କାଳ ହେଲା, ମୁଁ ତ କିଛି ଜାଣି ନାଇଁ-"

"ହେଃ ହେଃ-ତୁ କଣ ଜାଣିବୁ ରେ-ତୋର ତ ସେତେବେଳେ ଚାଉଳ ମାଣ କେତେ ନା ମୁଁ ମଠରେ ଖାଏଁ-କିରେ ଧରମା ?"

ଧରମା କହିଲା, "ନାଇଁ ଆଜ୍ଞା, ବରଜୁ ଦେଇଚନ୍ତି-ଗୁନା ପଇଡ଼ାଠଉଁ ଉଧାର କରି ।"

"ଆରେ ହଁ, ହଁ, ତୁ ମତେ ବୁଦ୍ଧି ଶିଖେଇବୁ, ନା?- ଶାମ ପଧାନକୁ ମୁଁ ଜାଣେ, ତା ଭାରିଯାକୁ ଜାଣେ-ବରଜୁକୁ ବି ତା ପିଲାଦିନରୁ ଦେଖି ଆସିଲିଣି।"

"କାହିଁକି ଆଜ୍ଞା, ବରଜୁଙ୍କର ତ ଆମେ କୋଉ ଦିନ କିଛି-"

"ଆରେ ଚୁପ୍ ଚୁପ୍-କଥା ଉପରେ କଥା ବହୁତ-ତୁ ଗୋଟାଏ ଜାଣିଚୁ କଣ-ବଡ଼ି ବଡ଼ି କଥା କହୁଚୁ-କିରେ ଛକଡ଼ି?"

"ହେଁ କକେଇ, ସେ କଥା କିଏ କହିବ-ନର ମାୟା ନାରାୟଣଙ୍କୁ ଅଗୋଚର।"

ହେଲା! ବୁଝିବାବାଲା ଯେ ସେ ସିନା ବୁଝିବ-ଧରମ ଦାସ ମାମଲତକାର ହେଇ କଥା କହୁଚି-ସକାଳୁ ଉଠି ଲଙ୍ଗଳେ ଯାନ୍ତି ତୋରାଣି ହେମ କାକର-ସେ ଆମ ସାଙ୍ଗରେ ଯୋଡ଼ଦେଇ କଥା କହିବ।" ଏ କାଳ ପରା ସେମିତି ହେଲାଣି, ଛୋଟ ଲୋକଙ୍କ ମୁହଁ ବଢ଼ି ଯାଇଛି।"

ଧମର ଦାସ ଲୋଚି କୋଚି ହୋଇ କହିଲା, "ନାଇଁ ଆଜ୍ଞା, ତମ କଥାରେ-" ତାକୁ 'ଅର୍ପଣ' କହି ଆସେ ନାହିଁ।

"ଆରେ ଚୁପ୍ ରହ-ବେଅକିଲ ତୁ। ନ ହେଲା, ବରଜୁ ପଧାନ ତା' ହାତରୁ ଦେଲା ହୋ-ସମ୍ପତ୍ତି ଗୋଟାକର ହାନି ଲାଭ ସବୁ ତ ତା' ହାତରେ-ସେଥିରୁ ଅବା ଟଙ୍କା ଶଏ ପଚାଶ ଭାଇକି ଦେଲା। ଏ କଣ ଗୁଡ଼ାକ ଅଧିକା ହୋଇଗଲା?"

ଛକଡ଼ି କହିଲା, "ସେ ଆମ ଘରକଥା କିଛି ବୁଝି ନାଇଁ କକେଇ-ତା' କଥା କଣ ଶୁଣୁଛନ୍ତି?

ଧରମ ଦାସ ଗୋଟାଏ ହୁଙ୍କାପିଟା ଗାଲୁଆ ମଣିଷ। ସେ ମାଡ଼ ଖାଇଲେ ବି ସେ ଗାଲୁମରା ଛାଡ଼େ ନାହିଁ-ଯାହାକୁ କହନ୍ତି ମାଡ଼-ଗଇଁଆ। ସେ ମିଶ୍ରଙ୍କୁ ସିନା କିଛି କହି ପାରିଲା ନାହିଁ, ଛକଡ଼ିକୁ ତେଢ଼ି ଦେଇ କହିଲା, "ହ, ହ, ତମେ ତ ଖାଲି ସବୁ ବୁଝି ପକେଇଚ-ସେଥିପାଇଁ ତ ଦିଅଁଙ୍କୁ ଖଇ ଖଟୁଲି ଖାଇଲଣି-ଦୋକାନ ଖଣ୍ଡେ କରିଚ ଯେ ମୁର ଜମା ଉଠିବ କି ନାଇଁ।" ଛକଡ଼ି ତେଜି ଯାଇ କହିଲା, "ଯାବେ, ଓଡ଼ ବୁଦ୍ଧି ଗୋଡ଼କୁ-କକେଇ ବସିଚନ୍ତି, କେତେ ମାମଲତକାର ତାଙ୍କ ଆଗରେ ଦେଖଇଚୁ?"

"ଏଁ, କେଡ଼େ ତାପନରେ କଣ କଥା କହୁଚ-କଣ ମାରିବ କି? ଧରମା ଜାତିରେ ବାଉରି, ତାର ସମ୍ପତ୍ତି ବାଡ଼ି ନାହିଁ କି ଟଙ୍କା ସୁନା ନାହିଁ ଯେ, କୃତ୍ରିମ କରି ଘେନିଯିବ। ପାରି ପାରି କରି ପୁଞ୍ଜାଏ ମାରିଦେବ, କଣ ହେଇଯିବ ସେଥିରେ?" ପିଲାକାଳୁ ତ କେତେ ମାଡ଼ ଗାଳି ଖାଇ ଆସିଛି। ଆଉ ତ କିଛି ଚୋରି କରୁ ନାହିଁ, ତାକୁ ନେଇ କିଏ ଜେଲଖାନା ଭିତରେ ପକେଇବ।

କଣ ହେଲା ! ମିଶ୍ରଙ୍କ ଆଗରେ ବାଉରିଟାଏ କେଡ଼େ ଦିମାକରେ କଥା କହୁଛି ! ତେବେ ଧରମାଟା ଗାଲୁଆ-ସେ କଥା ମିଶ୍ରେ ଦଶମାଡ ଦେଇ ତାକୁ ବୁଝି ସାରିଛନ୍ତି ! ଆଖି ତରାଟି ତା ଆଡ଼କୁ ଚାହିଁ କହିଲେ, "କିରେ ଧରମା ଆଜି ଫେର୍ ପିଠି ଗଲୁ କଲାଣି କି ?"

ଧରମା ତ ଚାରିଦଉଡ଼ିକଟା । ପାରି ପାରି ତ ଦିଟା ଗୋଟାଏ ମାରିବେ, ସେଥିପାଇଁ ତାର ଡର କଣ ? ତେବେ ଏ ରାତି ଅଧରେ ମାଡ଼ ଖାଇବାଟାକୁ ତାକୁ କେମିତି ଲାଗିଲା । ସେଥିପାଇଁ ସେ ଉଡଠିଯାଇ କହିଲା, "ହଁ ହୋ, ତମର ଆଉ କଣ ଧମକେଇବାକୁ ଅଛି କି, ପାରି ପାରି ମାଡ଼ ଦି'ଟା ତ ଦବ; ନ ହେଲେ ଏ ଗାଁରୁ ଉଠେଇ ଦବ । ଆମେ ତ ମୂଲିଆ ମଣିଷ; ଚାରିବାହା ଥିବାଯାଏ ଆମ ପେଟ ଅପୋଷା ରହିବ ନାଇଁ । ଯେଉଁ ଧନ ସମ୍ପତ୍ତି ଗୁରାକ ତ ମାଡ଼ି ଯାଉଚି-ପିଢ଼ା ଉପରେ ଲାଉକସିଟାଏ କଖାରୁକସିଟାଏ ହେଲେ ତ ରଖିଦେବ ନାଇଁ-ନ ହେଲା, ଏ ଗାଁରେ ନ ହେଲା-ଯଉଁ ଗାଁକୁ ଯିବୁଁ ସେଠି ତ ଆମେ ମୂଲ ଲାଗି ଖାଇବୁଁ.... !"

"ହଉ ଯା ଯା- ଆଜି ଏତେ ରାତିରେ-ଲୁଗାଟା ପିନ୍ଧିଚି, ଛୁଆଁ ହେବ-ଆଚ୍ଛା, କାଲି ତୋ ଦିମାକ୍ ଦେଖିବା ।"

"ଦଶଥର ତ ଦେଖିବଣି, ଆଉ କାଲି ଅଧିକା ଗୁରାଏ କଣ ଦେଖି ପକେଇବ ?" କହି କହି ଧରମ ଦାସ ଚାଲିଗଲା ।"

ମିଶ୍ରେ କହିଲେ, "ଦେଖିଲୁଟି ରେ ଛକଡ଼ି-ଏ ଛୋଟ ଲୋକଙ୍କ ମୁହଁ ବଢ଼ଉଚି କିଏ ? - ତୋରି ଭାଇ ବରଜୁ । ନହେଲେ ଧରମୁ ଦାସ ହୋଇ ଗୋଟାଏ, ବାପ ନାଁ ପଚାରିଲେ ଆସିବ ନାଇଁ-ତାର ଫେର ବହପ ହୁଅନ୍ତା ମୁହଁ ଆଗରେ ଏମିତି କଥା କହି ଚାଲିଯାନ୍ତା ? ଏ ଲୋକଙ୍କୁ ଖାଲି-କଣ ଜାଣିଚୁ ନା ? - ଖାଲି ଉଠୁ ଗୋଟିଏ; ତା'ହେଲେ ସିଧା ହେବେ । ବରଜୁ ପଧାନ ଏଇ ଛୋଟ ଲୋକଗୁଡ଼ାଙ୍କ ପାଖରେ ବସିବ, ଉଠିବ, ତାଙ୍କୁ ସବୁ ତାର କୁଶିକ୍ଷା ଦବ-ଏଥିରେ ତାଙ୍କର ମୁହଁ ବଢ଼ିଯିବ ନାଇଁ ? ଘନ ଖଟେଇର ମକଦ୍ଦମା-କଣ ମିଛ ମକଦ୍ଦମା ସେ କରିଥିଲା ? ସମସ୍ତଙ୍କ ଆଗରେ ତାକୁ ମିଛ କହି ବୁଲିଲା, ଗୋଟାଏ ହେଲେ ସାକ୍ଷୀ ତା ପାଇଁ ମୁଁ ଖୋଜି ଖୋଜି ପାଇଲି ନାଇଁ । ସମସ୍ତେ ମିଛୁଆ ହେଇଗଲେ ତୁଇ ଏକା ଖାଲି ସତିଆ ? ମିଛ ନ କହି ପୁଣି କିଏ ଗୋଟାଏ ଏମିତି ପୁଅ ଅଛିରେ ଛକଡ଼ି-କାହା ନେଡ଼ିରେ ବାଳ, ଜିଭରେ ହାଡ଼ !"

"ଭାଇକି ପରା ସମସ୍ତେ କହୁଛନ୍ତି, କକେଇ, ସେ କୋଉ ଦିନ ପଦେ ହେଲେ ମିଛ କହେନାହିଁ ।"

"ଆରେ ହ,ସେ ମୂର୍ଖଲୋକଙ୍କ ଆଖିରେ ଧୂଳି ପକେଇଦେବ-ତତେ ମତେ କଣ ଏ କଥା ଅଛପା ରହିବ ? ଘର ଭିତରେ ତ ଫେର ତୁଇ ଦେଖୁଥିବୁ-ତୋ ମୁହଁରେ କଥାଏ ହେଲେ ମାଇପ ମୁହଁରେ କଥାଏ।"

"ମୁଁ ବୁଝି ନାଇଁ କକେଇ, ଏଇ ଧରମା ବାଉରି ମତେ ବୁଝେଇବ ? - ମତେ କହୁଚି ଦିଅଁକୁ ଖାଇ ଖଟୁଲି ଖାଇଲଣି।"

"ଆରେ, ଲୁଗାଟା ପିନ୍ଧିଥିଲି--ତା ବକତେଇ ବଳୀୟାର- ନଇଲେ ତା ଗାଲପାଟି ଏଇଠି ନାଲି କରିଦେଇ ନ ଥାନ୍ତି।"

ଧରମା ବାଉରି କଥାରେ ଛକଡ଼ିର ଅପମାନ ହୋଇଛି। ତା' ଗାଲ ହେଉ, ପିଠି ହେଉ, ଗୋଟାଏ କିଛି କଳା କି ନାଲି ହୋଇଥିଲେ ମନଟା ତାର ବୋଧ ହୋଇ ଯାଇଥାନ୍ତା। ସେ ମିଶ୍ରଙ୍କ ଆଶ୍ରା ପାଇ କହିଲା, "ତାକୁ ଟିକିଏ କାଲି ସକାଳେ ଦେଖି ନ ଦେଲେ ଭଲ ହେବ ନାହିଁ କକେଇ।" ଧରମାର କାଲି ସକାଳେ ମାଡ଼ ଖାଉଥିବା ଅବସ୍ଥାଟାକୁ ମନେ ମନେ ଭାବି ଛକଡ଼ି ଖୁସି ହୋଇଗଲା।

ମିଶ୍ରେ କହିଲେ, "ଆରେ, ସେ କଥା ଆଉ ତୁ ମତେ କଣ ମନେ ପକାଇ ଦେଉଚୁ ମ ? ସକାଳେ କାଲି ଟିକିଏ ଆମ ଘର ଠେଇଁକି ଯିବୁ। ଧାରମାକୁ ଏମିତି ସେମିତି ହେଲେ କାପେଇବ ନାହିଁ-ବଳଦ ପଘା, ନଡ଼ିଆ ଗଛ, ବିଛୁଆତି-ତା ହେଲେ ଯାଇ ହବ। ହେଲେ, ଧରମା ସିନା ଏକ ଘଣ୍ଟାକେ ସାଧ ହୋଇଯିବ, ତୋ ଭାଇକି ତ ପାରି ହବ ନାହିଁ। ଆଜି ସିନା ଗୋଟାଏ ଲୋକକୁ ଜବତ କରି ଦେବା, କାଲି, ତ ତୋ ଭାଇ ଶିଖାରେ ଆଉ ତିନିଟା ଲଙ୍ଗଳା ହେଇ ତେଇଁବେ। ତାକୁ ଉପାୟ କଣ ଅଛି କହିଲୁ ? ଛୋଟ ଲୋକଙ୍କୁ ଶିଖାଇ ଘର ଭାଇଟାକୁ ଅପମାନ ଦବ। ଧରମା ହୋଇ ଗୋଟାଏ ମଣିଷ-ଶ୍ରୀଅକ୍ଷର ବିବର୍ଜିତ-ସେ କୁଆଡୁ ଜାଣନ୍ତା, ତୁ ଦିଅଁଙ୍କୁ ଖାଇ ଖଟୁଲି ଖାଇଲୁଣି - ଦୋକାନ ମୂଳକମା ବୁଡେଇଲୁଣି ? ଏ ବରଜୁ ଶିଖା ନୁହେ, ଛକଡ଼ି, ତୁ ମତେ ବୁଦ୍ଧି ବତେଇବୁ ?"

"ସବୁ ବୁଝିଲିଣି କକେଇ-ମାଇପିଟା କଥାକୁ ବରାବର ତେଢ଼ି ଦେଇ ଆସିଛି ସିନା ହେଲେ କଣ ହେବ, ମାଇପିଗୁଡ଼ାକ ଗୋଟାଏ ଗୋଟାଏ କଥା କହନ୍ତି, ସେଥିରେ ଟିକେ ହେଲେ ମିଛ ନାଇଁ। ମତେ ସେ କୋଉ ଦିନୁ ଲଗେଇଚି, ଆମର ଅଲଗା କରି ହାଣ୍ଡି ଖଣ୍ଡେ କରିବା-ତିନି ତିନିଟା ଝିଅ-ତାଙ୍କ ବାହାଘର ଖର୍ଚ୍ଚ ଏଇ ଘରୁ ହଉଚି ନା ପଦାରୁ କୁଆଡୁ ଆସୁଚି-ଆମର କାହିଁକି ଏଡ଼େ ଗରଜ-ଆମେ କାଇଁକି ପର ପୋଷିବାକୁ ଏମିତି କଳେଇ ବଳେଇ ହେଇ ପଡ଼ି ରହିବା ?"

ଛକୋଡି ମୁହଁରୁ 'ପର କଥାଟା ବାହାରିବା ସାଙ୍ଗେ ସାଙ୍ଗେ ମନ ଭିତରେ

କେମିତି ଟିକିଏ ଅଡୁଆ ଲାଗିଲା-ହଁ, ତେବେ ଆଉ ପର ନୁହେଁ ତ କଣ-ପର ନୁହେ ଆଉ ଆପଣାର। ଏଇକ୍ଷଣି ତ ଯେଝା କଥା ସେ କଲାଣି। ଏ ଯେମିତି ଦୋକାନରୁ ପାନଗୁଆ ଗୁଣ୍ଡି ନେଇ ଅଲଗା କରି ଖାଉଛି ତାଙ୍କର ବି ସେମିତି ଅଲଗା କିଛି କିଣି ଆଣି ଖାଉଛନ୍ତି। ଦି'ଜାଙ୍କ ଭିତରେ ଭଲରେ କଥାବାର୍ତ୍ତା ହେବା ସପନ ହେଲାଣି। ସବୁ କଥାବାର୍ତ୍ତା ତ କଳିରେ ହେଉଛି। ଦି'ଭାଇଙ୍କ ଭିତରେ ଅବା କେଉଁ ମନ ମିଳିକରି ଅଛି? ଘର ଗୋଟାକର ତ ସବୁ ଖର୍ଚ୍ଚବାର୍ଚ୍ଚ ବଡ଼ଭାଇ ହାତରେ। ଦିନେ କେଉଁଦିନ ଛକଡ଼ିକି ସେ ଡାକି ବୁଝେଇଲାଣି କି କହିଲାଣିଭଲା! ଭିତରେ ତ ସବୁ ଅମେଳ, ମୁହଁରେ ଟିକିଏ ଖାଲି ମିଳିକରି ରହିଲେ କଣ ହେବ?

ମିଶ୍ରେ ସୁବିଧା ଜାଣି କହିଲେ, "ମାଇପି କଥା କହିଲୁ ଯେ ଛକଡ଼ି, ମାଇପେ ଘରର ଲକ୍ଷ୍ମୀ। ଘର କଥା ଆମେ କଣ' ବୁଝୁ, କଣ କରୁରେ? ଆମେ ସିନା ଖାଲି ଦାଣ୍ଡକୁ, ନହେଲେ ଘର ଭିତରେ ସବୁ ନେଇଆଣି ଥୁଅନ୍ତି, ସେଇ ତ? କିରେ, ଏଇ ଧରମୁ ଦାସ ଭଳି ମୂର୍ଖ ଲୋକ କହିବେ ମାଇପିବୋଲା, ମାଇପିବୋଲା। ତାଙ୍କ କଥାରେ ଯାଏ କେତେ, ଆସେ କେତେଯେ ଛକଡ଼ି? ବାସୁଆବୋଉ ମତେ ସେମିତି, କେତେ ଆଗରୁ ଭିନେ ହବାକଥା କହୁଥିଲା, ମାଇପି କଥା ବୋଲି ମୁଁ ତାକୁ କାନକୁ ଆଣୁ ନଥିଲି। ଏବେ ଯୋଉ ଦିନୁ ଭିନେ ହେଇଚି, ସେ ଦିନୁ ତ ଭଗବାନ ମତେ ଦୁଃଖେ ସୁଖେ ଚଳାଉଛନ୍ତି-ନା ଭାଇନା ପଚି କେଳା ପରି କଲିକତା, ମେଦିନୀପୁର ଦୌଡ଼ି ରୋଷେଇ କରି ଭିକ ମାଗି ବୁଲୁଚି?" ମିଶ୍ରେ ମଝିଆଁ-କେଳା ମିଶ୍ରଙ୍କର ସାନ ଭାଇ।

"କାଇଁକି କକେଇ, ଆପଣ ଏ କଥା କହୁଚ କାଇଁକି-ଆପଣ ଭିକ ମାଗିବ ତ, ଆମେ ସବୁ ଅଛୁ କାଇଁକି?"

"ହେଃ ହେଃ - ପିଲା ଟୋକାଟାଏ, କିଛି ବୁଝୁନାଇଁ-ରେ ତୁ କାଇଁକି ହଳ, ବଳଦ-ସାତ ପୁରୁଷିଆ ଘର। ଯାହା କହ ଛକଡ଼ି, ଏଗୁଡ଼ାକ ତୋର ଅଯୋଗ୍ୟ ପଣିଆ।"

"ଆପଣ ତ ଜାଣ କକେଇ, ଚାଷ ଲଗୃତି କଥା, ମତେ କଣ କିଏ ଜାଣିବାକୁ ଦିଏ?"

ମିଶ୍ରେ ବିରକ୍ତ ହୋଇକହିଲେ, "ତତେ ଜାଣିବାକୁ ଦବ କିଏ ସେ ରେ-କଣ ପିଲାଛୁଆ ହେଇଚୁ, ମାଁ' ଠଉଁ ଦୁଧ ଖାଇ ଶିଖୁଚୁ କିରେ?"

ଛକଡ଼ି କହିଲା, "ନାଇଁ କକେଇ, ଚନ୍ଦରା ଶିଅଳ ଯାହା କହୁଥିଲା, ଏଥର ତ ସେଇତା କରିବି। ପାଞ୍ଚମାଣିଆ ଚକ ମୁଗତକ ଏ ବର୍ଷ ଅଲଗା କରି ରଖିବି; ସେଇଥିରୁ ଧାନ ଫସଲ ପରେ ପୁଷମାସରେ ଅଧେ ବିଲର ଧାନ କାଟି ଆଣି ଅଲଗା ଖଳା କରି

ରଖିବି । ମୁଁ କହିଲି-ଭାଇ ତ କମେଇଲା, ମୁଁ କୋଉ ହିସାବରେ ଆଣି ଅଲଗା ଖଳାରେ ରଖିବି ? ଚନ୍ଦରା କହିଲା-ତମକୁ ଏ ବୁଦ୍ଧି କିଏ ଶିଖେଇବ ହେ ? ଭାଇ କମେଇଲା କଣ ହେଲା ? ତମର ସେ ଜମି ନୁହେଁ, ନା ଲୋକଟା ତମରି ଘରୁ ମୂଲ ନେଇ ତାକୁ କମେଇ ନାଇଁ ? ଭାଇ ତ ସବୁ ବୁଝୁଛନ୍ତି-ସେ ଅବା ତାରି ସାଙ୍ଗରେ ଆଣ୍ଠୁ ପକେଇ ଦେଲେ, କି ହଳ ଧଇଲେ । ଯା ବୋଲି ତ ଫେର ଲୋକେ ଭାଗ ବଖରା କରି ତିନି ମାଣ ପାଞ୍ଚ ମାଣ ଦଉଚନ୍ତି ତାକୁ ସେ କମଉଚି, ସେ ଏକା ଖାଉଚି ନା ଜମିବାଲାକୁ ଅଧେ ଦଉଚି ? ଜାତିରେ ଶିଅଳ ହେଲେ କଣ ହବ କକେଇ, ଚନ୍ଦରାର ବୁଦ୍ଧି ଅଛି । ଘରେ ଯାଇ ଯେମିତି ଏ କଥା କହିଲି, ସେ କହିଲା-ଏ କଥା ଆଉ ପଚାରିବାକୁ ଅଛି-ଆମର ସେଇ ଖଳା ପାଖରେ ଖଳା ଚଞ୍ଛେଇ ଦିଅ, ଆମ ମୁଗ ସେଇଠି ଅମଲ ହେବ ।”

“ଏତେ ଦିନେ ତୋଠଉଁ ଗୋଟାଏ ମାମତକାରିଆ କଥା ଶୁଣିଲି ରେ ଛକଡ଼ି ? ହଁ, ଉଚିତ କଥା-ଏଥିରେ ତ କିଛି ମାନ ଅପମାନ ରହିଲା ନାହିଁ-ହାଣ୍ଡି ଅଲଗା କରିବା କଥା ରହିଲା ନାହିଁ । ବଡ଼ଭାଇ ତ ଦଶ ବରଷ ହେଲା ଘରଟାର ସବୁ ଆୟ ଆମଦାନି ବୁଝୁଚି, ଏଣିକି ସାନ ଭାଇ ପାରିଲା, ତା କଥା ସେ ବୁଝିବ ନି, କରିବ ନି-ଏଥିରେ କାହାର କଣ କହିବାକୁ ଅଛି ? ଏ ତ ହକ କଥା ! ଚନ୍ଦରା ଶିଅଳ-ଶୁଖିଲା କାଠରୁ ପାଣି ବାହାର କରିବ ସେ । ନ ଜାଣି ମୁଁ ତାକୁ ପିଆଦା କରି ରଖିଚି ?”

ଚନ୍ଦରା ଶିଅଳ କୋଉଠି ଥିଲା, ଚାରି ହାତର ଗଣ୍ଠିଆ ବାଉଁଶଠେଙ୍ଗାଟା ଦୋକାନ ଦୁଆର ମୁହଁରେ ରଖିଦେଇ ଲମ୍ବା କରି ମିଶ୍ରଙ୍କୁ ଓଳିକିଟାଏହୋଇ ପଡ଼ିଲା । ମିଶ୍ରେ ତା’/ ମୁହଁକୁ ଚାହିଁ ଦେଇ କହିଲେ, “ଆରେ, ଏଇଟାର କେତେ ପରମାୟରେ - କିରେ ଚନ୍ଦରା, ଖବର କଣ ?” ଚନ୍ଦରା ମିଶ୍ରଙ୍କର ହାତ ବାରିସି । କୋଉଠି କିଏ ଛିଙ୍କିଲା, କୋଉଠି କିଏ ବସିଲା କି ହସିଲା, ସବୁ ଖବର ଆସି ମିଶ୍ରଙ୍କ କାନରେ ଫୁଙ୍କେ । ମହାଦେବଙ୍କ ଦର୍ଶନ ଆଗରୁ ଲୋକେ ବୃଷକୁ ସାଉଁଳାନ୍ତି, ବିଷ୍ଣୁଙ୍କ ଦର୍ଶନ ଆଗରୁ ଗରୁଡ଼କୁ କୁଣ୍ଢାନ୍ତି । ମିଶ୍ରଙ୍କଠଉଁ ଉଦ୍ଧରିବାକୁ ଲୋକେ ସେମିତି ଚନ୍ଦରାକୁ ଆଗ ହାତ କରନ୍ତି । ବରଜୁ କହେ, ଏ କଥାଟା ଖାଲି ବୃଷଭ, ଗରୁଡ଼, କି ଚନ୍ଦରା କଥାରେ ଲାଗେ ନାହିଁ-ଦବତାମାନଙ୍କ ଠାଇଁ ଯେମିତି ମଣିଷ ପାଖରେ ବି ସେମିତି-ରାଜ ମହାରାଜା ହାକିମଠଉଁ ବେଶି ପୂଜା ପାନ୍ତି, ତାଙ୍କ ପାଖ ଲୋକେ-ତାଙ୍କ ଅମଲା, କିରାନି, ଅମିନ-ତାଙ୍କ ତପରାସି ।

ଚନ୍ଦରା ଶିଅଳ ମୁରୁକି ହସି କହିଲା, “ଆଜ୍ଞା, ଆଜି ଖବର ବଡ଼ ଜବର-ଟିକିଏ ଯାଡ଼କୁ ଆସିଲେ କହିବି ।

"ଆରେ, ସିଆଡ଼କୁ କଣ ଯିବି ମ-ଛକଡ଼ି ଆମ ପୁଅଟା, ତାକୁ କଣ ଡର-ସେ କଣ କାହା ଆଗରେ ଯାଇ କହି ଦଉଚି ?

ଆଜ୍ଞା ସେଇ ସଦେଇ ବାରିକ-ଜୋଇଁ ତାର ଦି' ବରଷ ହେଲା କଲିକତାରେ-ଝିଅ ବାପଘରେ-ଗଲା ବରଷ ଖବର ତ ଜାଣିଚ-କୁଆଡ଼େ ଗପେଇ ଦେଲା, କେହି ପତ୍ତା ପାଇଲେ ନାହିଁ-

ଏବେ ଦେଖିବ ଆସ-ତାରି ବାରିପଟ କଦରୀ ବଗିଚାରେ ପିଲା ପଡ଼ି କୁଆଁ କୁଆଁ ଡାକ ଛାଡ଼ିଚି।"

"ଏଁ ଏଁ କଣ କହିଲୁ-ପିଲା ବଞ୍ଚିଛି !"

"ଡକା ପାରି କଦରୀ ବଗିଚା ପରା କମ୍ପାଉଚି-ଜନମ କଲାବାଲା ସଫା ସୁତୁରା ହୋଇ ହାଣ୍ଡିଶାଳରେ ଭାତ ରାନ୍ଧୁଚି-ମତେ ଶରଦୀବୋଉ ଏଇଛୁଣି ଆସି କହିଲା ନା, ମୁଁ ନଇଲେ ଜାଣିବି କେମିତି ?"

"ଏଁ ଏଁ ଜନାକାରୀ-ପିଲାଟା ତ ବଞ୍ଚି ରହିଚି-ନଇଲେ ଅବା ଦେଖାଯାନ୍ତା-ଆରେ, ଯା,ଯା, ଚଉକିଆକୁ ଡାକ, ଥାନାରେ ଖବର ଦଉ। ସଦେଇ ବାରିକ କୋଉଠି ?"

"ସେ କଣ କରିବ ? ଗାଁ ଯାକ ତ ହାଟ ହେଇଗଲାଣି- ସେ କେମିତି ଗାଲୁଆ ଜାଣି ନ, ସହଜରେ ମଙ୍ଗିବ ?"

"ଆରେ, ସେ ଯୁଆଡ଼େ ଆଉ; ଉଷୁନା ଧାନ ତ ବଳେ ଢେଙ୍କି ପାଖକୁ ଆସିବ। ତୁ ଆଗ ଚଉକିଆକୁ ଖବର ଦେ। ଦେଖୁଚୁ ରେ ବାପା ଛକଡ଼ି-ମରିବାକୁ ଦଣ୍ଡେ ହେଲେ ତର ମିଳୁନାଇଁ- ଯା ବାପ, ଦୋକାନ ବନ୍ଦକରି ଘରେ ଖାଇ ଶୋଇଛି। ଯାହା ଯେତେବେଳେ ହଉଥିବ ଟିକିଏ ପଚାରୁଥିବୁ; ବୁଝିଲୁ ?"

"ଏକଥା ମତେ ଆଉ କହୁଚ, କକେଇ ?"

ଗାଁ ଗାଁକେ କଦଳି ବାଡ଼ି, ନଳିତା କିଆରୀ, କିଆମୂଳ ପୋଖରୀକୂଳ-କେତେ ଥାନରେ କୁଆଁ କୁଆଁ ଶବଦ ଶୁଭେ ମଣିଷ ପିଲା କେଡ଼େ ନାରଖାର ହୋଇପଡ଼େ ! ସେଥିପାଇଁ କିଏ କଣ କରେ ? ହରି ମିଶ୍ରଙ୍କ ସମ୍ପତ୍ତି ବଢ଼େ; ସଦେଇ ବାରିକ ଉଚ୍ଛନ୍ନ ହୁଏ- କୁଆଁ କୁଆଁ ଶବଦ ଶୁଣି ବରଜୁ ପଧାନ ଆଖିରେ ଲୁହ ଭରି ଆସେ-

ଯାହାକୁ ରଖିବେ ଅନନ୍ତ
କିସ କରିବ ବଳବନ୍ତ ?

ପରିଚ୍ଛେଦ ଆଠ

ହାରାବୋଉ ଦିଅଁ ଦେବତାଙ୍କୁ କେତେ କଣ ଯାଚିଲା- "ମା ମଙ୍ଗଳା, ଭଲରେ ଭଲରେ ଫେରି ଆସୁ, ତୋଠେଇଁ ମାଜଣା କରିବି-ପ୍ରଭୁ କପାଳଶୋରେ, ଲକ୍ଷେ ଗଇସ ଚଢ଼େଇବି- କେମିତି ଭଲରେ ଭଲରେ ଘରକୁ ଫେରିଆସୁ।" ବରଜୁ ପାଞ୍ଚ ଦିନକାଳ କେଉଁଠି ରହିଲା, କେହି ଜାଣିଲେ ନାହିଁ। ଶରଦୀବୋଉ ଯେଉଁ ଦିନ କାଟପାଣି କରିବାକୁ ପଇସା ନେଇଗଲା, ସେହିଦିନ ସଞ୍ଜବେଳେ ମୋତି ଦାଣ୍ଡଦୁଆର ଦଉଡି ଆସି ଡକା ପକେଇଲା "ବୋଉ ଲୋ, ବାପା ଆଇଲାଣି।" ହାରାବୋଉ ଦୁଆର ମୁହରେ ବସି ସଞ୍ଜବଳିତା ଜଳୁଥିଲା, ତା ମନ କଣ ହେଲା ସେଇ ଜାଣେ।

ବରଜୁ ଆସି ଯେତେବେଳେ ଦୁଆର ମଝିରେ ଠିଆ ହେଲା, ସୁନା ଗୋଡ଼ ଧୋଇବାକୁ ପାଣି ଢ଼ାଳେ ତା ପାଖରେ ଥୋଇ ଦେଲା। ହାରାବୋଉ ବଳିତା ବଳାରୁ ମୁହଁ ଟେକି ସ୍ୱାମୀ ଆଡ଼କୁ ଚାହିଁ ଦେଇ ଦେଖିଲା, ତା ମୁହଁଟା ଶୁଖି ଯାଇଚି, ପେଟ କୁଆଡେ ଲାଗି ଯାଉଚି, ତା' ମୁଣ୍ଡର ବାଳ କେରାକ ଫରଫର ହୋଇ ଉଡୁଛି। ସେ ବଳିତାବଳାରୁ ଧଡ଼ କରି ଉଠିଯାଇ ଘର ଭିତରେ ପଶିଗଲା। ହାରାବୋଉ ଆଖିରୁ ଝରଝର ଲୁହ ଗଡ଼ି ପଡ଼ିଲା, ପିଲାଙ୍କ ପରି ସେ କାନ୍ଦି ଉଠିଲା।

ବରଜୁ ଫେରି ଆସିଲା, ମନରେ ହରଷ ନାହିଁ-ମୁହଁଟା ଆଗପରି ଫଣ ଫଣ କରି ରଖିଚି-ଖିଆ ପିଆ ଲଗେଇବା ପଗେଇବା କିଛି ଠିକ୍ ନାହିଁ। ହାରାବୋଉ ଯେତେ ଯାହା ପଚାରେ, ସବୁଥିରେ ହୁଁ ହାଁଟାଏ ମାରି ଦେଇ ତୁନି ରହେ-କୋଉ କଥାରେ ହରଷ ନାହିଁ।

ନେତ୍ରମଣି ମୁଣ୍ଡରୁ ଲୁଗା ଖସେଇ ପକେଇ ପାନଖିଆ ନାଲି ଓଠରେ ହସି ହସି ଛକଡ଼ିକୁ କହେ, "ଦେଖୁଛଟିକି ନବରଙ୍ଗ-କେତେ ରଙ୍ଗ, କେତେ ପରକାର ହେବେ ସେ-ଆମକୁ ଖାଲି ଦେଖାଇବାକୁ ଏ ସବୁ ସିନା!" ଛକଡ଼ି ନେତ୍ରମଣି ରୂପ ଦେଖି ଖୁସି

ହୁଏ- "ହଁ ମ, ଦେଖେଇବାକୁ ନୁହେଁ ତ ଆଉ କଣ ?" ନେତ୍ରମଣି କହେ, "ତମେ ଅସଲ ମରମ ବୁଝି ନା କି-ସୁନା ମୋତିଙ୍କର ବାହାଘର ପରା ଆସୁଚି-ତମେ କଣ କମ୍‌କି-କେତେ ନାଚିବ, କେତେ ଭଲେଇ ହବ। ଆଗରୁ କହି ଦେଉଚି-ମୁଁ ସେ ବାହାଘରକୁ ରହିବି ନାହିଁ-ମତେ ଏକା ଆମ ଘରେ ନେଇ ଛାଡ଼ି ଦେଇ ଆସିବ, ହଁ!"

ଛକଡ଼ି ବିଚରାର ବୁଦ୍ଧି ହଜିଲା-ଫେର ଯିବ ବାପ ଘରକୁ ଛ ମାସ କି ବରଷେ- ମା କହିବ ଝିଅ ମୋର କେଡ଼େ ଉଜୁଡ଼ା କେଡ଼େ ନାରଖାର ହେଇଚି, ଆଉ ଦି'ମାସ ନ ଗଲେ ପଠେଇବି ନାହିଁ। ବାପ କହିବ, ଆସିବା ସାଙ୍ଗେ ସାଙ୍ଗେ ଏଡେ ତଡ଼ବଡ଼ କାଇଁକି, କଣ ଗୁଡ଼ଘରର ପିମ୍ପୁଡ଼ି ଖାଇଯାଉଛି ? ଛକଡ଼ି କହେ "ଆଲୋ ସେମିତି କାଇଁକି ହଉଚୁ-ସୁନା ମୋତିଙ୍କ ବାହାଘରକୁ ଆମେ ସିନା ଏକାଠି ଥିଲେ ହୁଏ।"

ହାରାବୋଉର ଟାଣ ଭାଙ୍ଗି ଗଲାଣି। ଗାଁଯାକ ହାଟ ହେଲାଣି-ହାରାବୋଉ ସାଙ୍ଗରେ ପଡ଼ିଲା ନାହିଁ ବୋଲି ବରଜୁ ଘରଛାଡ଼ି ପଳେଇଲା। ସାନ ଜା ଦିଅର ତ ଏ ନାଟ ଦେଖି ହସୁଛନ୍ତି-ହେଉ, ତା କର୍ମରେ ଯାହା ଅଛି। ହାରାବୋଉକୁ ଲାଜ ମାଡୁଚି, ସାଇ ପଡ଼ିଶାଙ୍କ ଆଗରେ ମୁହଁ ଦେଖାଇବାକୁ। ଯେ ଦେଖିଲା, ସେ ମୁରୁକି ହସି ଉଖାରି ଉଖାରି ପଚାରିଲା, "କିଲୋ ହାରାବୋଉ, କଣ ଏମିତି କଜିଆ ଲାଗିଲା ଯେ ବରଜୁଆ ଘରଛାଡ଼ି ପଳେଇଲା ମ!"

ଯାହା ତ ହେଲାଣି, ହାରାବୋଉ ଆଉ କେଉଁ କଥାକୁ କରୁଛି ? ଖାଲି ଏହି ମଣିଷଟା ଟିକିଏ ମନ ଖୋଲି ଖୁସିରେ କଥା କହନ୍ତା କି, ଖୁସିରେ ଖିଆପିଆ ଚଲାବୁଲା କରନ୍ତା କି! ଶରଦୀବୋଉ ରାଣ୍ଡୀ ଆଉ କଣ କଲା ? ପଇସାକୁ ପଇସା ନେଲା, ଫଳ ତ କିଛି ଦେଖାଗଲା ନାହିଁ।

ହାରାବୋଉ କେତେ କଥା ବରଜୁକୁ ପଚାରିଲା, ହାରାର ଶଶୁର ଘର କଥା, ସୁନା ମୋତିଙ୍କର ବାହାଘର କଥା। କେଉଁ କଥାରେ ବରଜୁ ମନ ଖୋଲି ଉତ୍ତର ପଦେ ଦେଉନାହିଁ।

ହାରାବୋଉ କହିଲା, "ତମେ ତ ସବୁବେଳେ ଏମିତି ଉଦାସିଆ ହେଇ କଥା କହୁଚ- ସୁନା ମୋତିଙ୍କ ପାଇଁ ମୁଁ କଣ ଆଉ ବରଘର ଖୋଜିଯିବି ?"

"ମୁଁ କଣ ତମକୁ ସେ କଥା କହିଲି ?"

"ଆଉ ଝିଅ ଦି'ଟା କଣ ବାଡୁଆ ହୋଇ ବସି ରହିବେ ? ଭାଇ ଭଗାରୀଆ ଘର, କାଲି ସକାଳେ ତ ଛକଡି ଭିନେ ହବ- କେତେ ପାଞ୍ଚ ଚାଲିଲାଣି।"

ବରଜୁ ଧୀରେ ଧୀରେ କଲା, "ହାରାବୋଉ, କିଏ କଣ ପାଞ୍ଚ କରୁଚି, ସେ କଥା ତ ମୁଁ ତମଠଉଁ ଶୁଣିବାକୁ ପଚାରୁ ନାଇଁ।"

ହାରାବୋଉର ମୁହଁ ଟିକିଏ ହୋଇଗଲା। ତୁନି ହେଲେ ତ ବରଜୁ କିଛି କଥା ଆରମ୍ଭ କରିବି ନାହିଁ। ସେ ପୁଣି କହିଲା, "ତମେ କୋଉ ଟାଣ ମୋର ରଖିଚ ଯେ, ଆଉରି ରାଗୁଚ- ଉପାସ ଭୋକରେ ପୁଣି ପାଞ୍ଚଦିନ ଯାଇ କୋଉଠି ପଡ଼ି ରହିବ- କୋଉ କଥା ତମର ମୁଁ ନ ଶୁଖିଲି, କୋଉ କଥା ନ କଲି ଯେ....." ହାରାବୋଉର ଆଖିପତା ଓଦା ହୋଇ ଆସିଲା।

ବରଜୁ କହିଲା, "ମୋ କଥା ଶୁଣିବାକୁ କି କରିବାକୁ ମୁଁ ତ କହୁ ନାଇଁ। ତୁମେ ନିଜେ କାହିଁକି ବୁଝୁ ନା, ନିଜେ କଣ କଲେ ଘର ଭଲରେ ଚଳିବ, ସେ କଥା ବିଚାରୁ ନା ?"

"ଆମେ ମାଇପି ଜାତି, ଆମେ କଣ ବୁଝିବୁ ମ-ତମେ କହିଲି, କଣ କଲେ ଭଲ ହବ ?"

ବରଜୁ ଦେଖିଲା, ହାରାବୋଉ, ଟିକିଏ ବଦଳିଚି। ଏତିକିବେଳେ ସେ ବାଗକୁ ଆସିପାରେ; କହିଲା, "ଭଲ କଥା, ତେବେ ଗୋଟିଏ କଥା ଖାଲି କଲ -ତମ ଆଡୁ ତ ତମେ କିଛି ସାନବୋହୂକୁ ଖୁଣ୍ଟା ଦେବ ନାଇଁ-ସେ ଯେବେ ତା ଆଡୁ କେତେବେଳେ ତମକୁ ବକେ, କି ମତେ ବକେ, ଅବା ପିଲାଙ୍କୁ ବକେ, କାହିଁରେ ତମେ ପାଟି ଫିଟାଇବ ନାହିଁ। କେତେ ଓଷା ବରତ କରି ଦିନେ ଦିନେ ଉପାସ ରହି ଯାଉଚ- ଏତିକି କଥା ଖାଲି ପାଳିଲ ଭଲା, ଓଷା ବରତ ପରି ମନେକରି। କଣ, ଏ କଥା ହବ ତ।"

"ହଁ, କାଇଁକି ନ ହବ ?" ହାରାବୋଉ କଥାରେ ସେତେ ଜୋର୍ ଥିଲା ପରି ବରଜୁର ମନେ ହେଲାନାହିଁ। ଦୁଇ ଦିନ ପରେ ସାନବୋହୂ ସାଙ୍ଗରେ କଳି ଲଗେଇ ସାରି ହାରାବୋଉ ଜିଭ କାମୁଡ଼ି ବସିଲା। ବରଜୁ ଏତେ କହିଥିଲା, ସବୁ ସେ ରାଗମୁହଁରେ ଭୁଲିଗଲା। ବରଜୁ କହିଲା, "ଭଲ ବରତ ପାଳିଲ ତ ?" ହାରାବୋଉ ନାକ ଫୁଲାଇ କହିଲା, "ଯା ହୋ, ନିଆଁ ଲଗା ମନେ ତ କିଛି ରହିଲା ନାଇଁ।"

"ଆଚ୍ଛା ହଉ, ଏଥର ମନେ ରହିଲା ନାଇଁ; ଆର ଥରକୁ ପୁଣି ସେଇ କଥା ହେଲେ, ତେଣିକି ମୋ ଇଚ୍ଛା ଯାହା ମୁଁ ତା' କରିବି।"

ହାରାବୋଉ ଡରିଗଲା, ଆଉ କଣ କରିବ କେଜାଣି ! ତେବେ ସାନବୋହୂଟା ଟିକିଏ କଥାରେ ତା ଆଗୁଟାରେ କେତେ ଅନା କରିତା ପିଲାଙ୍କୁ କାଢୁଥିବ, ସେ ତୁନି ହୋଇ ବସି କେମିତି ସେ କଥା ଶୁଣିବ-ଅଭିଆଣ କଥାଏ !

ବରଜୁ ଦେଖିଲା, ଖାଲି ଘର ଛାଡ଼ି ପଳାଇଲେ ହାରାବୋଉ ବଦଳିବ ନାହିଁ। ଘରେ ରହି ସବୁ ଉପାୟ କରିବାକୁ ହେବ। ଏଣିକି ଯଦି ହାରାବୋଉ ବ୍ରତ ଭାଙ୍ଗେ,

ତେବେ ବରଜୁ ବ୍ରତ ପାଳିବ ! ଘର ଭିତରେ ସେ କଥା ବନ୍ଦ କରିଦେବ-ହାରା-ବୋଉକୁ ନୁହେଁ, କି ପିଲାଙ୍କୁ ନୁହେଁ, କାହାରିକି କଥା କହିବ ନାହିଁ। କାହିଁକି ନା, ଏକା ହାରାବୋଉକୁ କଥା ନ କହିଲେ ସେ ପିଲାଙ୍କ ହାତରେ କଥାବାର୍ତ୍ତା କରେଇ ସବୁ କାମ ଚଳେଇ ନେବ।

ଆଠ ଦଶ ଦିନ ବିତିଗଲା, ନେନ୍ତମଣି ଯେତେ ଯାହା କହିଲା, ହାରାବୋଉ କାହିଁରେ ମୁହଁ ଫିଟାଇଲା ନାହିଁ-ହେଲେ ତା' ମନଟା ରବେଇ ଖବେଇ ହେଉଥାଏ। ସାନବୋହୂ "ପୋଡ଼ିଯିବାକୁ, ଜଳିଯିବାକୁ, ନିଆଁ ଲାଗିଯିବାକୁ ରାଣ୍ଡଆଣ୍ଟୁକୁଡ଼ୀଏ ପୁତମୁଣ୍ଡ ଖାଇଏ, ଝିଅରାଣ୍ଡକରିଏ" ଗର୍ଜନ କରି ଯୁଦ୍ଧ ମାଗେ, ଶେଷରେ ତୁନି ହୁଏ। ହାରାବୋଉ ପୁଣି ଏକଥା ସହନ୍ତା ? ବରଜୁ ଘରେ ନଥିଲେ ମଝିରେ ମଝିରେ ପଦେ ଅଧେ କହିଦେଇ ତୁନି ହୋଇଯାଏ। କାରଣ ତା' ଆଉ ପଦେ ଶୁଣିଲେ ସାନବୋହୂର ସ୍ୱର ଏକାବେଳେ ଯାଇ ପଞ୍ଚମରେ ଉଠେ। କାଳେ ବରଜୁ ହଠାତ୍ ଫେରି ଆସିବ-ତା' କାନକୁ ଯିବ ! ନହେଲେ ଘର ଭିତରେ କି ଦାଣ୍ଡ ଦୁଆରେ ବରଜୁ ଥିଲେ ହାରାବୋଉର ମୁହଁ ବନ୍ଦ।

ସେଦିନ କାହିଁକି ବରଜୁ ସହଳ ସହଳ ହଳ ଘେନି ଘରକୁ ଫେରିଲା। ଦାଣ୍ଡଦୁଆରେ ହଳ ଫିଟୋଉଚି, ଘର ଭିତରୁ ପାଟି ଶୁଣାଗଲା। ନିଆଁରେ କୁଟା ପକେଇଲା ପରି ହାରାବୋଉ ମଝିରେ ମଝିରେ କଣ ପଦେ ଅଧେ କହିଦେଉଚି, ଆଉ ସାନ ଜା ସେଥିରେ ଦାଉ ଦାଉ ହୋଇ ଜଳି ଉଠୁଚି। ବରଜୁକୁ ଘର ଭିତରେ ଦେଖି ହାରାବୋଉ ହାତେ ଜିଭ କାମୁଡ଼ି ଦେଇ ଚୁପ୍ ହୋଇଗଲା। ବରଜୁ ମୁହଁକୁ ଚାହିଁ ତା' ଦିହ ଗୋଟାକ କାଠ ହୋଇଗଲାଣି। ସାନବୋହୂ ଲାଜ ସରମ ସବୁ ଛାଡ଼ିଚି, ଦେଢ଼ଶୁରକୁ ଦେଖି ତା' ସ୍ୱର ଟିକିଏ କମିଗଲା ସିନା, ବନ୍ଦ ହେଲା ନାହିଁ।

ବରଜୁର ମନେ ହେଲା, ତା'ଜୀବନ ପାପୀ ଜୀବନ-ତାରି ଯୋଗୁଁ ଘରଟା ଛାରଖାର ହେବାକୁ ବସିଲାଣି-ମାନ ଗଲା, ଇଜ୍ଜତ ଗଲା-ସୁନା ଘରଟା ଚୂନା ହେଲାଣି। ଆଉ କଣ ଶେଷକୁ ସବୁ 'ସତ୍ୟାନାଶ ଯିବ-ଘରମଝିରେ ପାଚେରୀ ଦିଆ ହୋଇ ଭିନେ ହେବେ ? ସେଥିରେ ହେଲେ କଣ କଳି ବନ୍ଦ ହେବ ? କାହା ହିଂସାରେ କିଏ ଗାତ ଖୋଳିଲା, ପାଉଁଶ ପକେଇଲା, କାହା ବିଲେଇ କାହା ଘରକୁ ଯିବ, ସବୁ କଥା ଭିତରେ ତ କଳି ମଞ୍ଜି ପଶିଚି। ଆଉ କଣ ଗୋଟାଏ ଭାଇ ଅଲଗା ହୋଇ ଆଉଠାକୁ ଉଠିଯିବ ? ମଣିଷ ନିଜ ଭିତରର ସଇତାନକୁ ଡରି ଯେବେ ଏତେ କଥା କରିବ, ତେବେ ଆଉ ସାଇ ପଡ଼ିଶା ଗାଁଗଣ୍ଡା ଦେଖି ସେ ରହିବ କାହିଁକି ? ଜଙ୍ଗଲରେ ଏକୁଟିଆ ହୋଇ ରହିବା ତାର ଠିକ୍ ନୁହେଁ କି ?

ବରଜୁ ଯାହା ଠିକ୍ କରିଥିଲା, ତାହାହିଁ କଲା। ଘରଭିତରେ ଏକାବେଳକେ

କଥା ବନ୍ଦ କରିଦେଲା। ସ୍ତ୍ରୀ କଥା ପଚାରିଲେ, କି ପିଲାଏ କିଛି କହିଲେ କାହାରି ଆଡ଼କୁ ଚାହେଁ ନାହିଁ-ଖାଲି ମୂକ ନୁହେଁ, ମୂକପାଗଳ ! ହାରାବୋଉ ଏ କଥା ଦେଖି ତାଜିବ ହୋଇଗଲାଣି। ଏ ଫେର୍ କି କଥା ! - ମଣିଷଟା କଥା ନ କହି ରହିବ, କି ଜାତିକାମ ! ବରଜୁର ରୀତିଗତି ଦେଖି ସେ ହସିବ ନା କାନ୍ଦିବ ?

ଦିନ ପରେ ଦିନ ବିତିଗଲା-ବରଜୁ କଥା କହିଲା ନାହିଁ। କେତେବେଳେ କେମିତି ଜଳ ଜଳ କରି ଚାହେଁ। ଆଇଁଷ ନ ହେଲେ ଆଗେ ତାକୁ ଗୁଣ୍ଡାଏ ହେଲେ ଭାତ ରୁଚୁ ନଥିଲା। କୁଆଡୁ ହେଲେ ଜରାଡ଼ି ଦି'ଟା ପିତାଶୁଖୁଆ ଯୋଡ଼ାଏ ପତରପୋଡ଼ା ହେବ। ଏଇକ୍ଷଣି ଆଉ ମାଛ ମାଉଁସ ପାଖେ ପଶୁନାହିଁ। ବରଜୁ ବ୍ରତ ପାଳିଚି-କାର୍ଯ୍ୟସିଦ୍ଧି ନ ହେବା ଯାଏ ତାକୁ ଭାଙ୍ଗିବ କିମିତି ? ତେଲ ନ ଲଗାଇ ମୁଣ୍ଡବାଳ ଫର ଫର ଉଡ଼ିଲା, ଦିହ ଗୋଟାକ ନୁଖୁରା ଦିଶିଲା। ରାତିରେ ହାରାବୋଉ ଯେତେବେଳେ ସବୁଦିନ ପରି ଗୋଡ଼ରେ ତେଲ ଟିକିଏ ମାଲିସ୍ କରିଦେବାକୁ ବସେ, ବରଜୁ କିଛି ନ କହି ଉଠିଯାଏ। ଆଗେ ଆଗେ ବରଜୁ ଯେତେବେଳେ କଥା ବନ୍ଦ କଲା, ସେତେବେଳେ ହାରାବୋଉ ଅପସନ୍ଦ କଲା, ହସିଲା-ଏବେ ତାକୁ ସବୁବେଳେ କାନ୍ଦ ମାଡୁଛି। ସେଦିନ ଚିତୋଉ ଉଆଁସ। ବରଜୁ ଚିତୋଉ ପିଠାକୁ ଭାରି ସୁଖ ପାଏ। ସେଥିପାଇଁ ହାରାବୋଉ ବେଶି ନଡ଼ିଆ ବାଟି କଅଁଳ କରି ପିଠା କରିଛି। ସ୍ୱାମୀକୁ ଆଜି ମନବୋଧ କରି ଖୁଆଇବ ବୋଲି ଇଚ୍ଛା।

ବରଜୁ ଝୋଟ କେରାଏ ଧରି ଦୁଆର ମୁହଁରେ ବାଣି କାଟୁଛି, ବେରୁହାଁ ରଖିଚି ମୁନ୍ଦରା ଖଣ୍ଡେ ବୁଣିବ ବୋଲି। ପିଲା ଦିଓଟି ପାଖରେ ବସିଛନ୍ତି, ହାରାବୋଉ ଆସି ସେଇଠି ଓଳେଇ ଦେଇ ଥାଳିଏ ଚିତୋଉ ପିଠା ଥୋଇ ଦେଇଗଲା। ପଛରେ ଅଧକଂସାଏ ଦୁଧ, ମେଞ୍ଚାଏ ସନ୍ତୁଳା, ପୁଳାଏ ଗୁଡ଼ ଧରି ନସର ପସର ହୋଇ ଧାଇଁଛି, ବରଜୁ ଅଧଖଣ୍ଡେ ଚିତୋଉପିଠା ମୁହଁକୁ ନେଇଛି କି ନାହିଁ ଉଠି ପଡ଼ିଲା।

ହାରାବୋଉ ସମ୍ଭାଳି ପାରିଲା ନାହିଁ-ଏକାବେଳେ ଭୋ ଭୋ ଡକା ପାରି ହାତ ଧରି ପକେଇଲା- "କାହିଁକି ଏତେ ସରି କରୁଚ ଭଲା, ପିଠା ଖଣ୍ଡ ଖାଇଦିଅ, ଯାହା କହିବ ତାହା କରିବି। ଯୋଉ ହଳପ ଦବ, ତାକୁ ଧରିବି।" ବରଜୁ କଥା ବନ୍ଦ କରିବା ଦିନୁଁ ବଡ଼ ବୋହୂ ବି ସାନବୋହୂକୁ ପାଟି ଫିଟାଏ ନାହିଁ। ହେଲେ, ସେଇତକରେ ତ ସବୁ ହୋଇଗଲା, ନି, ଆଉ ତ ପୁଣି କେତେ କଥା ଅଛି-ଅସଲ ହେଉଛି ମନ-ମନ ନ ମିଳିଲେ ଯେତେ ଯାହା, କିଛି କୁଆଡୁ ହେବ ନାହିଁ।

ବରଜୁ କଥା କହିଲା। ହାରାବୋଉକୁ କୋଟିନିଧି ମିଳିଲା ଅବା ! ବରଜୁ କହିଲା, "କାହିଁକି ? ଯାହା କହିବି ତାହା କରିବ ?"

"ହଁ ନିଶ୍ଚେ, ନିଶ୍ଚେ, ନିଶ୍ଚେ- ଯାହା କହିବ!"

"କାହିଁକି ତମେ ନିଜେ ବୁଝୁନା ନିଜେ ଯେମିତି ଭଲ ହେବ ସେ କଥା କରୁନା?"

"ନାଇଁ ନାଇଁ-ମୁଁ କିଛି ବୁଝେ ନାଇଁ, କିଛି ଜାଣେ ନାଇଁ- ତମେ ଯାହା କହିବି ସେଇତା କରିବି।"

"ସେଇତା କରିବ?"

"ହେଁ ସେଇତା କରିବି।"

ହାରାବୋଉର ଦି'ଆଖିରୁ ଲୁହ ଝରଝର ଗଡ଼ି ପଡୁଚି।

ଛକଡ଼ି ଆଉ ନେତ୍ରମଣି ଏଥି ଭିତରେ ଥରେ ଦୁଇ ଥର ଆର ଘର ଦୁଆର ମୁହଁରୁ ଚାହିଁ ଦେଇ ଏ ତାମସା ଦେଖିଗଲେଣି। ବରଜୁ ଭୂତଟା ପରି ମୁଣ୍ଡ ଫର ଫର କରି ଠିଆ ହୋଇଛି, ଆଉ ତାରି ସେହି ଗରବିଣୀ ସ୍ତ୍ରୀ-କାହିଁରେ ବଙ୍କା ହେବାର ନୁହେ-ସେହି ହାରାବୋଉ ତା'ର ହାତ ଦି'ଟା ଧରି ତଳକୁ ମୁଣ୍ଡ ନୂଆଁଇ ଠିଆ ହୋଇଛି। ଛକଡ଼ି ନେତ୍ରମଣି ଏ ସୁଆଙ୍ଗ ଦେଖି ଘର ଭିତରକୁ ପଶିଯାଇ ମୁହଁରେ ପୁଳାଏ ପୁଳାଏ ଲୁଗା ଗୁଞ୍ଜି ହସି ଲାଗିଛନ୍ତି।

ବରଜୁ ସେମିତି ଅଟଳ ମହାମେରୁ ପରି ଠିଆ ହୋଇ କହିଲା "ଆଚ୍ଛା ତେବେ କହ, ତମଆଡୁ ତମେ କେବେ ହେଲେ ସାନବୋହୂ ସାଥିରେ ବାଦ କରିବ ନାଇଁ, କଳି ଲଗେଇବ ନାଇଁ?"

ହାରାବୋଉର ଦି'ଆଖିରୁ ଲୁହ ବହି ବରଜୁର ପାଦ ଦି'ଟା ଓଦା ହୋଇ ଯାଉଥିଲା। ସେ ପିଲାଙ୍କ ପରି କଇଁ କଇଁ ହୋଇ କହିଲା, "ନା କେବେହେଲେ ସାନବୋହୂ ସାଥିରେ ବାଦ କରିବି ନାଇଁ, କଳି ଲଗେଇବି ନାଇଁ।"

"ସେ ଯେତେ ଯାହା କହିଲେ ଚୁପ୍ ହେଇ ରହିବ?"

"ହଁ, ସେ ଯେତେ ଯାହା କହିଲେ ଚୁପ୍ ହେଇ ରହିବି।"

"ଆଚ୍ଛା, ଏବେ ଘର ଭିତରକୁ ଚାଲ, ଆଉ ଯାହା କହିବ, କରିବି।" ସ୍ତ୍ରୀର ଲୁହଯାକ ବରଜୁର ପାଦ ଉପରେ ଜମା ହେଉଥାଏ। ତା'ର କଠିଣ ପାଦକୁ ତାହା ଉଷୁମ ଲାଗୁଥାଏ କି ନାହିଁ ସେହି ଜାଣେ।

ହାରାବୋଉ ଦେଖିଲା, ସେ ତ ଭଗାରିହସା ହେଲାଣି, ଭଗାରି ହସା କାହା ପାଖରେ ନା ବରଜୁ ପାଖରେ-ମାରା ହେଲା କଣ? ସେ କେଳା ହେଲେ ତ ଏ କେଳୁଣୀ! ବାହାରେ ତା'ର ଯେ ଗୋଟାଏ ଘୋଡ଼ଣୀ ଥିଲା, ଲାଜ ଅଭିମାନ ଥିଲା, ସେଇଟା ତ ଚାଲିଗଲାଣି-ଆଉ ଏଣିକି ଡର କାହାକୁ? ଏଇ ସାନ ବୋହୂ ଛକଡ଼ିଙ୍କୁ,

ନା ସାଇ ପଡ଼ିଶାଙ୍କୁ ? ସେ ବରଜୁର ହାତ ଛାଡ଼ିଲା ନାଇଁ-ଜିଗର କରି କହିଲା, "ନା ତମେ କଣ କହୁଚ, ଏଇଠାରେ କହ।"

ବରଜୁ ଲୋକଟାର ଲାଜ ସରମ କିଛି ନାହିଁ। ତେବେ ଏହି ମୂର୍ଖ ମାଇପିଟାକୁ ସେ ଯେ କେତେ ଦଗା ଦେଲାଣି, କେତେ ଦୁଃଖ ଦେଲାଣି ! ସେ ତ ପୁଣି ତାରି ଘରଣୀ, ତା ପିଲାଝିଲାଙ୍କର ଗର୍ଭଧାରିଣୀ-ମା ! ସେହି ନାରୀ ତ ପୁଣି ଲକ୍ଷ୍ମୀ, ଶକ୍ତି, ଦେବୀ, ଦୁର୍ଗା ହୋଇ ପୂଜା ପାଉଛି। ବରଜୁ ତାକୁ ଏଡ଼େ ହୀନ କରି ଦେଖିବ କେମିତି ! ହାରାବୋଉ ଯେ ଆଜି ଅଭିମାନକୁ କାହିଁରେ ଲେଖୁ ନାହିଁ, ବରଜୁ ଯା ଦେଖି ମନେ ମନେ ଭାରି ଖୁସି ହେଲା।

ସେହିପରି ଠିଆ ହୋଇ ସେ କହିଲ, "ହଉ ତେବେ କହ,ଘରେ ରୋଜ ଯାହା ରନ୍ଧା ହବ, ଦୁଧ ଘିଅ ଯାହା କିଛି ଖାଇବାପାଇଁ ସାରିବାପାଇଁ ଥିବ, ଛକଡ଼ି ପାଇଁ ସାନବୋହୂ ପାଇଁ ସବୁ ଜିନିଷ ଆଗ ସାଇତି କରି ରଖିବ, ତାଙ୍କ ଖାଇବା କଥା ଆଗ ବୁଝିବ- ତା'ପରେ ପିଲାଙ୍କ ଖାଇବା କଥା, ସବୁ ଶେଷରେ ତମର ଆଉ ମୋର।"

ହାରାବୋଉ ଆଖି ବୁଜିଦେଇ ଶୁଆପରି ସବୁ କଥା ଆଉ ଥରେ କହିଗଲା- ପିଲାଙ୍କ ଖାଇବା କଥା ସବା ଶେଷରେ। ହେଲା, ପିଲାଏ କଣ ଏକା ମୋରି ? ଯାକୁ ଯେବେ ଏ କଥା ଭଲ ଲାଗିଲା, ତେବେ ହେଲା। ହାରାବୋଉ ଦେହକୁ ପଥର କରିଦେଲା।

ବରଜୁ ଅଳ୍ପଟିକିଏ ହସି ଦେଇ କହିଲା, "କଣ, ମୋ ହାତ ଧରି ସବୁ କଥା ମଙ୍ଗିଚ-ନ କରିବ ଯେବେ ତେଣିକି ଜାଣିବି, ମୋ ଉପରେ ତମର ଆଶା ନାଇଁ।"

ହାରାବୋଉ ଲାଜରେ ସଢ଼ିଯାଇ ହାତଟାକୁ ଛାଡ଼ିଦେଲା-ସତେ ଲୋ, କେତେବେଳୁଁ ହାତଟାକୁ ଧରି ଛିଡା ହେଇଚ।

ବରଜୁ ଆସି ଚିତୋଉପିଠା ଥାଳୀ ପାଖରେ ବସିଲା। ପିଲାଙ୍କ ସାଥିରେ ଖୁସିରେ କଥାବାର୍ତ୍ତା କଲା। ହାରାବୋଉର ସବୁ ଗର୍ବ ଆଣ୍ଠୁ ଭାଙ୍ଗି ଯାଇଛି; କିନ୍ତୁ ବରଜୁ ମୁହଁରୁ ଯେତେବେଳେ ସେ ଶୁଣିଲା, ସନ୍ତୁଳା ଟିକିଏ ଆଣ, ଲଙ୍କା ଗୋଟାଏ ଆଣ ସେତେବେଳେ ଘରଗୋଟାକ ତାକୁ ପାହୁଣ୍ଡେ ପର ି ଲାଗିଲା ନାହିଁ। ଛାତିରୁ ତା'ରି ଯେମିତି ଗୋଟାଏ ପାହାଡ଼ କିଏ ଉଠେଇ ନେଲା- ଏମିତି ଉଶ୍ୱାସ ଲାଗିଲା ତାକୁ। ପଥର ଯେପରି ମଣିଷରୂପ ପାଇଲ - ଘର ବାହାର କେଡ଼େ ସହଜ ଲାଗିଲା। !

ବରଜୁ ଥାଳି ପାଖରେ ବସି କହିଲା, "ଛକଡ଼ିକୁ ଡାକ।" ହାରାବୋଉ ମନ୍ତ୍ରରେ ଚଳିଲା ପରି ଯାଇ ଛକଡ଼ିକୁ ଡାକିଲା। ସେଇ ଛକଡ଼ି ମାରିବାକୁ ତିନିଥର ମିଶିଚି, ହାରାବୋଉର ସେ କଥା ମନେ ନାହିଁ।

ଛକଡ଼ି ଦୋକାନରେ ସଉଦା ଆସି ଖାଇବ ବୋଲି କହି ଘରୁ ବାହାରିଗଲା।ହାରାବୋଉର ମନ ଖୁସିରେ ଉଛନ୍ନ - ସବୁ ମଣିଷ ତାକୁ ଭଲ ଲାଗୁଛନ୍ତି- ସମସ୍ତଙ୍କ ସାଥିରେ କଥା କହିବାକୁ ତା' ମନ ଡ଼େଉଁଛି। ଛକଡ଼ି ଚାଲିଯିବା ପରେ ବଡ଼ଜା'କୁ କେହି କିଛି କହି ନାହିଁ। ସେ ଯାଇ ସାନବୋହୂର ହାତ ଧରିପକେଇ କହିଲା, "ସାନବୋହୂ, ଆମ, ପିଠା ଦିଖଣ୍ଡ ଖାଇବା, ଛକଡ଼ି ତ କୁଆଡ଼େ ଗଲେଣି- କେତେ ବେଳକୁ ଫେରୁଛନ୍ତି, କିଏ ଜାଣେ?"

ସାନ ଜା ଦେଖିଲା, ବଡ଼ ଜା ଘଇତାସୁଆଗୀ ହୋଇ ସାରି ତା' ଆଗରେ ଆଜି ଭଲେଇ ହେବାକୁ ଆସିଚି। ସେ ମୁହଁ ଛିଞ୍ଚାଡ଼ି ଦେଇ କହିଲା, "ନାଇଁ ମ- ମୋର ଉଛୁଣି ଦିନ ଦି'ପହରେ କିଏ ଖାଉଚି, ତୁମେ ଆଗ ଖାଇସାର।" ହାରାବୋଉ ମୁରୁକି ହସି କହିଲା, "ସାନବୋହୂ ପଚ କଥାଗୁଡ଼ାକ ଯେତେହେଲେ ତ ମୁଁ ବଡ଼ ଜା-କେତେବେଳେ କଣ କହି ପକେଇଥିବି, ସେହି କଥାଗୁଡ଼ାକ ଗଣ୍ଠିକରି ବସିଛୁ?" ସାନବୋହୁ ଦିହରେ ଏକଥା ଛୁଞ୍ଚି ଗଳିଲାପରି କାଟୁଥାଏ-"ଘଇତା ମାଇପଙ୍କ ଭିତରେ ଅପଡ଼ ହୋଇଥିଲା ଯେ ଗୋଟାକ ମୁହଁ ଇଆଡ଼କୁ ହେଲେ ଆରଟା ମୁହଁ ସିଆଡକୁ- ଆଜି ଟିକିଏ ମିଳି ଯାଇଚନ୍ତି ବୋଲି ମାଇପ ଆସି ଛୋପର ହେଉଛି!"

ସାନବୋହୁ ମୁହଁଟାକୁ ସେମିତି ଫୁଲାଇ ଦେଇ କହିଲା, "କାଇଁକି ମ! ମତେ କାଇଁକି କିଏ କଣ କହିବ, ମୁଁ କାଇଁକି କାହାକୁ କଣ କହିବି?"

ବଡ଼ ଜା'କୁ ଆଉ କିଛି ପଇଟିଲା ନାହିଁ। ସେ ଫେରି ଯାଇ ବରଜୁକୁ ସବୁ କଥା କହିଲା।

ବରଜୁ ସବୁ ଶୁଣିସାରି ଜବାବ ଦେଲା, ଆଚ୍ଛା, ସାନବୋହୂ ନ ଖାଇବା ଯାଏ ତୁମେ ବି ଖାଇବ ନାହିଁ।"

ହାରାବୋଉ ବରଜୁର ମୁହଁକୁ ଚାହିଁ ଟିକିଏ ମୁରୁକି ହସିଲା, ବରଜୁ ବି ସ୍ତ୍ରୀକୁ ଚାହିଁ ଟିକିଏ ହସିଲା। ଦୁହେଁ ଆଉ କେଉଁଦିନ ଏମିତି ଚାହାଁ ଚାହିଁ ହେଇ ହସିଛନ୍ତି, ଦୁହିଁଙ୍କର ମନେ ନାହିଁ। ବରଜୁ ଯେମିତି ଦର୍ପଣରେ ଚାହିଁଲା ପରି ତା' ହସକୁ ଦେଖୁଛି, ହାରାବୋଉ ମୁହଁରେ-ହାରାବୋଉ ନିଜ ହସକୁ ଦେଖୁଛି, ବରଜୁ ମୁହଁରେ! ଅଶିଣମାସର କାଚକେନ୍ଦୁ ପରି ନେଳିଆ ପାଣିରେ କୁଆଁରପୁନିଆଁ ଜହ୍ନ ଯେମିତି ହସେ-ଚାନ୍ଦ ବିଚାରେ, ସେ ଅଛି ପାଣି ଭିତରେ-ପାଣି ଭାବେ, ସେ ଅଛି ଚାନ୍ଦ ଭିତରେ! ଦୁହିଁଙ୍କ ଦେହ ଉଲୁସି ପଡ଼େ-ଦୁହିଁଙ୍କ ଲୋମ ଟାଙ୍କୁରି ଉଠେ!

ହାରାବୋଉ ମୁହଁରେ ଏ ହସଟିକୁ ଦେଖି ବରଜୁର ଦେହ ସେମିତି ଉଲ୍ଲସି ଉଠିଲା। ସେ ବୁଝିଲା, ବାହା ହେଲା ଦିନଠାରୁ ଆଜିଯାଏ ହାରାବୋଉ ସାଥିରେ ସେ

ଖାଲି ଉପରେ ଉପରେ ମିଳି ମିଶି ଚଳି ଆସୁଛି, ଦି'ଜଣଙ୍କର ମଝିରେ ଗୋଟାଏ ପାଚେରୀ ଛିଡ଼ା ହୋଇଥିଲା-ନାଁ କୁ ଖାଲି ହାତଗଣ୍ଠି ପଡିଥିଲା। ନ ହେଲେ ଦେଖିବାକୁ ଗଲେ, ଦୁହେଁ ଭିନେ ହେଲାଠାରୁ ଆହୁରି ଅଲଗା ହୋଇ, ଦୂରଛଡ଼ା ହୋଇ ରହିଥିଲେ। ବରଜୁ ଆଜି ବୀରଦର୍ପରେ ସେ ପାଚେରୀକୁ ଭାଙ୍ଗି ଦେଇଛି, ହାରାବୋଉ ବରଜୁ ପାଖକୁ ପାଖ ଲାଗି ଆସିଛନ୍ତି। ବରଜୁ ଭିତରର ପରଶୁ ପଥରରେ ହାରାବୋଉ ଭିତରର ଲୁହାଟିକ ଲାଗି ସୁନା ପାଲଟି ଯାଇଛି। ଦୁହେଁ ଆଜି ଚେଇଁ ଉଠିଛନ୍ତି। ବରଜୁ ହାରାବୋଉକୁ ବଦଳି ଯିବାରୁ ଦେଖି ଯେମିତି ତାଜିବ ହେଲା, ହାରାବୋଉ ନିଜକୁ ଏମିତି ନୂଆ ମଣିଷ ପରି ଦେଖି କାବା ହୋଇଗଲା।

ସବୁ ମଣିଷ ଭିତରେ ଏମିତି ପରଶୁପଥର ଅଛି, ଛୁଆଁଇ ପାରିଲେ ସବୁ ଲୁହା ସେଥିରେ ସୁନା ହୋଇଯିବ।

ରାତି ଅଧ ସରିକି ଛକଡ଼ି ଘରକୁ ଫେରିଲା-ରାତି ଅଧଯାଏ ସାନ ଜା ବଡ଼ ଜା କେହି ଖାଇ ନାହାନ୍ତି। ହାରାବୋଉର ଏଥିରେ କିଛି ହେଲେ କଷ୍ଟ ନାହିଁ-ସେହି ସାନବୋହୂ! ତା'ପିଲାଙ୍କୁ କି କଥା ସେ ନ କହିଛି-ବରଜୁର କି ଅମଙ୍ଗଳ ନ ପାଞ୍ଚିଛି-ସେହି ସାନବୋହୂ ପାଇଁ ହାରାବୋଉ ଆଜି ଉପାସ ଭୋକରେ ପଡ଼ିଛି!

ଛକଡ଼ି ଆସିବାର ଜାଣି ପାରି ବରଜୁ କହିଲା, "କିରେ, ତୁ ରାତି ଅଧଯାଏ କୁଆଡ଼େ ବୁଲୁଚୁ? ଦବଟି ହେ, ଛକଡ଼ି ପାଇଁ ଖାଇବାକୁ କଣ ଦିଅ।" ଘରେ ସବୁଦିନ ଖାଇ ବସିଲା ବେଳେ ବରଜୁ ଛକଡ଼ିକୁ ଡାକେ, ଖାଇଲାଣି କି ନାହିଁ ପଚାରେ। କେଉଁଦିନ ଶୁଣେ, କୁଆଡ଼େ ବୁଲୁଛି କେଉଁଦିନ ଶୁଣେ ଖାଇସାରି ଶୋଇଲାଣି।

ଛକଡ଼ି ଟୋକାଟା ବଡ଼ଭାଇର ମୁହାମୁହିଁ କେଉଁଦିନ ହୋଇ ନାହିଁ, ଜବାବ ପଦେ ଦେଇନାହିଁ। ଯାହା ବିଚାର କରେ ନେତ୍ରମଣି ସାଥିରେ; ଯାହା କଜିଆ କରେ ଭାଉଜ ସାଥିରେ-ବଡ଼ ଭାଇ ଘରେ ନଥିବାବେଳେ। ପଛରେ ହରି ମିଶ୍ରଙ୍କ ସାଥିରେ ଏତେ ବିଚାର କରେ, ବଡ଼ଭାଇ ଆଗରେ ପଡ଼ିଗଲେ କେମିତି ବାଟକାଟି ଚାଲିଯିବ, ତାକୁ ବୁଦ୍ଧି ଦିଶେନାହିଁ। ନେତ୍ରମଣି ଲାଙ୍ଗୁଳ ମୋଡ଼ି ପଛଆଡୁ ଯେତେ ଠେଲିଲେ କଣ ହେଲା, ଆଜିଯାଏ ବଡ଼ ଭାଇକୁ ପଦେ କଥା ମୁହଁ ଫିଟାଇ କହି ପାରିଲା ନାହିଁ! ଛି!ଛି!

ଛକଡ଼ି ଶୋଇବା ଘରକୁ ଯାଇ ନେତ୍ରମଣି ସାଥିରେ କଣ ଟୁପୁର ଟାପର ହେଉଚି, ବରଜୁ ପୁଣି ଡାକିଲା, "କିରେ, କୁଆଡ଼େ ରହିଲୁ କି-ଏଣେ ବଢ଼ା ହୋଇ ଶୁଖୁଚି।"ଛକଡ଼ି, "ହଁ ଯାଉଚି" କହି ଧଡ଼ ପଧ ଗୋଡ଼ ଦିଟା ଧୋଇ ପକେଇ ପିଠାଥାଳୀ ପାଖରେ ବସିଲା।

ବଡ଼ବୋହୂ ପଶିଯାଇ ସାନବୋହୂକୁ ଡ଼ାକିଲା, "ସାନବୋହୂ, ଆ-ମ। ସଭିଏ ତ ଯେଝାର ଯେ ଖାଇପିଇ ଶୋଇଲେ। ଆଉ ତୁ ମୁଁ କି ଦୋଷ କରିଥିଲେ ମ!"

"ମୋ ପାଇଁ ତୁମେ କାହିଁକି ବସି ରହିଚ ମ?" କହି ସାନ ଜା ଯେମିତି କି ବଡ଼ ବିରକ୍ତିରେ ଉଠି ଆସିଲା-ହଁ, କୋଉଦିନ ଏତେ ଗୁଡାଏ ସୁଆର ହେଉଥିଲା-ଏକା ସାଙ୍ଗରେ ବସି ନ ଖାଇଲେ ବଡ଼ ଜା'କୁ ଭାତ ରୁଚୁ ନାହିଁ!

ବଡ଼ବୋହୂ ଶୋଇବା ଘରକୁ ଗଲା। କୋଡ଼ିଏ ବରଷ ହେଲା ବାହା ହୋଇ ଆଜି ଯେମିତି ତାର ନୂଆ ପୁଆଣି ଘର!

ସେ ବିଚାରିଲା, ସଂସାର ଗୋଟାକରେ ଶତ୍ରୁ ତାର କେହି ନାହାନ୍ତି, ସମସ୍ତେ ତାର ବନ୍ଧୁ। ତାହାର ଆଜି ରୂପ ନାହିଁ-ଯୌବନ ନାହିଁ-ତେବେ ଆଜି ସେ ଯେଉଁ ଯୌବନ ପାଇଲା, ରୂପ ପାଇଲା, ସେ ପାଞ୍ଚ ବରଷ କି ଦଶ ବରଷରେ ମଉଳି ପଡ଼େ ନାହିଁ; ସବୁ କାଳ ସେ-କେଉଁ ଦିନ ତାର କ୍ଷୟ ନାହିଁ।

ହାରାବୋଉ କହିଲା, "ହଇ ହେ, ହାରା ବାହାଘରକୁ ସାନବୋହୂ ପାଇଁ ଖଣ୍ଡେ ଭଲକରି ଶାଢ଼ୀ ହେଲା ନାହିଁ ବୋଲି ତା'ମନ ଊଣା ପଡି ଯାଇଚି, ଏଥର ସୁନା ବାହାଘରକୁ ତା' ପାଇଁ ଖଣ୍ଡେ ଭଲ ଶାଢ଼ୀ ଆଣିମ।"

ବରଜୁ ନିଜ କାନକୁ ବିଶ୍ୱାସ କରି ପାରିଲା ନାହିଁ-ବଡବୋହୂ କହୁଚି, ସାନବୋହୂ ପାଇଁ ଭଲ ଶାଢ଼ୀ ଆସିବ! ସାନବୋହୂର ଗୋଟାଏ କଣ ଜିନିଷ ହେଲେ ଏଇ ବଡ଼ବୋହୂର ତ ପୁଣି ନାହି ଡେଉଁଥିଲା। ବରଜୁ ଟିକିଏ ଟିହାଇ କରି କହିଲା, "ହଁ ତା'ତ ହବ, ଆଉ ତମ ପାଇଁ?" "ମ, ମୋର କଣ ଆଉ ରଙ୍ଗ ଢଙ୍ଗ ପିନ୍ଧିବାକୁ ବଅସ ଆସୁଚି! ମୋ ପିଲାଏ ପିନ୍ଧିଲେ କଣ ହେଲା ନାଇଁ କି?"

ବରଜୁ ପଚାରିଲା "ସତ କହୁଚ?"

"ନାଇଁ, ତମେ ତ ଖାଲି ଏକା ସତିଆ, ଆଉ ସଭିଏ ମିଛ କହନ୍ତି?"

"ନାଇଁ, ମୁଁ ସେକଥା କହୁନି ସେ-ସେଇ ମଣିଷ ତ ତମେ-ଏ ମନ ତମର ଏମିତି ରହିଲେ ଏକା ହୁଏ!"

ହାରାବୋଉ ହସି ହସି କହିଲା "ମନଟା ଏମିତି ରହିବ ନାଇଁ, ଆଉ କ'ଣ ହବ ମ?"

"ଆଚ୍ଛା କହିଲ ଆମେ ଦୁଆର ଦୁଆର ଭିକ ମାଗି ବୁଲିଲେ ବି ତମ ମନ ଏମିତି ରହିବ, ବଦଳିବ ନାଇଁ?"

"କାଇଁକି ଏତେକଥା କହୁଚ ମ-ତମେ ଭିକ ମାଗିବ, ମୁଁ ଆଉ ଜଣ ସାନ୍ତାଣି ହେଇ ବସିବି? ଭିକ ମାଗିବା କଥା କଣ, ଜୀବନ ଗଲେ ତ ନୁହେଁ!"

ବରଜୁ ଭାରି ଖୁସି ହେଲା। ହାରାବୋଉ ଭିତରେ ଦେବତା ସଇତାନକୁ ଜୟ କରି ବସିଛି।

ତହିଁ ଆରଦିନ ହାରାବୋଉ ପୋଖରୀ କୂଳକୁ ଗାଧୋଇ ଗଲା। ଶରଦୀବୋଉ, ନାଣ୍ଟୀପଣ୍ଡାଆଣି ଆସିଲେ। ବଡ଼ବୋହୂର ମନ ଖୁସିରେ ଉଲ୍ଲସି ଉଠୁଚି। ବରଜୁକୁ ଯେମିତି ଶଏ ବରଷ ହେଲା ସେ ହଜାଇଥିଲା, ଆଜି ଫେରି ପାଇଛି। ଆଜି ଆଉ ସାନବୋହୂ, ଦିଅର କାହାରି ନିନ୍ଦା ତା'ମୁହଁରେ ନାହିଁ "ଆମର କଣ ଅଛି ? ଆମ ପିଲା ଦୋଟିଙ୍କୁ ବାହାଚୋରା କରି ଦେଲେ ଆମେ ଛୁଟି। ସେ ଘର କରନ୍ତୁ, ଦୁଆର କରନ୍ତୁ, ସବୁ ସମ୍ପତ୍ତି ଭୋଗ କରନ୍ତୁ। କଥାରେ ତ ଅଛି, 'ସଂସାର ଭିତରେ ଘର କରିଥିଲେ ପଥର ପଡ଼ିଲେ ସହି!" ବାଦ କରିବି ? କାହା ସାଥିରେ ବାଦ କରିବି ଲୋ ଅପା ! ଜା ଦିଅରଙ୍କ ସାଥିରେ ବାଦ କରିବି ? କାଇଁକି ମ ? କିଏ କଣଗୁଡ଼ାଏ ଘେନି ପଳେଇଲାଣି, ଆମେ ବା କଣ ଘେନି ପଳେଇବୁ !"

ଶରଦୀବୋଉ ନାଣ୍ଟିପଣ୍ଡିଆଣୀ ହାରାବୋଉ ମୁହଁରୁ ଆଜି ଏ ତତ୍ତ୍ୱକଥା ଶୁଣି ଆବାକାବା ହୋଇ ଚାହୁଁଛନ୍ତି-ହାରାବୋଉ କହି ଲାଗିଚି, "ସେ କହିଲେ 'ଗୋଟାଏ ହାତରେ ତାଳିବାଜେ ନାଇଁ-ଆମର ଦୋଷ ନାହିଁ, ଖାଲି କଣ ସେହି ଦିହିଁଙ୍କର ଦୋଷ ? ସେ ତ ପିଲା ଦି'ଟା-ତାଙ୍କ କଥାକୁ ଆମେ ଧରି ବସିଲେ କାଇଲି ଆମ ପଟରେ ନାଁ ତାଙ୍କ ପଟରେ ?' ସତକୁ ସତ-ମୋର କଣ ଦୋଷ ନାଇଁ ? ସେ ମୋ ପାଇଁ ନକଲା, ମୁଁ ବଡ଼ଟିଏ ହେଇ ତା'ପାଇଁ ବା କଣ କଲି ? ଯୋଉ ସୁନ୍ଦର ବୁଝାଇ କରି ସେ କଥା କହନ୍ତି ଲୋ ଅପା-ଆମେ ନିଜ ଦୋଷକୁ ଦେଖିପାରୁ ନାଇଁ-ଖାଲି ପର ଦୋଷକୁ ବୁକୁଳା କରି ବୁଲୁ !"ସବୁ କଥା ତ-ମୁଁ ତ ନିଜ ଦୋଷ କଥା ଦିନେ ହେଲେ ବିଚାରି ନାଇଁ ! ସତେ, ଦାଣ୍ଡରେ ହାଟରେ ଲୋକେ ତାଙ୍କୁ ଯାହା ପରଶଂସା କରି କହନ୍ତି-କେଡ଼େ ଭଲ ମଣିଷଟାଏ !"

ହାରାବୋଉ ଆଉ ବେଶି କହିପାରିଲା ନାଇଁ-ନିଜ ମଣିଷଟାର କେତେ ପ୍ରଶଂସା କରି କହିବି ? ଛି-ଲାଜ କଥାଟା ! ଲୁଗାପାଲଟି ସାରି ହାରାବୋଉ କହିଲା, "ଆଲୋ ଅପା, ଆଲୋ ନାଣ୍ଟୀ, ଆସ- ଆସ ବଡ଼ ଦି'ଟା ଶାଗ କେରାଏ ତମପାଇଁ ଘରେ ଥୋଇ ଦେଇ ଆସିଚି।" ଶରଦୀବୋଉ, ନାଣ୍ଟୀପଣ୍ଡିଆଣୀ ହାରାବୋଉର ଏ ରଙ୍ଗ ଦେଖି କାବା ହୋଇ ଗଲେଣି-ଏଡ଼େ ଦାତା ସେ କେଉଁଦିନ ହୋଇଥିଲା ମ !

ହାରାବୋଉ ବରଜୁ ପାଖରେ ଯାହା କରାର କରିଥିଲା, ସବୁ ପାଳିଲା।

ଦିଅର ସାନବୋହୂଙ୍କ ଖବର ସେ ସବୁଦିନେ ଆଗ ବୁଝେ। ସାନବୋହୂ ବିଚାରିଲା, ବଡ଼ ଜା ଠାରୁ ଏ ଆଦରଟା ତାର ପାଇବାର କଥା–ଆଜିଯାଏ ଯେ ପାଇ ନଥିଲା, ସେ ଖାଲି ବଡ଼ ଜା ଦୋଷରୁ। ବଡ଼ ଜା ହାତରୁ ଛଡ଼ାଇ ନେଇକି ଉପରେ ପଡ଼ି ସେ ଯେଉଁ ପାଇଟି କରେ ତାକୁ ଭାବେ ସେ ଖାଲି ଅଧିକା କରି କରୁଚି। କାହିଁକି ନା, ବଡ଼ର ଏକା ପିଲାଝିଲାଙ୍କ ଛଟା, ଘର ଗୋଟାକରୁ ବାରପଣ କାମ; ତାକୁ ସେ କଣ କରନ୍ତା ନାହିଁକି ?

ପରିଚ୍ଛେଦ ନଅ

"ଧରମା, ତତେ କିଏ ମାଇଲା !" ଡାକି ଡାକି ବରଜୁ ପଧାନ ଧରମା ବାଉରୀ ଘର ଭିତରକୁ ପଶିଗଲା। ଧରମା ପିଠିରେ ବିଛୁଆତି ମାଡ଼ର ଫୁଲା, ଠେଙ୍ଗା ମାଡ଼ର କଳାଦାଗ ଦେଖି ବରଜୁର ଆଖି ପତାରେ ଲୁହ ପୂରି ଆସିଲା। ଘର ଭିତରକୁ ପଶି ଯାଇ ବରଜୁ ଦେଖିଲା, ଧରମା ଭରିଯା ଧନୀ ବୋଉ ତେଲ ଟିକେ ଆଣି ତା' ପିଠିରେ ମାଲିସ୍ କରୁଛି। ବରଜୁ କହିଲା, "ଧରମା, ତତେ କିଏ ମାଇଲା ?"

ଧରମା କୁନ୍ଥେଇ କୁନ୍ଥେଇ କଥା କହିଲା, "ତମେ ଘରେ ନଥିଲ କି ବରଜୁଆ ଭାଇ-ଦବୁଟିଲୋ, ପଟା ଖଣ୍ଡ ପକେଇ ଦବୁଟି। ସେଇ ସିଅର ଟୋକା-ବ୍ରାହ୍ମଣ ହୁକୁମ ଦେଲା।"

"କାହିଁକିରେ, କଣ ହୋଇଥିଲା ?" ବରଜୁର କଥା କଅଁଳ ହୋଇ ପଡ଼ିଲା।

"ତମେ ଜାଣିନା ବରଜୁଆ ଭାଇ, ଆଉ ହବ କଣ ? ମିଶର ବ୍ରାହ୍ମଣ କେତେଦିନୁ ଆଗ ଆଖି ଥିଲା, ଆଜି ଶୁଜେଇ ଦେଲା ଦୋକାନ ଘରେ ଟିକିଏ ତେଡ଼ି ଦେଇଥିଲି-ସେତିକି ବେଳୁ ଆଗରେ ତମ ତମ ହୋଇଥିଲା। ଆଜି ସକାଳେ ଗୋରୁ ଦି'ଟା ତା କଦଳୀ ବାରି ପଶିଗଲେ-ସେଇଥିରେ ତ ଆଗ ! ଧରି ନେଇ ନଡ଼ିଆ ଗଛରେ ବାନ୍ଧି ପକେଇଲା-ମୁଁ ଅବା ତାଙ୍କୁ କଣ କହନ୍ତି କଥାଗୁଡ଼ାକ ତ ସେମିତି !" ବରଜୁ ଆଖିରୁ ଚାରିଛଅ ଟୋପା ଲୁହ ଗଡ଼ି ପଡ଼ିଲା ! ହଇରେ ଧରମା ! ଦୁନିଆଟାରେ ତ କେତେ ଧରମାଙ୍କ ପିଠି ଏମିତି ପାଚିଯାଉଚି-କେତେ ବରାଜୁଙ୍କ ଆଖିରୁ ଲୁହ ଗଳି ପଡୁଚି-କିଏ କଣ କରିପାରିଚି !

ଧରମା କହିଲା, "ମତେ ଏଥର ସେ ଘିକଉଡ଼ି ପିଆଇ ଦେଲା, ମୁଁ ସେ ମିଶର ଟୋକାକୁ ଶିଅର ଟୋକାକୁ ଦେଖି ଦେବି ନାଇଁ ! ଆମର କଣ ଅଛି-ଆମେ ତ ଚାରିଦଉଡ଼ିକଟା। ମୂଲ ଲାଗିଲେ ପେଟ ପୋଷିବୁଁ-କୋଉ ସମ୍ପତ୍ତିଗୁରାକ ଅଛି

ଯେ ଭୂତ ଖାଇଯିବେ ! ସେଥିରେ ପୁଣି ଘରଡ଼ିହ ଖଣ୍ଡ ବନ୍ଦବସ୍ତରେ ମୋ ନାଆଁରେ ହେଇ ଯାଇଚି ବୋଲି ମତେ କହୁଚି, ତୋ ଡିହରେ ବାଇଗଣ କିଆରୀ କରିବି। ସେ କାହିଁକି କରିବ, ମୁଁ ମୋ ଆଡୁ କରିଦେଇ ଯାଉଚି। ସେଥିପାଇଁ ମୁଁ ଧନୀ ବୋଉକୁ କହିଲି ତୋ ଖଡୁ ବାଢ଼େଇ ଦେ; ମୋ ଆଶା ଛାଡ଼ିଦେ-ତୁ ତ ବାଉରିଘର ଝିଅ-କାଲି ସକାରେ ଆଉ ଗୋଟାକୁ ଆଦରି କରି ରହିବୁ। ନଇଲେ ଏଠି ଯେମିତି ଚାରି ପାଇଟି କଲେ ଖାଉଚୁ, ଆଉ କୋଉଠି ସେମିତି କରିବୁ-ତୋ ପେଟ କଣ ଅପୋଷା ରହୁଚି ?"

ବରଜୁ ଧରମା କଥା ବୁଝି ପାରିଲା ନାହିଁ। କହିଲା, "କାଇଁକି ଏମିତି ଗପୁଚୁରେ ପାଗଳ !"

"ଗପୁନାଇଁରେ ବରଜୁଆ ଭାଇ-ଏଇପରା ଚୁଆ ସୁନ୍ଦର ଦେଇ ଅଖିଚି।" ଧରମା ଗୋଟାଏ ଶାଣଦିଆ କଟୁରୀ କାଢ଼ି ଆଣି ଦେଖେଇଲା, "ଏଇ ରେ ବରଜୁଆ ଭାଇ-ମଣିଷ ବେକକୁ ଭଲ ହେଇନାହିଁ।"

ବରଜୁର ଦେହ ଥରି ଉଠିଲା। ସେ ଯାହା ବସିଥିଲା, ପଛକୁ ହଟିଗଲା, "ଏ କଣ କହୁଚୁ ରେ ଧରମା !" ଧରମା ଆଖି ଦି'ଟା ବୁଲାଇ କହିଲା' 'କହିବ କଣ ! ଡାକି ବଜାଇ ଦାଣ୍ଡରେ ହାଟରେ କହିବି। ଆଗେ ତ ମରିବି ପଛେ ତ ମରିବି, ଡର କାହାକୁ କରିବି ? ଶୂରୀ ଯାହା, ଫାଶୀ ତାହା, ଘରେ ଶୋଇ କରି ମଲେ ବି ତାହା। ଏଇଥିପାଇଁ ଧରମା ଡରିଚି।"

ବରଜୁ ପଧାନର ଦେହ ବରଡ଼ାପତର ପରି ଥରିଲା। ଧରମା ମୁହଁରେ ଆଜି ଏ କି କଥା ! ସେ ଧରମାର ହାତ ଧରି ପକାଇ କହିଲା, "ଧରମା, ଭାଇଟା ମୋର, ଟିକିଏ ଥୟ ଧର। ଆଜି ସଞ୍ଜବେଳେ ମଙ୍ଗଳାଙ୍କ ଠାଇଁ ମାଜଣା-ତତେ ମୁଁ ଡାକି ଆସିଚି-ଯାଇ ପାରିବୁ ?"

ଧରମାର ମଙ୍ଗଳାଙ୍କ ମାଜଣା ଆଡକୁ ଜମା ମନ ନଥିଲା। ଆଗପରି କହିଲା, "ବରଜୁଆ ଭାଇ, ମଲାମୁଣ୍ଡ ପୂରବକୁ ନଇଲେ ପଶ୍ଚିମକୁ; ଧରମା ବାଉରି ମିଶରଟୋକା ଅକତରେ ଚିତା ଘେନିବ।"

"ଧରମା, ମୋ ଭାଇଟା ପରା, କଥା ଶୁଣୁ, ଥୟ ଧର- ଏମିତି ଅଥୟ ହେଲେ କୋଉ କଥା ହେଲାଣି ? ଆଜି ସଞ୍ଜବେଳେ ମାଜଣା-ଯାଇ ପାରିବାଟି ?"

"ଯାଇ ପାରିବି ନାଇଁ ବରଜୁଆ ଭାଇ ? ମୋର କଣ ହେଇଚି କି ? ୟାଠଉଁ ତ କେତେ ବେଶି ବେଶି ମାଡ଼ ପାର କରି ଦେଇଛି-ଏ ବା କଣ ?"

ଧରମା ମଙ୍ଗଳା ଠାକୁରାଣୀଙ୍କୁ କୁଡ଼ିଆ ଘରେ ମୁହଁ ସଞ୍ଜ ବେଳେ ଯାଇ

ପହଞ୍ଚିଲା। ବରଜୁ ପଧାନ କେତେ ଆଗରୁ ଆସି ବସିଚି। ଝୁଣା ଧୂଆଁରେ ଚାରିଆଡ଼େ ବାସୁଚି-ଜଇ-ଖଟେଇ ଉଦ ସୂତାର, ରୂପ ଜେନା, ଯଦୁ ଦଳେଇ, ଗୋଟି ଗୋଟି ହୋଇ ଆସି ଜମା ହେଲେ; ମଙ୍ଗଳାଙ୍କ ପାଖରେ ଆଗ ମୁଣ୍ଡିଆ ଗୋଟିଏ ଗୋଟିଏ ମାରି ମାଳତୀ ଲଟିମୂଳେ ରୁଣ୍ଡହେଲେ।

ଯଦୁ ଦଳେଇ କହିଲା, "ବରଜୁଆ ଭାଇ, ସବୁ କପାଳରେ ଭାରି କପାଳ! ଧରମ ଦାସ ଗରିବ ଲୋକ, କାହାରି କଣ ବା କ୍ଷତି କରେ-ତା କପାଳରେ ଆଜି ଏତିକି ମାଡ଼ ଥିଲା!"

ବରଜୁ କହିଲା, "ମୁଁ ପରା 'ତତେ ସେଦିନ ଏତେ କରି କହୁଥିଲି-ଧରମାର କପାଳ ଆଉ କିଛି ନୁହେଁ-ସେ ନିଜେ ହରି ମିଶ୍ରେ-ହରି ମିଶ୍ରହିଁ ଧରମାର କପାଳ ତିଆରି କରୁଛନ୍ତି-କେତେବେଳେ ଭଲ, କେତେବେଳେ ମନ୍ଦ-ଯେତେବେଳେ ଯାହା ତାଙ୍କର ମରଜି।"

"ନାଇଁରେ ଭାଇ, ମୋର କାଇଁକି ସେ କଥାରେ ବିଶ୍ୱାସ ହେଉନାହିଁ-ହରି ମିଶ୍ରେ ଧରମାର କପାଳରୁ ତିଆରି କରୁନାହାନ୍ତି ଯେ, ଧରମାର କପାଳ ହରି ମିଶ୍ରଙ୍କୁ ତିଆରି କରୁଚି।"

"ଯେତେ ବାଟରେ କହ ଯଦୁ, ସେ ଏକାକଥା-ରାବଣ ରାମଚନ୍ଦ୍ରଙ୍କର ମନ୍ଦଗ୍ରହ ହୋଇ ଜନ୍ମ ହେବା ଯାହା, ରାମଚନ୍ଦ୍ରଙ୍କର ମନ୍ଦଗ୍ରହ ରାବଣ ହୋଇ ଜନ୍ମ ହେବା ସେଇୟା। କର୍ମରେ ଆଜି ତାହା ବୋଲି ତ ଆଖି ବୁଜି ଧ୍ୟାନ କଲେ ହେବ ନାଇଁ-ମନ୍ଦ ଗ୍ରହ ଆସି ପହଞ୍ଚିଲେ ବି ତ ଲୋକ ଗ୍ରହଶାନ୍ତି ପାଇଁ କେତେ କେତେ ଉପାୟ କରୁଚି।"

"ହଁ, ସେ କଥା ଆଉ କଣ ମୁଁ ମାନିବି ନାଇଁ, ବରଜୁଭାଇ?"

"ତେବେ ଆମେ ଆମର ଏଇ ଗ୍ରହଶାନ୍ତି ପାଇଁ କି ଉପାୟ କରିବା?"

"ବରଜୁ ଭାଇ, ମୁଁ ଯେଉଁକଥା ଦେଖେଇଥିଲି" ଧରମା ସବା ପଛରୁ ଡାକିଲା। ବରଜୁ ଟିକିଏ ଚମକି ପଡି ତା' ପରେ କହିଲା, "ଆଚ୍ଛା, ହରି ମିଶ୍ରେ ଆଜି ମାଇଲେ, କାଲି ଜମିଦାରଙ୍କ ଗୁମାସ୍ତା ମାରିବ, ପରଦିନ ମହାଜନର ପିଆଦା ମାରିବ-ଆମେ କଣ ଖାଲି ମାଡ଼ ଖାଇବାକୁ ଜନମି ଥାଇଁ?"

"ନାଇଁ ନାଇଁ-ଖାଲି ଖାଇବାକୁ ନୁହେଁ, ଦେବାକୁ ବି।"

"ଏଗୁଡାକ ଖାଲି ହୁଣ୍ଡା କଥା-ଏ ଗାଁରେ ତ ଏତେଗୁଡ଼ିଏ ଚଷାଘର, କିଏ ଭଲ କାହାକୁ ଗୋଟାଏ ମାରିବାକୁ ସାହାସ ପାଇଲାଣି? ନାଇଁରେ ଭାଇ, ମାଡ଼ ଖାଇବାକୁ ଆମରି ଜନମ। ଆମେ ଯେ କାହାରିକି ନ ମାରୁଁ, ସେ ବି ମିଛକଥା-କାଇଁକି ନା ଆମେ ମାରୁଁ ଆମରି ଲୋକଙ୍କୁ, ଆମରି ଭାଇବନ୍ଧୁ କୁଟୁମ୍ବଙ୍କୁ-ଆମ ଭିତରେ

କଜିଆ ହେଲେ ଆମେ ତୁଟାଇ ପାରୁନାଇଁ-ସେଥିପାଇଁ ସିନା ବାହାର ଭଲ ଲୋକଙ୍କୁ ଡକରା-।"

ଉଦସୁକାର କହିଲା, "ସେ ଭାରି ଠିକ୍ କଥାରେ ଭାଇ- ଆମ ଭିତରେ ବକିଆ ନ ଥିଲେ ଅମିନ କାଇଁକି ପଇସା ଖାନ୍ତେ। ଅମିନ ଆସୁ ହାକିମ ଆସୁ-ଆମର ଯେଝା ଜମି ଯେଝାର-ଆମର ତ ଯେଝା ଜମି ସାତ ପୁରୁଷରୁ ଚଷି ଆସୁଥାଇଁ-ସେ କାଗଜ କଲମରେ ଯାହା କଲେ, କଲେ-ଆମ ଜମି ଆମେ ଚଷିବା-କାଗଜ କଲମରେ କରିଦେଲେ ତ କିଛି ମତେ ଜୋର କରି ତୋ ଜମିକୁ କେହି ଚଷେଇ ଦବ ନି ?"

ବରଜୁ କହିଲା, "ଧରମାକୁ ମାଡ଼ ହେଲା-କିଏ ମାଇଲା ? ଆମ ଭିତରୁ ଚନ୍ଦରା ଶିଅଳ ନଥିଲେ ହରି ମିଶ୍ର ଜଣେ ମଣିଷ-ତିନିଶ ଲୋକଙ୍କୁ କେତେ ମାରନ୍ତେ, କେତେ ଧରନ୍ତେ ? ଅସଲ କଥା-ଆମ ଭିତରେ ମେଳ ନାହିଁ। ଧରମା ମାଡ଼ ଖାଇଲେ ତା' ପଡ଼ିଶା ଭାଇ ଉଦିଆ ହସିଲା, ଭଲ ହେଇଚି। ଧରମା ମାଡ଼ ଖାଇଲେ ଆମକୁ ଯେବେ ଲାଗନ୍ତା, ଆମ ସମସ୍ତିଙ୍କି ମାଡ଼ ହୋଇଚି; ଡ଼ମାଘର ପୋଡ଼ିଗଲେ, ପୁଅ ମରିଗଲେ ଆମେ ଯେବେ ବିଚାରନ୍ତେ ସେ ଦୁଃଖ ଆମ ସମସ୍ତଙ୍କର; ଅପର୍ତ୍ତିଆ ଦିହ ଦୁଃଖରେ ପଡ଼ିଲେ ଆମେ ଯେବେ ବୁଝନ୍ତେ ଆମ ସମସ୍ତଙ୍କ ଘରେ ଦିହଦୁଃଖ-ଡ଼ମାଘର ତୋଳାପାଇଁ, ଅପର୍ତ୍ତିଆ ଦିହଦୁଃଖ ପାଇଁ, ଧରମାକୁ ବୋଧ କରିବା ପାଇଁ ଆମେ ସମସ୍ତେ ଯେବେ ନିଜ ନିଜର କାମ ବୋଲି ଭାବନ୍ତେ, ତେବେ ସବୁ ଦୁଃଖ ପାଣିପରି ମିଳେଇ ଯାନ୍ତା। ଏତେ ଭଲ ମଣିଷଙ୍କ ଭିତରେ ହରି ମିଶ୍ର ଜଣେ ମଣିଷ କଣ ଖରାପ ହୋଇଯାନ୍ତେ ? ଧରମା ମାଡ଼ ଖାଇଲା ବେଳେ ଏତେ ଲୋକ ତ ଠିଆ ହୋଇଥିଲେ, କଣ କଲେ ?"

ଦୁଇ ତିନି ଜଣ କହି ଉଠିଲେ, "ଆମେ ଜଣ କରନ୍ତୁ ସେଠେଇ-ମାଡ଼ ଖାଇବାକୁ ?"

ବରଜୁ ବଡ଼ ପାଟି କରି କହିଲା, "ହଁ ମାଡ଼ ଖାଇବାକୁ-ଧରମା ମାଡ଼ ଖାଇଲେ ତମେ କଣ ମାଡ଼ ଖାଇଲ ନାହିଁ କି ? ତମ ଭିତରୁ ତ କାଲି କିଏ ମାଡ଼ ଖାଇଥିବ, ପୁଣି କାଲି କିଏ ମାଡ଼ ଖାଇବ ! କଣ କହୁଚୁ-ଧରମା ଏକା ମାଡ଼ ଖାଇଲା, ନା ତମେ ସମସ୍ତେ ଖାଇଲ ?"

ବୁଢ଼ା ରତନା ଭୋଇ କହିଲା, "ନାଇଁ, ସମସ୍ତେ ଖାଇଲେ-ଏ ତ ଉଆଯିବ କଥା।"

ରୂପ ଜେନା କହିଲା, "ଆଉ ଆମେ ସେଠି କଣ କରନ୍ତୁ ଭଲ-ହରି ମିଶ୍ରକୁ ତ ଜାଣ-ସେ କାହାର କଥା ଶୁଣନ୍ତା ? ସେଠି ତ ସାପ ମୁଣ୍ଡ ଚୂରିହେଇ ଯାଉଚି।"

ବରଜୁ ଧୀରେ ଧୀରେ କହିଲା, "ତମେ ଦଶ ଜଣ ଧରମାକୁ ଘେରି ଠିଆ ହେଇ ଯାଇଥାନ୍ତ। କହିଥାନ୍ତ ମିଶ୍ରେ ଆଜ୍ଞା ଧରମା ଆଜି ଗୋଟାଏ ଦୋଷ କରି ପକେଇଚି, ଆମେ କାଲି କରିବୁଁ। ଆପଣ ବଡଲୋକ, ମଣିଷ ଚରଉଚ-ଆମେ ମୂଲିଆ ଗୁଡ଼ାଏ, ଗୋରୁ ଚରାଉଁଚୁ। ଆମ କଥା ଟିକିଏ ଘେନା କର ଧରମା କଣ କହିଚି, କଣ କରିଚି, ସେକଥା ଟିକିଏ ପାଁଜଣ ବସି ବିଚାର କର-ତାର ଯୋଉ ଦଣ୍ଡ ଭାବିଲା, ସେ ଦଣ୍ଡ ଦିଅ। ଆଉ-ନାଇଁ ଯେବେ ମାରିବ, ତେବେ ଆମ ସମସ୍ତଙ୍କୁ ମାର।"

ରୂପ ହସି ହସି କହିଲା, "ହରି ମିଶ୍ର ଏଇ କଥା ଶୁଣନ୍ତେ? ଆମ ପିଠିରେ ଖାଲି ମାଡ଼ଭରଣ ପାହୁଲାଏ ହୋଇଯାନ୍ତା ସିନା!"

ବରଜୁ ତେଜି ଯାଇ କହିଲା, "ଭଲ ହୁଅନ୍ତା-ମାଡ ଖାଇଲେ ଧରମା ପାଇଁ ମାଡ଼ ଖାନ୍ତି-ତୁମ ଭାଇ ପାଇଁ ତମେ ମାଡ଼ ଖାନ୍ତ। ମାରା କଣ ହୁଅନ୍ତା? ହରି ମିଶ୍ରେ ଆଜି ଧରମା ବେଳକୁ ମାରନ୍ତେ, କାଲି ତୋ ବେଳକୁ ମାରନ୍ତେ, ପରଦିନ ମୋ ବେଳକୁ ମାରନ୍ତେ। ଜଣଜଣ ପାଇଁ ପଚିଶ ଜଣଙ୍କୁ ମାରନ୍ତେ, କେତେ ମାରନ୍ତେ ମାରନ୍ତୁ। ଏମିତି କଣ ମାରୁ ନାହାନ୍ତି କି? ଏମିତି ଆମେ ମାଡ଼କୁ ଡରି ଚୋର ପରି ଘରେ ପଶୁଥାଇଁ-ସେମିତି ସମସ୍ତେ ମିଶି ଛାତି ପତେଇ ସମସ୍ତେ ମିଳି ଠିଆ ହୁଅନ୍ତେ। ବାରପଣିଆ କୋଉଟା, ମଣିଷପଣିଆ କୋଉଟା?"

ଯଦୁ ଦଳେଇ କହିଲା, "ଧର୍ମ କଣ ଜମାରୁ ନାଇଁ-ଖାଲି ଅନ୍ୟାୟରେ କଣ ସଂସାର ଚଳୁଥିବ?"

ରୂପ କହିଲା, ଖାଲି ଦଉଚି ନା-ଏତେ ମଣିଷ ତ ବସିଚ, କିଏ ଏକଥା କରିବ ଭଲା କହିଲ?"

ବରଜ ପଧାନ ଠିଆ ହୋଇ ପଡ଼ି କହିଲା, "ମୁଁ କରିବି ମିଶ୍ରଙ୍କ ଗୋଡ଼ତଳେ ପଡ଼ି କହିବି-ମିଶ୍ରେ ନ ଶୁଣିଲେ ଧରମାକୁ କୁଣ୍ଢେଇ ଠିଆହେବି-ଯେତେ ମାରୁଚ ମାର, ଧରମା ଭାଇ, ତା' ପାଇଁ ମୁଁ ମାଡ଼ ଖାଇବି-ଏ ଜୀବ ଗଲେ ବି ଛାଡ଼ିବି ନାଇଁ। ଏ ମାହାଳିଆ ମାଡ଼ ଫଇଜତି ଦେଖିବାଠଉଁ ଜୀବ ଚାଲିଗଲେ ବା କଣ ହେଇଯାନ୍ତା! କଣ ହେଇଯାନ୍ତା ଏ ଗାଁଟାଯାକ ନିଶୂନ ହୋଇଗଲେ, କଣ ହୋଇଯାନ୍ତା ପଧାନ ପଡ଼ାରୁ ଶହେଟା ଘର ଗରିବ ଗୁରୁବା ଏକାବେଳେ ମୂଳପୋଛ ହୋଇଗଲେ? ମିଶ୍ରେ ଯେବେ ସମସ୍ତଙ୍କୁ ମାରି ଏକା ରହିବାକୁ ଲୋଡୁଛନ୍ତି, ସବୁରି ଘର ଭାଙ୍ଗି ନିଜ ଘରକୁ ବଢ଼ାଇବାକୁ ସୁଖ ମଣୁଛନ୍ତି, ତେବେ ସେ ଏକା ରହନ୍ତୁ, ତାଙ୍କର ଉଜୁଡିରୁ ଉଜୁଡିହେଉ। ଆମର ଯେବେ ଲୋଡ଼ା ନାହିଁ ଏ ଗାଁରେ, ତେବେ ଏମିତି ପୋକ ମାଛି ପରି ରହିବାଠାରୁ ମରିଯିବା ଭଲ ନୁହେଁ କି? ତୁମେ କଣ ଭାବୁଚ ଆମେ ଏତେ ନିବଳ, ଏଡ଼େ

ନିକମା ? ଯେଉଁ ଦୁବଘାସକୁ ଛେଳି ମେଣ୍ଢା କୁଦି ମଳି ମକଚି ଚରୁଛି, ସେଥିରେ ବି ଦଉଡ଼ା ବଳାହୋଇ ହାତୀ ପରି ଜୀବ ବନ୍ଧା ହେଉଚି। ଆଉ ଆମେ ମଣିଷ ଜନ୍ମ ପାଇ ଶହେ ଘର ଲୋକ ମରିଯିବା, ଗାଁ ଭିତରେ ଏକା ରହିବେ ହରି ମିଶ୍ରେ ?"

କିଏ ଜଣେ କହି ପକାଇଲା, "ନା, ନା, ଏକଥା କେଉଁଠି ହେଲାଣି !" ବରଜୁ କହିବାକୁ ଲାଗିଲା, "ଆମରି ଦୋଷରୁ ମରୁଚୁଁ ଆମେ; ଆମେ ପାଁଜଣ ଖାଲି ଏକାଠି ହେଉଁ ଦେଖିବ, କେତେ ହରି ମିଶ୍ର କୁଆଡ଼େ ଉଭେଇ ଯିବେ। ଆମେ ଦଶ ଜଣ ଆଜି ହରି ମିଶ୍ରଙ୍କ ପାହାରରେ ମରିବାକୁ ତିଆରି ହେଉଁ, ଜାଣିରଖ ଭାଇ ! ଏ ଜାତିର ରକ୍ତ ଯେଉଁ ଭୂଇଁ ଅରାକରେ ପଡ଼ିବ, ପ୍ରଳୟ ହେଲେ ବି ପୃଥି ଉପରୁ ତାହାର କଷ ଛାଡ଼ିବ ନାହିଁ। ଏ ଶୁଖିଲା ଯେଉଁଠି ଜଳି. ସେ ନିଆଁ ଗୋଟାଏ ଥାନରେ ନୁହେଁ ରେ ଭାଇ, ଦଶ ଦିଗ ବ୍ୟାପି ଜଳିବ। ଆଉ ଏ ଯେଉଁ ହାଡ଼, ଯାହା ଉପରେ ମିଶ୍ରଙ୍କ ପାହାର ପଡ଼ି ଲୁହାପରି ଟାଉଁସା ହେଇଚି, ସେ ହାଡ଼ ଯେଉଁଠି ପଡୁ, ସେଠି ତାହା କଥା କହି ଉଠିବ। ଭୀମ ପରି ବୀର ଆସି ସେ ହାଡ଼କୁ ମେରୁ ପାହାଡ଼ରେ କୋଟିଏ ଯୁଗ ଘଷିଲେ ବି ତାହା ସରିବ ନାହିଁ। ଦରିଆ ଭିତରେ ଫିଙ୍ଗିଲେ ବି ତାହା ଡାକ ଛାଡିବ। ଆମେ ନିକମା ନୋହୁଁରେ ଭାଇ! ପଡ଼ିଆ ଟାଙ୍ଗରାରୁ ଯେ ଗଜା ଉଠାଇ ପାରେ ଆମେ ସେଇ ଚଷା, ସେଇ ମୂଲିଆ !

ବରଜୁ ପଧାନ କଥା କହି ପାରିଲା ନାହିଁ। ନିଶ୍ୱାସ ସଁ ସଁ ହୋଇ ବହିଲା, ଲୁହରେ ଆଖି ଢ଼ଳ ଢ଼ଳ ହୋଇ ପଡ଼ିଲା।

ବୁଢ଼ା ରତନା ଭୋଇ କହିଲା, "ଆରେ ହଁ ରେ-ଆମର ଏ ଅଳପିକିଆ ଜୀବ ଥିଲେ କେତେ, ଗଲେ କେତେ। କଥାରେ ଅଛି-ମାରନା, ମୁଁ ମଲିଣି-ଆମେ କେଉଁ ଜୀଇଁ କରି ଅଛୁ ଯେ ଆମକୁ ଆଉ କିଏ ମାରି ପକେଇବ।"

ଯଦୁ ଚଳେଇ କହିଲା, "ଆରେ ଏମିତି ତ ମରି କରି ଅଛି-ସେମିତି ହେଲେ ଆଉଁରି ଜୀଇଁବା।"

ରୂପ ଜେନା କହିଲା, "ଆମରି ଭିତରେ ଏଇ କଥା ହେବ ତୋ ଘରେ ମଡ଼ା ପଡ଼ି ବାସି ହୋଇଗଲେ, ମୁଁ ଟିକିଏ ପଚାରୁ ନାହିଁ।" ବିପଦ ଭଲ ମନ୍ଦ ବେଳକୁ ଆଉ ପାଁଜଣ ଯାଇ ଠିଆ ହେବେ ? କଅଣ କହୁଚ କହୁ ନ ?"

ଏ ତାକୁ ସେ ଯାକୁ ଠେଲିଲେ-କହୁନୁ କଣ କହୁଚୁ ? ଯଦୁ ଦଳେଇ କହିଲା, "ଆରେ ଏଥିରେ କଣ କାହାର ପାଞ୍ଚ ତିନି ଖରଚ ହେଇ ଯାଉଚି କି-ଏ ତ ନିଜ ହାତରେ କରିବା କଥା, ସହିବା କଥା-ଗାଁ ଗୋଟାକରେ ସମସ୍ତେ ଭଲ, ଗାଁ ଗୋଟାକ ଗୋଟାଏ ଘର-ଏଇ କଥା ଭାବି ସମସ୍ତେ ମନ ମିଳି ଚଳିବା, ନା ଏଇକ୍ଷଣି ଯେମିତି

ଫଟାଫଟି କଳିକଜିଆ-ସେମିତି ଲାଗି ରହିଥିବ ? ମୋ ଆପଦବେଳେ ତୁ ମୋ ଦୁଆରେ ହାମି ହୋଇ ଛିଡ଼ା ହେବୁ, ତୋ ବେଳକୁ ମୁଁ ତୋ ଦୁଆରେ ଛିଡ଼ା ହେବି। କିରେ ରୂପଭାଇ, ଏ କଥାଟା ଭଲ, ନା ତୋ ଘରେ କଜିଆ ହେଲେ ମୁଁ ନଖ ଘଷିବି, ତୋ ବାରିରେ ମୋ ଗୋରୁଟା ପଶିଲେ ତୁ କାଞ୍ଜିହାଉସ୍ ନବୁ, ଏକଥାଟା ଭଲ ?

ରୂପ ଜେନା କହିଲା, "ଏକଥା ଆଉ ପଚାରୁଚୁ କଣ ଭାଇ ! ତେବେ ମୁଁ କଣ କହୁଚି କି, ଦିନକରେ ତ ଆମର ସବୁ ହୋଇଯିବନି-ଆମ ଭିତରୁ ପୁଣି କିଏ ଖଣ୍ଡିଆ ଜଣେ ଅଧେ ବାହାରିବେ !"

ବରଜୁ କହିଲା, "ତାଙ୍କୁ ଆମ ଭିତରକୁ ଆଣିବା ପାଇଁ ଯେତେ ଉପାୟ ହୋଇପାରେ ସବୁ କରିବା। ହାତ ଧରିବା, ଗୋଡ଼ ଧରିବା-ନ ହେଲେ କାହିଁରେ ନ ମଙ୍ଗିଲେ ଅଛୁଁଆ କରି ରଖିବା। ହାଡ଼ି ପାଣ ତ ଅନାଚାର କରୁଛନ୍ତି ବୋଲି ତାଙ୍କୁ ଆମେ ଛୁଉଁ ନାଇଁ। ପଚିଶ ଜଣଙ୍କ କଥାରେ ଯେ ନ ପଶିଲା, ଭଲ କଥା କେତେବେଳେ ହେଲେ କଲା ନାଇଁ, ସେ ଆଉ ହାଡି ପାଣଙ୍କ ଠଉଁ କମ୍ କଣ କି ? ହାଡ଼ି ପାଣ ତ ମଦ ମାଉଁସ ଖାନ୍ତି-ଯେ ପାପ କଥା ଭାବନ୍ତି, ଆଉ ପାଞ୍ଚଟଙ୍କାର ନଷ୍ଟ କରନ୍ତି, ସେ ତ ତାଙ୍କଠଉଁ ଆହୁରି ହୀନ।"

ଯଦୁ କହିଲା, "ଆରେ ହଁ, ପଚିଶ ଜଣଙ୍କ ଭିତରୁ ଜଣେ ଫିଟିଯାଇ କୁଆଡ଼େ ଯିବ ?"

ବରଜୁ କହିଲା, "ଆଚ୍ଛା, ତାହେଲେ ଆଗ ଦଶଜଣ ଆମ ଭିତରୁ ବାହାରିଲେ-ଯେ ମନ୍ଦ ହେଲା ତାକୁ ଭଲ ବାଟକୁ ଆଣିବା-ମଣିଷ ଆମେ, ମଣିଷ ହାତରେ କଣ ନ ଦଉଚି-ଗାଁ ଭଲ ପାଇଁ ସବୁ କରିବା, ମାଡ଼ ଗାଳିକି ଡରିବା ନାଇଁ, ମରଣକୁ ବି ନୁହେଁ। ମୁଁ କହୁଚି, ଦଶ ଜଣଙ୍କ ଭିତରେ ଜଣେ-ମୁଁ ଆଗ ନିଆଁ କୁ ଡ଼େଇଁବି।" ତା ପରେ ଯଦୁ, ନିଧିଆ, ରୂପ, ଉଦିଆ ନେତରା,ଧରମା ଦଶଜଣ ବାହାରି ପଡ଼ିଲେ।

ଯଦୁ କହିଲା, "ସବୁ କଥା ସିନା କଲୁ ବରଜୁଆ ଭାଇ-ମଣିଷ ହାତରେ କିଛିନାଇଁ-ପ୍ରଭୁ ଯାହା କରିବେ।"

ବରଜୁ ହସି ହସି କହିଲା, "ପ୍ରଭୁ ତ ଆମରିହାରା ସବୁ କରୁଚନ୍ତି, ମଣିଷ କଣ ପ୍ରଭୁଙ୍କ ଠଉଁ ଅଲଗା କି ?" ଯଦୁ କହିଲା, "ଯାହା କହିଲୁ ସତ କଥା-

କରି କରାଉଥାଏଁ ମୁହିଁ
ମୋ ବିନୁ ଆନ ଗତି ନାହିଁ।"

ଧରମା କହିଲା; "ତମେ ସିନା ସବୁ କରୁଚ ବରଜୁଆ ଭାଇ-ମୋ କଟୁରୀ ଖଣ୍ଡକ ଛାଡ଼ିବି ନାଇଁ, ଭଲ କରି ପଜେଇ ରଖିବି।"

ବରଜୁ ହସିଲା; କହିଲା, "ତୋ କଟୁରୀ ଆଗ ପାଣିରେ ଫିଙ୍ଗିରେ ମୁଁ ଆଉ ଯେଉଁ କଥା କରିବି।" ରୂପ ଜେନା ଆଉ ବାଞ୍ଛା ଘରକୁ ଫେରିଲା ବେଳେ ବାଞ୍ଛା କହିଲା, "ବରଜୁଆ ଭାଇରର ତ ଖାସା ପଢ଼ା ଅଛି-କେମିତି ଖଞ୍ଜେଇ କରି କଥାଗୁରାକ କହିଲା, ବା!"

ରୂପ କହିଲା, "ତୁ ତ ହେଲୁ ବରୁଣେଇ ପରବତ ଗଣ୍ଡ ମୁରୁଖ, ତୁ ସେ କଥା କହିବୁ ନାଇଁ ଆଉ କଣ ? କିରେ ସେ ପରା ଅମିନ ହୋଇଥିଲା ? ପଢ଼ା ନଥିଲା-ଖାଲି କଣ ସେମିତି ସରକାର କରିଦେଲା!"

ପରିଚ୍ଛେଦ ଦଶ

ଆସନ୍ତା ବଇଶାଖ ମାସରେ ସୁନାର ବାହାଘର-ଧାନ ଉଛୁଆଁ, ଧାନକୁଟା, ବୀରିବଟା, ବଡ଼ିପରା-ହାରାବୋଉଙ୍କୁ" ତର କାଇଁ ?

ନେତ୍ରମଣି ଧରି ବସିଲା, "ଆମ ଘରକୁ ଯିବି-ଭାଇକି ଖବର ଦିଅ ?"

ଛକଡ଼ି ଆକାଶକୁ ଚାହିଁଲା-ଭିନେ ନ ହୋଇ ଆଉ କରିବ କଣ ?

ଛକଡ଼ି ସନିଆ ଭୋଇକି କହିଲା, ତାର ଅଲଗା ହୋଇ ମୁଗଖଲା ଚଞ୍ଚା ହେବ। ସନିଆ ଛମାସିଆ ଚାକର-ଛମାସ ବରଜୁ ପଧାନ ଘରେ କାମ କରେ, ଆଉ ଛ ମାସ ଯା'ଘରେ ତା ଘରେ ଉପରି ମୂଲ ଲାଗେ। ସେ ଛକଡ଼ିଠଉଁ ଏ କଥା ଶୁଣି ତାଟକା ହୋଇ ଚାହିଁଲା।

ଛକଡ଼ି କହିଲା, "କିରେ ବୁଝି ପାରିଲୁ ନାଇଁ କି ?" ସନିଆ କହିଲା, "କଣ ତମେ ବହୁତ-ଅଲଗା ହୋଇ କାଇଁକି ଖରା ଚଞ୍ଚା ହେବ ?"

"ଆରେ ତୁ ସେଥିରେ କଣ ବୁଝିବୁ-ତତେ ଯାହା କହିଲି, ତାହା କରିବୁ-ଅଦାବେପାରୀ କାଇଁକି ଜାହାଜ ମୂଲ କରିବାକୁ ଯିବ ?"

ସନିଆ କହିଲା, "ଏଁ, ଅଦାବେପାରୀ-ଜାହାଜ ମୂଲ-ମୁଁ ଜମା କିଛି ବୁଝି ପାରୁ ନାଇଁ। ଭିନେ ହେବ ? କୋଉ ଭାଇଠଉଁ ଭିନେ ହବ ହେ-ବରଜୁ ପଧାନଠଉଁ। ଲକ୍ଷେ ମଣିଷରେ ସୁନା ମୁଣ୍ଡାଟାଏ।"

"ତତେ ଏତେ ଚାତୁରୀ ଖେଳିବାକୁ କିଏ କହୁଚି ରେ ସନିଆ ? ତତେ ଯାହା କହିଲି ସେଇୟା କରିବୁ।"

"ହଉ, ହଉ, ଆମେ ମୁଲିଆ ମୁଣ୍ଡ-ଆମର ଏତେ କଥାରେ କି ବିଶ୍ ଅଛି ?" ମନେ ମନେ ଭାବିଲା, ଏଇଟା ମଣିଷ ? ବରଜୁ ପଧାନ ଗୋଟାଏ ଭାଇ, ଆଉ ଗୋଟାଏ ଭାଇ !

ବରଜୁ କୁଆଡ଼େ ବଳଦ କିଣି ଦି'ଦିନ ହେଲା ଘରୁ ଯାଇଥିଲା; ଘରକୁ ଫେରି ସବୁ ଶୁଣିଲା। ମୁରୁକି ମୁରୁକି ହସି ହାରାବୋଉକୁ କହିଲା, "ହଉ, ହଉ ଭଲ କଥା- ଟୋକାଟାର ଟିକିଏ ଘରକରଣା ବୁଦ୍ଧି ହଉ। କଣ କହୁଚ ?"

"ହଉ, ଭଲ ହେଲା, ସେଥିରେ ଆମର ମାରା କଣ ?" ହାରାବୋଉ ବି ହସିଲା। ସେ ଆଉ କିଛି ବୁଝୁ ନ ବୁଝୁ ଏତିକି ଜାଣିଚି ଯେ, ବରଜୁ ଯାହା କରେ ଖାରା କଥାଟି କରେ, ଯାହା କହେ ଖାଣ୍ଟି କଥାଟି କହେ। ଆଉ ତେଣିକି ହାରାବୋଉ ନ ବୁଝିଲେ ନାଇଁ - ସେ ତ ବରଜୁ ଠାରୁ କିଛି କେଉଁ କଥାରେ ଭିନ ନୁହେଁ।

ବରଜୁ ଯାଇ ସନିଆକୁ କହିଲା, "କିରେ ! ଏ କେଉଁ ଜମି ମୁଗ ?"

"ଏ ପରା ପାଞ୍ଚମାଣିଆ -ଚକ ମୁଗ !"

"ଆଉ ମୁଗତକ ଶୁଖିଗଲାଣି ?"ସନିଆ କହିଲା, "ହଁ, କାଲି ପରା ଉପାଡି ଆଣିମା-ତାକୁ ତମ ଖଳାରେ ଗଦେଇବା ସିନା ?"

"ମୋ ଖଳା ଆଉ କଣ, ଏ ଖଳା ଆଉ କାହାର କି ?" ବରଜୁ ମୁରୁକି ହସିଲା।

ସନିଆ କହିଲା, "ଏଁ, ଦେଖୁଚ ଚନ୍ଦନ ପଛୁଚ କାଠ ? - ଏ ପରା ଛକଡ଼ିଙ୍କର ଖରା ଅଲଗା କରି ଚଞ୍ଚେଇଚନ୍ତି-ତାଙ୍କ ମୁଗ ଅଲଗା ରହିବ, ତମ ମୁଗ ଅଲଗା ରହିବ।"

"ତାର ମୋର ଗୋଟାଏ କଣରେ ସନିଆ-ତା'ର ମୋର କଥା ହେଲେ ସବୁ ତା'ର, ମୋର କିଛି ନୁହେ- ଆଉ ମୁଗତକ ଉପାଡ଼ି ଆଣି, ସେଇ ଖଳାରେ ସେଇ ମୁଗ ସାଙ୍ଗେ ମିଶେଇ କରି ରଖ।"

ସନିଆ ଦେଖିଲା, ଏ ମଣିଷକୁ ଆଉ କଣ କହିବ। ପଚାରିଲା, "ସବୁ ମୁଗତକ ତେବେ ସେଇ ନେବେ ?"

ବରଜୁ ହସି ହସି କହିଲା, "ହଁ ରେ-ଆଉ ସେଇ ନବ ନି ତ କିଏ ନବ ? ମୁଁ ନଉଥିଲି, ନ ହେଲେ ସେଇ ନବ-ଆଉ କିଏ ନବ ?"

ସନିଆ ବକ ବକ କରି ଚାହିଁଲା, "ଆଉ ବଣ୍ଟରା ହବ ନାଇଁ ?"

ବରଜୁ କହିଲା, "ଆରେ ବୋକା, ବଣ୍ଟରା କେଉଁ ଦିନ ହଉଥିଲା, ଦେଖିଥିଲୁ ? ମୁଁ ନେଲେ ତ ସେ ନେଲାପରି ହଉଥିଲା,ସେ ନେଲେ ମୁଁ ନେଲାପରି କାଇଁକି ନ ହବ ?"

ସନିଆ କିଛି ବୁଝିଲା ନାଇଁ-ମୁଗଯାକ ଆଣି ଏକାଠେଇ ଗଦେଇଲା।

ଛକଡ଼ି କହିଲା, "କିରେ ସନିଆ, ଏ କଣ ହେଲା ? ସବୁ ମୁଗ କାଇଁକି ଏକାଠେଇଁ ଗଦେଇଲୁ ?"

"ବରଜୁ କହିଲେ, ସବୁ ପରା ତମେ ଏକା ନବ!" ଛକଡ଼ିର ମନ ଚିଡ଼ିଗଲା, "ଏଁ-କଣ ହେଲା?"

"ସେଇ ହୋ, ତମ ବଡ଼ ଭାଇ-ସେଇ ପରା କହିଲେ ସବୁ ମୁଗତକ ତମେ ଏକା ନବ!"

ଏମିତି କଥାରେ କୋଉ ଋଷି ଭଲ ବାଳ ଛିଣ୍ଡେଇ ନ ମରିବ? ଛକଡ଼ି ବିଚାରଥିଲା ସହଜରେ ଭିନେ ହୋଇଯିବ-ଏ ପୁଣି କି ଗୋଳମାଳ। ନେତ୍ରମଣି ସବୁ ଶୁଣି ସାରି କହିଲା, "ଭଲ କଥା, ସେ କେତେ ଭଲେଇ ହଉଥିବେ ହୁଅନ୍ତୁ, ଆମର ସବୁ ମୁଗତକ ଘେନିଆସି ବିକିଦିଅ!" ହରିମିଶ୍ରେ କହିଲେ, "ଆରେ ହଁ ମ-ବିଲେଇ କପାଳକୁ ଶିକା ଛିଡ଼ିଚି-ଏକଥା ଛାଡ଼ିବାର ପାଏ!"

ମିଶ୍ରେ ଆଖିମିଟିକା ମାରି କହିଲେ, "ଅସଲ ଗୁମର ତ ସେଠେଇଁ-ତତେ କୋଉ କଥା ଅଛପା ଯେ-ତୁ ତ କଂସାରି ଘରର ପାରା।"

ମିଶ୍ରଙ୍କ ପ୍ରଶଂସା ଶୁଣି ଛକଡ଼ିର ଛାତି କୁଣ୍ଢେମୋଟ ହୋଇଗଲା, "କଥାଟା କଣ ମୁଁ ବୁଝି ଦେବି ନି କକେଇ-ସେ ମାଇପିଟା ସିନା ସବୁବେଳେ ମତେ କହିଲା, ଓଲୁ!"

ମିଶ୍ରେ କହିଲେ, "ଆରେ ତୁ ତ ଓଲୁ ହବୁ, ଆଉ ସିଆଣା କିଏ ସେ?"

ଛକଡ଼ି କହିଲା, "ମୁଗ ତ ସରିଲା, ଆଉ କଣ କରିବି ଜାଣ?"

"ଆଉ ଗୁଡ଼।"

"ଭଲ କହିଛ କକେଇ-ଆପଣଙ୍କ କତିରୁ ଫେର୍ ବଳିଯିବ କିଏ-କୋଉ କଥା ନ ଜାଣ ଯେ? ହଁ କକେଇ, ଗୁଡ଼ କଥା ପରା କହୁଥିଲି-ଦଶ ବାର ଖଣ୍ଡ ବଡ଼ ଗୁଡ଼ରୁ ଦି'ଖଣ୍ଡ ମିଳିଲା ଦୋକାନକୁ। ଆଉ ସବୁ ନେଇ ଘରେ ପୁରେଇଲେ, ଘର ଖର୍ଚ୍ଚ କଲେ, ଚାରି ଛଖଣ୍ଡ ବିକିରି କଲେ-ଆଉ କଣ ଦି'ଖଣ୍ଡ ନା କେତେ ଘରେ ରଖିଚନ୍ତି, ବାହାଘର ଖର୍ଚ୍ଚକୁ।"

"ଆରେ ତତେ ବତେଇ ନ ଦେଲେ ହବନି-ବାର ଖଣ୍ଡ ଗୁଡ଼ରୁ ଛ ଖଣ୍ଡ ତୋ ହିଂସାରେ ହେଲା; ଦି'ଖଣ୍ଡ ପାଇଚୁ-ଆଉ ଚାରିଖଣ୍ଡ ତୋର ତ ଫାବିଲା। ସେ ଘରେ ଥିଲେ କେତେ, ବାହାରେ ଥିଲେ କେତେ, ସେ ତୋ ଗୁଡ଼।"

"ହଁ କକେଇ, ମତେ ସେ ମାଇପିଟା ପରା କେତେ ଲଗେଇଲାଣି-ବାକୀ ଯାହା ଗୁଡ଼ ଅଛି, ସବୁ ଘେନି ଆସି ଆମ ଶୋଇଲା ଘରେ ରଖିଦିଅ-ମଝି ଘରେ କାହିଁକି ଆମ ଗୁଡ଼ ଥୁଆହେବ।

ଆରେ, ସେ ପରା ଥିବା ଲୋକର ଝିଅଟା-ଯାହା କହିବ, ଘରକରଣା କଥା କହିବ ନା!"

ଛକଡ଼ି ମଝିଘରୁ ତିନିଟା ଗୁଡ଼ ଆଣି ନିଜ ଶୋଇଲା ଘରେ ଥୋଇଲା। ହାରାବୋଉ ପାଟି ଫିଟେଇଲା ନାହିଁ। ଖାଲି ଛକଡ଼ିଠଉଁ ଶୁଣିଲା, "ବାହାଘରକୁ ଆଉ ଗୁଡ଼ କିଣିଆଣି-ଏ ଗୁଡ଼ ମୋ ଦୋକାନକୁ ଯିବ।"

ବରଜୁ ଘରକୁ ଆସିବାରୁ ହାରାବୋଉ କହିଲା "ଏ କଣ ମ, ସବୁ ଗୁଡ଼ ଗୁଡ଼ାକ ତ କାଇଁକି ଛକଡ଼ି ନେଇଗଲେ!"

ବରଜୁ ମୁହଁରେ ଆଜିକାଲି ଖାଲି ମୁରୁକି ହସ-ସବୁବେଳେ ବେତା ପରି ସେ ଭରଣିକିଆ ମୁହଁଟାରେ ଏ ହସ ସୁନ୍ଦର ଦିଶେ ନାହିଁ। ସେ କହିଲା, "ବାହାଘରକୁ ପରା ଆଉ ଗୁଡ଼ କିଣା ହବ, ସେଥିପାଇଁ ସେ ନେଇଗଲା।"

"ଏ କୁଆଡ଼ କଡ଼ା ମ-କିଣା ହବ କାଇଁକି?"

"କିଣା ନ ହେଲେ ବାହାଘର ହବ କେମିତି?" ହାରାବୋଉ ତୁନି ହେଲା। ଏ କଥାରେ ଆଉ କଣ ସେ କଥା କହିବ?ସନିଆ ଭୋଇ କହିଲା, "ଆଉ ହବନି, ଆଉ ହବନି-ରାତି ଅଧରେ ବିଲୁଆ ହଡ଼େଇଲା କିଏ-ପାଣି ବହିଲା କିଏ-କମେଇଲା କିଏ-ଗୁଡ଼ ଖାଇଲା ବେରଜୁ ଖାଇଲା କିଏ।"

ସନିଆ କହିଲା, "ବୁଦ୍ଧି ଥିଲେ ଏକଥା କିଏ ଭଲ କରେ-ସେ ତ ଗୋଟିଏ ମଣିଷ, ଯାହା ନ କମେଇଲେ ନ ହୁଏ-ଯାହା ତ କମେଇଲେ ସେଇ ଘରେ ସବୁ ପଶିଲା-ସମସ୍ତିଙ୍କ ଖରଚ କଣ ସେଥିରୁ ହେଲାନାଇଁ, ସେଥିରେ ତୋ ଫେର୍ ତୋ ଦୋକାନ ଘରକୁ ଦି'ଖଣ୍ଡ ହେଲା, ସେଥିରୁ କଣ ପଇସାଟାଏ ମାଗିଲା। ବାହାଘରକୁ ଦି'ଖଣ୍ଡ ବୋଲି ଗୁଡ଼ ରଖିଚି ଯେ, ତାକୁ ଘିନି ପୁରେଇଚୁ-ତୁ ଆଣ୍ଠୁକୁରା ହେଲୁ ବୋଲି କଣ ସମସ୍ତେ ସେଇଆ ହେବେ? ଏତୁକି ହୀନବୁଦ୍ଧି?"

ଘରେ ଯାହାକିଛି ଘଟଣା ଘଟୁଚି-ଖାଲି ବାହାରକୁ ନ ଯାଉ-ବରଜୁର ଏହା ଭାରି ଇଚ୍ଛା। ତାହାର ବୁଦ୍ଧିରେ ଯେ ଘରଟା ଭାଙ୍ଗିବା ଉପରେ ବସିଲାଣି, ସେଆଡ଼କୁ ତାର ଖିଆଲ ନାହିଁ। ସେ ଦମ୍ଭ ହୋଇ ବସିଛି, ସେ ନ ଭାଙ୍ଗିଲେ ଘର ଭାଙ୍ଗିବ, କାହାର ସାଧ୍ୟ! ଗାଁ ଗୋଟାକୁ ଗୋଟାଏ ଘର ସେ କରିବାକୁ ଯାଉଛି-ଗାଁ ଗୋଟାକାର ସମସ୍ତଙ୍କୁ ଭଲ କରିଦେବାକୁ ସେ ଲାଗିଛି। ଏଣେ ପୁଣି ନିଜ ଘର ଭିତରେ ଦି'ଭାଇ ଭିନେ ହେବେ-ଅସମ୍ଭବ! ବାପ କହିଛି-ଘର ମଝିରେ ପାଚେରୀ ନ ଉଠେ, କି ବିଲ ମଝିରେ ହିଡ଼ ନ ପଡ଼େ। ବରଜୁ ପଧାନ ଏତିକି କଥା କରି ପାରିବ ନାହିଁ! ଦେଖାଯାଉ-ଏ ଜୀବ ଥିଲେ କେତେ, ଗଲେ କେତେ?

କାଲି ସଞ୍ଜବେଳେ ପରା ଗାଁ ଗୋଟାକାର ସମସ୍ତେ ମଙ୍ଗଳାଙ୍କ ପାଦୁକା ଦିଆଦେଇ ହେଇ ଚଷା, ବାଉରି, ଗୁଡ଼ିଆ, ଭଣ୍ଡାରି ଭାଇ ଭାଇ ଡକା ଡକି ହୋଇଛନ୍ତି।

ଆଜି ବରଜୁ ଛକଡ଼ି ଏକ ରକତ, ଗୋଟାଏ ମା ଗୋଟାଏ ବାପଠଁ ଜନମ ହୋଇ ଭିନେ ହେବେ ! କାଲି ଯେତେବେଳେ ଚନ୍ଦରା, ଜରାଆ କହିବେ, ବରଜଆ ଭାଇ ଘର ଭିତରେ ତ ମେଳ ରହୁନାଇଁ-ଏକ ମା ପେଟରୁ ଜନମ ହୋଇ ଏକାଠେଇଁ ବଢ଼ି ତ ଭାଇ ଭିନେ ହୋଇ ଯାଉଚନ୍ତି ଆଉ ଗାଁ ଗୋଟାକାର ସମସ୍ତେ କେମିତି ଭଲ ହେବେ-ଜଣେ ବାଧକା ହୋଇ ପଡିଲେ ଆଉ ଜଣେ ତା ଘରେ ବସି ଗୋଡ଼ ଆଉଁସି ଦେବ କେମିତି ? - ବରଜୁ ପଧାନ ବଞ୍ଚି ଥାଉଁ ଥାଉଁ ଏକଥା ଶୁଣିବ ? ତେବେ ସେ ଆଉ ନମରି ଜୀଇଁବ କାହିଁକି ?

କାଉଁରିଆ କାଠି ଭାଙ୍ଗିବ ପଛେ ନଇଁବ ନାଇଁ-ବରଜୁ ପଧାନ ଗୋଟାଏ ବାପ ପୁଅ। ହାରା ଯେମିତି ବାହା ହୋଇ ଯାଇଛି, ସୁନା ସେମିତି ହେବ, ମୋତି ସେମିତି ହେବ। ହାରା ବାହାଘରକୁ ସେ କେଉଁଠୁ ଗୁଡ଼ାଏ ଧାର ଉଧାର କରଜ ବାରଜକରି ପକେଇଚି, ନା ଘରେ କେଉଁଠି ପୋତି ରହିଥିଲା, କାଢ଼ିଲା ସେଇ ଘରୁ ତ ସେମିତି ହୋଇଗଲା ! ସୁନା ମୋତିଙ୍କ ପାଇଁ ଡର କାହିଁକି ? ତାଙ୍କୁ ଯେ ଜନମ ଦେଲା, ସେ ତ କୁହାନାହିଁ, ବୋଲା ନାହିଁ ସବା ଆଗରୁ ମା'ଥନରେ ଦୁଧ ରଖିଦେଲା, ସେଇ କଣ ଆଉ ସବୁ କଥା ଚଲେଇବ ନି ? - ବରଜୁଆର ଏତେ ଭାବନା କାହିଁକି ?

କରି କରାଉ ଥାଏ ମୁହିଁ,
ମୋ ବିନା ଆନ ଗତି ନାହିଁ।

କରିବ ଯେବେ ସେଇ, କରେଇବ ଯେବେ ସେଇ ବରଜୁଆର ଏତେ ଭାଳେଣି ପଡ଼ିଚି କାହିଁକି ? ପଧାନ ବୁଢ଼ା ମରିବାବେଳେ ଆକାଶକୁ ହାତ ଟେକି ଦେଇ କହିଗଲା, ତମ ପାଇଁ ଧର୍ମ ରଖି ଦେଇଗଲି। ବୁଢ଼ା କେଉଁଠି ଧର୍ମ ରଖି ଦେଇଗଲା ବରଜୁଠେଇଁ ନା ଛକଡ଼ି ଠେଇଁ, ନା ଆଉ କେଉଁଠେଇଁ ଯେଉଁଠି ରଖ, ଧର୍ମ ତ ସମସ୍ତଙ୍କ ପାଇଁ। ସକଳ ଘଟରେ ପୁରି ଅଛନ୍ତି। ବରଜୁ ଡରୁଛି କାହାକୁ-ଡରନ୍ତି ଯେତେକ ନାସ୍ତିକ। ବରଜୁ ପାଇଁ ତ ଧର୍ମ ଅଛି-ଗଛପତ୍ର, ନଈପାହାଡ଼, ବଣଜଙ୍ଗଲ ସବୁ ଜାଗାରେ। ମଣିଷ ଗହଳରେ, ଗାଁ ସହରରେ ଯେଉଁ ଧର୍ମ ଯେଉଁଠି ମଣିଷ ନାହିଁ, ଜୀବଜନ୍ତୁ ନାହିଁ, ସେଠି ବି ସେହି ଧର୍ମ। ବରଜୁ ତେବେ ଆଉ ଡରୁଚି କାହାକୁ ? ମଣିଷ ପିଲାଟାଏ ଧ୍ରୁବ କୋଉଥି ପାଇଁ ବଣ ଜଙ୍ଗଲ ମାନିଲା ନାହିଁ, ବାଘଭାଲୁ ମାନିଲା ନାହିଁ। ବରଜୁ ଘର ଭିତରେ ମୁଣ୍ଡିଆଟିଏ ମାରି ଡାକିଲା, "ହେ ଧର୍ମ, ମତେ ବଳ ଦିଅ, ସାହାସ ଦିଅ-ଯେଉଁଠି ଅଧର୍ମ, ଯେଉଁଠି ପାପ, ସେଠି ମୁଁ ଛାତି ପତେଇ ଦିଏଁ, ଜୀବନ ଢ଼ାଳି ଦିଏଁ-ମୋ ହାଡ଼ରେ ଅସ୍ତ୍ର ତିଆରି ହେଉ, ଅଧର୍ମ ପାପକୁ କ୍ଷୟ କରିବା ପାଇଁ !"

ସୁନାର ବାହାଘର ହୋଇଗଲା.....ସାନବୋହୂ ପାଇଁ ଭଲ ଶାଢ଼ୀ କିଣା ହୋଇ

ଆସିଲା-ତେବେ ତା'ମନ ବୁଝିଲା ନାହିଁ-ହଁ ବାହାଘର ଉପରେ ତ ବାହାଘର କରି ଘର ଗୋଟାକ ଖାଲି କରି ସାରିଲେଣି। ଆଉ ଖାଲି ମତେ ବୁଝେଇବାକୁ ଆଣିଛନ୍ତି ଶାଢ଼ୀ ଖଣ୍ଡେ ! କେତେ ଶାଢ଼ୀ ଦେଖିଚି-ରଖିଥାଅ ତମ ଶାଢ଼ୀ !

କେତେ କାଳ ଧରି ମଣିଷ ଜାତିର ସୁଅ ବହିଯାଉଅଛି। ମଣିଷ ଉପରେ ମଣିଷ ମାଡ଼ି ବୁଦି ଦଳି ଚାଲିଯାଉଛି। ଗୋଡ଼ ତଳରୁ ଦରମଲା ମଣିଷର ମଲି ମଲି ଡାକ ତା କାନକୁ ଶୁଭୁନାହିଁ। ସେ ଏହି ସୁଅରେ ଭାସି ଚାଲିଛି, ଦଣ୍ଡେ ହେଲେ ଅଟକି ଠିଆ ହେଉ ନାହିଁ-କିଏ ଡାକୁଛି ଟିକିଏ ଖାଲି ଶୁଣିବା ! ଢ଼େଉ ପରେ ଢ଼େଉ ଆସୁଛି, କିଏ ବୁଡୁଛି, କିଏ ଭାସୁଛି-କାହାର ଖବର କେହି ରଖୁ ନାହିଁ। ମଣିଷ ଆଜିଯାଏ ନିଜର ଭାଇ, ବନ୍ଧୁ, କୁଟୁମ୍ବ, ପଡ଼ିଶାଙ୍କର ରକତ ପିଇବାର ନିବର୍ତ୍ତିଲା ନାହିଁ। ଆଉ କେଉଁଦିନ ସଭ୍ୟ ହେବ ? ବଣ ଜଙ୍ଗଲ ବଦଳିଯାଇ ଘର କୋଠାବାଡ଼ି ହୋଇଗଲା। ମଣିଷ ପ୍ରକୃତି ଯାହା ଥିଲା ସେଇଟା, ରହିଲା-ବାଦ, ଛିଦ୍ର, ଅହଙ୍କାର। ସୂର୍ଯ୍ୟ ଚାରିପାଖେ ପୃଥିବୀ ବୁଲୁଛି-ଦିନରାତି ମାସ ବର୍ଷ ତିଆରି କରୁଛି। ମଣିଷ ଜାତିର ସୁଅ ଏକା ଗତିରେ ବହି ଚାଲିଛି କେତେ ଯୁଗ ଧରି। କେତେବାଦ, ଛିଦ୍ର, ଅହଙ୍କାର, କେତେ ଯୁଦ୍ଧ, ମହାଯୁଦ୍ଧ, ରାଜା, ମହାରାଜା କାହିଁ କୁଆଡ଼େ ଗଲେଣି-ସତ୍ୟ, ଦ୍ୱାପର କଳି। ଏ କାଳ ଗତିରେ କାହାର ଥାନ କେତେ କେତେ ରହିଛି, ତାର ହିସାବ କିଏ କରିବ ! ବରଜୁ ପଧାନ ! ବରଜୁ ପଧାନ ଏହା ଭିତରେ କେଉଁଠି ? ସେ ଏହି ସୁଅ ଭିତରର କୁଟାଖଣ୍ଡେ; କେତେ ଭଉଁରୀ, ଫୋଟକା ସେ ଢ଼େଇଁ ଢ଼େଇଁ ଚାଲି ଯାଉଥିଲା- ହଠାତ୍ ମଝିରେ ଅଟକି ଯାଉଛି- ରହ ରହ- କିଏ ଡାକୁଛି- କିଏ ଚିତ୍କାର କରୁଛି, ଏ ତ ମଣିଷ ପାଟି ! ମଣିଷ ! ମଣିଷ ! ହାୟରେ ମଣିଷ ! ପୃଥିବୀ ତତେ ଅଣ୍ଟୁନାହିଁ, ଆକାଶ ଅଣ୍ଟୁ ନାହିଁ, ସମୁଦ୍ର ଅଣ୍ଟୁ ନାହିଁ- ସେଥିରେ ପୁଣି ଏ କଣ କରୁଛୁ ? ତୋରି ଭାଇ, ତୋରି ଜାତି, ତୋରି କୁଟୁମ୍ବ- ତାଙ୍କରି ଉପରେ ଦଳି କୁଦି ଚାଲିଯାଉଛୁ ?- କିଏ ରୋଗରେ ପଡ଼ି ଡକା ପାରୁଛି, ଓଷଧ ଟିକିଏ ଦେବାକୁ କେହି ନାହିଁ, କି ହାତରେ ଧନ ନାହିଁ- କିଏ ଓଳିଏ ଖାଇ ତିନି ଓଳି ଉପାସ ଶୋଇଛି- କୋଉ ପିଲାଟିକି ଦେବାପାଇଁ କେଉଁ ମା' ଥନରେ ଦୁଧ ନାହିଁ- କାହା ପିଠିରେ ପାହାର ବସିଛି, ତେଲ ଟିକିଏ ଘଷିବା ପାଇଁ ଅଧଲାଟିଏ ନାହିଁ। - ମଣିଷ ଜାତି ! ଦଣ୍ଡେ ହେଲେ ଅଟକି ଯା ! କେତେ ମଣିଷ ଗଲେଣି, ରାଜା, ମହାରାଜା ଗଲେଣି- ତୁ ଟିକିଏ ଅଟକି ଯା। ଶୁଣୁ ହେଲେ କିଏ ଡାକୁଚି- ମଣିଷ ପାଟି ନା ?

ବରଜୁ ପଧାନ ଏ ମଣିଷ ସୁଅ ଭିତରେ ଅଟକି ଯାଇଛି। ସେ ଡାକ ଶୁଣିଛି- ରୋଗୀ, ଦରମଲା, ମାଡୁଆ, ଉପାସିଆଙ୍କର। ସେ ଆଉ ଡରିବ କାହାକୁ ? ଦୁଆରେ

ଦୁଆରେ ଭିକ ମାଗିବ, ମାଡ଼ଖାଇ ମରିଯିବ। ବରଜୁ ପଧାନ ମରଣକୁ ଡରିବ ? କେଉଁ ଜୀବନ ତାର- ମରିଗଲେ କିଏ କାନ୍ଦୁଛି, କିଏ ଲୋଡୁଛି ! କୋଟି କୋଟି ଲୋକ ତ ମରୁଛନ୍ତି, ରୋଗରେ ଉପାସରେ; ପାଣି ଟିକିଏ ମିଳୁ ନାହିଁ- ଗୋରୁ ପରି ମାଡ଼ ଖାଉଛନ୍ତି କେତେ ହରି ମିଶ୍ରଙ୍କଠଉଁ- ହସିଲେ ବୋବେଇଲେ କେହି ଶୁଣୁ ନାହିଁ- ଜନମଠଉଁ ମଲାଯାଏ- ଅଜଣା ଅଶୁଣା ! ବରଜୁ ପଧାନ ତାଙ୍କରି ଭିତରୁ ଜଣେ ହୋଇ ମରିବ। ହେ ଧର୍ମ, ତୁମେ ସଂସାରକୁ ଧରି ରଖିଚ, ତୁମ ପାଖରେ ରାଜା ମହାରାଜା ଯେମିତି, ଦୁଃଖୀରଙ୍କୀ ସେମିତି- ସଂସାରରେ ଯାହାର ଧନ ଅଛି, ବଳ ଅଛି, ଶକ୍ତି ଅଛି, ତାଙ୍କୁ ତୁମେ ଭଲ ବୁଦ୍ଧି ଦିଅ, ଭଲ କଥା ଶିଖାଅ- ଦୁଃଖୀ ଦୁର୍ବଳଙ୍କ ପାଇଁ ତାଙ୍କ ପିଣ୍ଡରେ ଦୟା ବସୁ। ଧରମା ବାଉରି ! ତାକୁ ଏ ବୁଦ୍ଧି ଦେଲା କିଏ ? ସେ ମାଡ଼ ଖାଇ ଖାଇ ମରିଗଲାଣି, ସେ ଆଉ ମଣିଷ ହୋଇ ନାହିଁ- ମରି ସାରି ପ୍ରେତ ପାଲଟି ଗଲାଣି। କେତେ ଧରମା ଏଇମତି ଜୀଅନ୍ତା ଦେହରେ ପ୍ରେତ ହୋଇ ଯାଉଛନ୍ତି। ହେ ଧର୍ମ ! ହେ ସତ୍ୟ ! ତାଙ୍କୁ ତୁମେ ମଣିଷ କର, ଭଲ ବୁଦ୍ଧି ଶିଖାଅ। ବଡ଼ ଛୋଟକୁ ଭଲ ଆଖିରେ ଦେଖୁ- ମଣିଷକୁ ମଣିଷ ବୋଲି ଚିହ୍ନୁ, ସ୍ନେହ କରୁ, ଶ୍ରଦ୍ଧା କରୁ। ଛୋଟ ବଡ଼କୁ ହିଂସା ଆଖିରେ ନ ଦେଖୁ- ସେ ବଡ଼ ହେଲା ବୋଲି ତାର ଅମଙ୍ଗଳ ନ ପାଞ୍ଚୁ- ବରଜୁର ଆଖି ଛଳ ଛଳ ହୋଇଗଲା।

'ବରଜୁଆ ଭାଇ- ବରଜୁଆ ଭାଇ !' ବରଜୁ ଧଡ଼ପଡ଼ ହୋଇ ଦୁଆରମୁହଁକୁ ଗଲା। 'କିରେ ନିତା, ଏତେବେଳେ କୁଆଡ଼େ ?'

ନିତେଇ ମହାରଣା ଦିହଯାକ ଧୂଳିରେ ଧୁସର ହୋଇଛି- ମୁଣ୍ଡଠାରୁ ଗୋଡ଼ଯାଏ ଯେମିତି ଭସୁଅଁ ବୋଲି ହୋଇଛି।

ନିତା ମହାରଣା ଭୋ ଭୋ ଡକାପାରି କହିଲା, 'ବରଜୁଆ ଭାଇ, ମୋ କଥା ସରିଗଲା- ପିଲାଏ ମୋର ଦାଣ୍ଡରେ ବସିଲେ- କାଠ କାଟିଲେ ତ ପେଟ ପୋଷେଁ, ମୁଁ ପଚାଶ ଟଙ୍କା କୋଉଠି ଆଣି ବିରେ ଭାଇ। ପିଲାଏ ମୋର ଅଥତ ହେଲେ ସିନା !"

ବରଜୁ କହିଲା, 'କାଇଁକି ସେମିତି ହଉଚୁରେ ନିତେଇ, କଣ ହେଇଚି ?'

ନିତେଇ ବସିପଡ଼ି ମୁଣ୍ଡରେ ହାତ ଦେଇ କହିଲା, "ଝିଅ ବାହାଘରକୁ ଜାତିଭାଇଙ୍କୁ ଖାଇବାକୁ ଦେବି ବୋଲି ଦଶୁଟା ଟଙ୍କା ଆଣି କୋଡ଼ିଏ ଟଙ୍କା ଶୁଝିଲିଣି- କାଗଜ ଖଣ୍ଡ ଦେବାକୁ କହିଲାରୁ ଆଜି କହିଲାଣି ପଚାଶ ଟଙ୍କା। ମୁଁ କହିଲି, ମୁଁ ତ ଗରିବ ଲୋକ, କୁଆଡୁ ଏତେ ଟଙ୍କା ଆଣିବି, ମୋର କଣ ଅଛି ?" ସେଥିରୁ କହିଲା, 'କାଇଁକି, ତମେ ଗାଁ ଯାକ ବସି ତ କୁମଟ କରିଚ; କୋଉ ବୋପା ତୋ ପାଇଁ ଦବ ଦଉନି।" ଏ କଥା ଶୁଣି ତ ମୋର ହଲକ ଶୁଖିଗଲାରେ ଭାଇ, ପେଟରୁ ତ ଆତ୍ମନାଡ଼ା

ଉଠିଲା। ମୋ ପିଲାଏ ସିନା ଅନାଥ ହେଲେ! ପେଜପାଣି ଦେଇ ବଞ୍ଚେଇଥିଲି- କାଲି ସକାଳେ ଦାଣ୍ଡରେ ବସିବେ। ପିଲାଟାକୁ ତ ତିନିମାସର ହେଲା, କଫ ସରଦି ଘୋଟିଚି ଯେ ପଇସାଟିଏ ପାଉ ନାଇଁ ଓଷଦ ଟିକିଏ ଦେବାକୁ- ପଚାଶ ଟଙ୍କା ମୁଁ କାହୁଁ ପାଇବି?" ନିତେଇ ମହାରଣା ଭୋ ଭୋ ଡକା ପାରିଲା।

ବରଜୁ କହିଲା, 'କାହା ଟଙ୍କାରେ ନିତେଇ- ମିଶ୍ରଙ୍କୁ ଘର ଟଙ୍କା? କାହିଁକି, ତୁ ଯେଉଁ ଦିନ ଯାହା ଦେଇଚୁ, ସବୁ କଥା କହିଲୁ ନାଇଁ?'

"ଆଉ କହିବି କଣରେ ଭାଇ, ଧୂଳିରେ ଗଡ଼ି ଗଡ଼ି ତ ମୁଣ୍ଡରୁ ବାଳ ଛିଡ଼ିଗଲା, କାହିଁରେ ହେଲାନାଇଁ- ଯା ଯା ଗାଁ ଯାକ ବସି କୁମଟ କରିଚ ପରା, ଗାଁ ବାଲା ତତେ ଦେବେ ନାଇଁ?"

"ହଉ ନିତେଇ, ଥୟ ଧର, ଏମିତି କଣ ଖାଲି ଅନ୍ୟାୟରେ ସବୁ କଥା ହେବି?"

"ବରଜୁଆ ଭାଇ, ମୁଁ ତ ଭାସିଲିଣି- ମୋର ଆଉ କିଏ ଅଛି? ଯେ ଉପରେ ଯାଉଚି ଆସୁଚି, ଦିନ ରାତି କରୁଚି, ସେ ବୁଝିବ।"

ବରଜୁ ଆଖି ଛଳ ଛଳ ହୋଇଗଲା। ତା ଓଠ ଥରି ଉଠିଲା। "ସେଇ ସବୁ କରୁଚି ରେ ନିତେଇ, ଉପରେ ତଳେ- ସେଇ ଯାଉଚି ଆସୁଚି ଦିନରାତି କରୁଚି- ଦେଖୁଚି, ସବୁ କରୁଛି। ତା' ଛଡ଼ା ଆଉ ତୋ କଥା କିଏ ବୁଝିବ ରେ ନିତେଇ?" ବରଜୁ ପଧାନର ଲୁହ ଚାରିଟୋପା ଗଡ଼ି ପଡିଲା- ବରଜୁ ପଧାନ ବୁଝିବ। ହାତରେ ଖଡ଼ା ସିଜିବ ନାହିଁ! ନିତେଇ ମହାରଣାକୁ ଯେ କରିଛି, ହରି ମିଶ୍ରଙ୍କୁ ଯେ କରିଛି, ସେଇ ସବୁ କଥା ବୁଝିବ!

"କରି କରାଉ ଥାଏ ମୁହିଁ
ମୋ ବିନା ଆନ ଗତି ନାହିଁ।"

ବରଜୁ ପଧାନ ଗୋଟାଏ କଣ କରିବ! ତାରି ହୁକୁମ ତାରି ଇଚ୍ଛା ବରଜୁ ଭିତରେ ପ୍ରକାଶ ପାଇବ।

ପରିଚ୍ଛେଦ ଏଗାର

ସୁନାର ବାହାଘର ହୋଇଗଲା; ନେତ୍ରମଣି ଶାଢ଼ୀ ପିନ୍ଧିଲା ନାହିଁ। ବରଜୁ ପଧାନ ମୁଗ କିଣିଲା, ଗୁଡ଼ କିଣିଲା, ବାହାଘର କଲା- ଛକଡି ଗୁଡ଼ ବିକିଲା, ମୁଗ ବିକିଲା- ନେତ୍ରମଣିର କଣ୍ଠି ଗଢ଼ା ହେଲା, ଗୋଠ ତିଆରି ହେଲା !

ଛକଡ଼ି କହିଲା, "କେକେଇ, ମୁଁ ଯୋଉଁ କଥା କରୁଚି, ଭାଇ କାହିଁରେ ଉଁ ଚୁଁ ହଉ ନାଇଁ- ମୁଗ ବିକିଲି, ଗୁଡ଼ ବିକିଲି, ସବୁ ନେଲି ଖରଚ କଲି- କୋଉ କଥାରେ ଭାଇ କଣ, ଭାଉଜ କଣ, କେହି ପଦେ ହେଲେ ପାଟି ଫିଟେଇଲେ ନାଇଁ। ଏଥିରେ ସେ ମାଇପିଟା ସବୁବେଳେ ଲଗେଇଚି, ଆମର ଅଲଗା କରି ହାଣ୍ଡି କରିବା- ପଲେ ପିଲା ଝିଲା- ସମସ୍ତଙ୍କର ବାହା କରିବେ, ଚୋରା କରିବେ, ସବୁ କଥାରେ ତୁନି ହେଇ ରହିବେ ନାଇଁ ଆଉ କ'ଣ ? ତୁନି ହୋଇ ରହିଗଲେ ତ ତାଙ୍କର ଲାଭ। ଫେର୍ ତ ମୋତି ବାହା ହେବ- ଯେ ପୁଣି ତାହା ହେଇ ଗଲେଣି, ତାଙ୍କ ଘରକୁ ମାସକୁ ମାସ କେତେ କଣ ବୁହା ଲାଗିଚି- ସାନ ଟୋକାଟା ପାଇଁ ଫେର୍ ନିତି ଅଧ କଂସାଏ ଦୁଧ ଲାଗୁଆ ହେଇଚି। ଯେତେ ହେଲେ କକେଇ, ମୋର ମନୁଟା କାଇଁକି ସବୁବେଳେ ଗୁଇଁ ପୁଇଁ ହେଉଚି-" ଭାଇ ହେଲେ କୋଉ କଥାରେ କିଛି କହନ୍ତା। ଆଗେ ତ ହେଲେ ଭାଉଜ ସବୁବେଳେ ଝଟାପଟା ଲଗାଉଥିଲା, ଏବେ ସେ ମାଇପିଟା ବି କେମିତି ଚୁପ ହୋଇଚି- କାବା କଥା। ମୁଁ ଗୋଟାଏ ମଣିଷ, କେତେ କଣ୍ଟା ବାଡ଼ରେ ଲୁଗା ପକେଇ କଳି କରିବି, ଦାଣ୍ଡରେ ଲୋକେ ମତେ କଣ କହିବେ ? ସେ କହିଲା, 'ଆମକୁ ଦାଣ୍ଡରେ ଲୋକେ ମନ୍ଦ କହିଲେ, କହନ୍ତୁ। ଲୋକେ ଭଲ କହିବେ, ମନ୍ଦ କହିବେ- କିଏ କାହା ଘରେ ପୂରେଇ ଦେବେ କି ?

ମିଶ୍ରେ କହିଲେ, 'କିରେ ମୁଁ କଣ କହୁଥିଲି- ଚାଟଘର ପୁଅ ଚାଟ, ଭାଟଘର ପୁଅ ଭାଟ- ଘରୁଆ ଘର ଝିଅଟା ପରା। ସତେରେ ତୁ ତ ଓଲୁଟା- କିରେ ଦାଣ୍ଡରେ

ଅରକ୍ଷିତ ଲୋକେ ଛୋଟ ଲୋକେ କେତେ କଣ କହିବେ- ତାଙ୍କ କଥାରେ କଣ ଅଛିରେ ? ମତେ କଣ ସମସ୍ତେ ଭଲ ଲୋକ ବୋଲି କହୁଚନ୍ତି ? ଏଥିପାଇଁ ମୁଁ ଏ ଅରକ୍ଷିତ ଲୋକଗୁଡ଼ାଙ୍କ କଥାକୁ ଡରିବି ? ଏମିତି କାହାଶେ କୁକୁର ଭୁକି ହେଲେ ମୋର କିଏ କଣ କରିବ ?"

ଛକଡି ସାତ ପାଞ୍ଚ ହୋଇ କହିଲା, 'ହେଲେ କଣ ହବ କକେଇ, ସବୁକଥା ବୁଝୁଚି- ତେବେ କାଇଁକି ଏଗୁଡ଼ାକ ସବୁ ମତେ ବଡ଼ ଅଡୁଆ ଲାଗୁଚି। ସେ ତ ସବୁଥିରେ ହଁ ମାରୁଚି; ମୁଁ ଏବେ କେମିତି ଅଲଗା ହାଣ୍ଡି କରିବା କଥା ବାହାର କରିବି ?'

ଆରେ ନାଇଁ ମ, ହାଣ୍ଡିଟା ଅଲଗା ହେଇଗଲାରୁ କଣ ହେଇ ପଡ଼ିବ- ସେଗୁଡ଼ାକ ଖାଲି ମାଇପି କଥା। ହାଣ୍ଡିଟା ଅଲଗା କରି ଦି' ଦିନ ଖାଇବୁ- ପୁଣି ମିଶିବ, ପୁଣି ଅଲଗା ହବ, ଏଇ କଉତୁକ ଲାଗିଥିବ। ଭିନ୍ନେ ହବ ତ ମରଦପୁଅ ପରି ଭିନ୍ନେ ହବ- ଜମିବାଡି, ଗୋରୁଗାଈ, କଂସାବାସନ ସବୁ। ଆଉ ଆଜି ହାଣ୍ଡିଟାଏ ନେଇ ଆଉ ଗୋଟାଏ ଘରେ ଥୋଇବୁ, କାଲି ପୁଣି ନେଇ ସେଇ ହାଣ୍ଡିଶାଳେ, ପୁରେଇବୁ- ଏ ମାଇକିନିଆ କଥାଗୁଡ଼ାକ ମତେ ଭଲ ଲାଗେ ନାଇ।"

"ଆଉ କଣ କରିବି କକେଇ, ମତେ ତ କିଛି ବୁଦ୍ଧି ଦିଶୁନାହିଁ। ସେ ତ କହିଲା, ଆଗ ଅଲଗା କରି ହାଣ୍ଡି କରିବା, ତହିଁରୁ ତୁ ଜମିବାଡ଼ି, ଗୋରୁ ଗାଈ, ସବୁ ଅଲଗା କରି ନବା। ଦି'ପୁଅଙ୍କ ବାହାଘରେ ତେବେ ଖରଚ ହେଇନି, ସତେତ ହିସାବ କରି, ସେଥିରୁ ଆମକୁ ଅଧେ ଦିଅନ୍ତୁ।"

"ଛକଡ଼ି, ତୁ କର୍ମବନ୍ତିଆ- ଏମିତି ଘରଣୀ କାହାକୁ ମିଳେରେ ? ଯାହା ଯୋଉଠି କରିବା କଥା, ସବୁ ତ ସେ ତତେ କହି ଦେଇଚି- ସେଥିରେ ପୁଣି ତୁ କହୁଚୁ ଅଡୁଆ ଲାଗୁଚି ? ହେଃ, ହେଃ, ଏଥିରେ ଆଉ ଅଡୁଆ କଥା କଣ ରହିଲା ରେ ? ତିନି ଜଣ ଭଲ ଲୋକ ଡାକି ନେଇ ତ ଯାହା ଯୋଉଠି କଛକୁ କଛ ସବୁ ସମାନ କରି ବାଣ୍ଟି ନବୁ, ଭିଡ଼ ଲାଗୁଛି କଣ ?"

"ହଁ କକେଇ, ଠିକ କଥା କହୁଚ- ଆଉ ଭଲ ଲୋକ ଫଲଲୋକ ମୁଁ ଜାଣେ ନାଇଁ- ତମେ ଏକା ଗଲେ ମୋର ସବୁ ହେଲା। ତେବେ ଏତିକି ଯେ କକେଇ, ମୁଁ ତ ଆଜିଯାଏ ଭିନ୍ନେ ହବା କଥା ଭାଇକୁ କିଛି କହି ନାହିଁ- କେମିତି କଣ କହିବି।"

"ଧେତ୍ ବୋକା, ତତେ ଏତେ କଥା ଶିଖେଇବ କିଏ ? ଭାଇକି ତ କହିବୁ ନାଇଁ, ତୁ ମାରିବୁ; ତୁ ଆଉ ଭିନ୍ନେ ହବୁ କଣ ? ଯା, ଯା, ଘରେ ଯେମିତି ରହିଚୁ, ସେମିତି ରହ।" ହରି ମିଶ୍ରେ ବିରକ୍ତ ହୋଇଗଲେ।

"ଛଠତି, କହିଲା, ସେ ମାଇପିଟା ପରା କକେଇ, ରଖି ଥୋଇ ଦେଉନାଇଁ- ନାଇଁ କକେଇ, କାଲି ସକାଳେ ତମକୁ ଡାକି ନ ନେଲେ ହବ ନାଇଁ। ତମେ ଯାଇ ନ ବସିଲେ କିଛି ହେଇ ପାରିବ ନାଇଁ।"

"ଆରେ ଧେତ୍, ମୁଁ ଯାଇ ବସିଗଲେ କଣ କରି ପକେଇବି ? ତୁ ତ ଭାଇକି ପାଟି ଫିଟେଇବୁ ନାହିଁ। ମୁଁ କ'ଣ ଭଲାଲୋକ ହେଇ ଯିବି ତମ ଦି'ଭାଇଙ୍କୁ ଭିନ୍ନେ କରେଇବାକୁ ? ଏ ଗୁଡ଼ାକ ମାମଲତ କଥା କହୁଚୁ ତୁ ?"

"ନାଇଁ କକେଇ, ମୁଁ କଣ ଏଡ଼େ ଓଲୁ ହେଇଚି। ଆଜି ଘରେ ସବୁ କଥା ପଡ଼ିବ ନାଇଁ ?"

ଛକଡ଼ି ମିଶ୍ରଙ୍କ ଆଗରେ କହି ଆସିଲା- ଘରେ କିନ୍ତୁ କିଛି କଥା ପଡ଼ିଲା ନାଇଁ। ସେ ଦିନ ଉପର୍ ଓଳି ଛକଡ଼ି ଦେଖିଲା, ବରଜୁ ଦାଣ୍ଡ ପିଣ୍ଡାରେ ବସି ଲେଖନ ତାଳପତ୍ର ଧରି ଦଶମସ୍କନ୍ଧ ଭାଗବତ ନକଲି କରୁଛି। ବୁଢ଼ା ଶାମ ପଧାନ ଚତୁର୍ଥସ୍କନ୍ଧ ଯାଏ ଲେଖିଥିଲା; ତା' ପରେ ବରଜୁକୁ କହିଥିଲା ବାକିତକ ଲେଖିବାକୁ- ବାପ ଦେଉଳ ତୋଳିଥିଲା ପୁଅ ମୁକୁଶିଆଳି ବାନ୍ଧୁଛି। ବରଜୁଚର୍‌ର ଚର୍‌ର କରି ଲେଖିଯାଉଛି ଏକ ମନରେ। ଛକଡ଼ି ସେଇଠି ଯାଇ ଲଙ୍ଗର ପଙ୍ଗର ହେଲା। ବରଜୁ ତା' ଆଡ଼କୁ ମୁହଁ ଟେକି ଚାହିଁଲା ନାଇଁ- କାହାରି ଆଡ଼କୁ ତାର ନଜର ନାହିଁ।

ଛକଡ଼ି କେମିତି କହିବ ଭିନ୍ନେ ହେବା କଥା ? ଥରେ ଦି'ଥର ଘର ଭିତରକୁ ପଶିଗଲା। ନେତ୍ରମଣିକୁ ଡାକି କହିଲା, "ହଇଲୋ, ଭାଇ ଆଜି ଏକୁଟିଆ ବସିଚି- ଭଲ ବେଳ ପଡିଛି- ଭିନେ ହବା କଥା କହିବି ?"

"ହଁ କହୁ ନ, କେତେ ସବୁ କଥାରେ ପଚାରି ହଉଚ ମ ?" ନେତ୍ରମଣି ମୁହଁ ଛିଞ୍ଚାଡି ଦେଲା।

ଛକଡ଼ି ପୁଣି ଦାଣ୍ଡ ଦୁଆରକୁ ଦଉଡ଼ି ଆସିଲା। ବରଜୁ ସେଇପରି ଲେଖି ଯାଉଚି। ଛକଡ଼ି ଏଥିଭିତରେ ଯା' ଆସ କରୁଥିବା କଥା ତାକୁ ଜଣାନାହିଁ। ଛକଡ଼ି ପୁଣି ଟିକିଏ ଏପାଖ ସେପାଖ ହୋଇ ଘର ଭିତରକୁ ଗଲା- "ହଇଲୋ, କଣ କହିବି କହିଲୁ ?"

"ଯା ଭାରି- ସେ ମାଇଚିଆ କଥାଗୁଡ଼ାକ ମୋ ଆଗରେ କହ ନା।" ନେତ୍ରମଣି ଏଡ଼େ ଏଡ଼େ ଆଖି ଦେଖେଇଲା।

"ଛକଡ଼ି ପୁଣି ଦାଣ୍ଡ ଦୁଆରକୁ ପଳେଇଲା- ଛି; ଛି , ଏଡିକି ଅପମାନ ମାଇପିଟାଠାରୁ। ଏଥର ଯାହା ହବାର ହବ, କହିବି।

ଦାଣ୍ଡଦୁଆରେ ପହଞ୍ଚି ଛକଡ଼ି ଡାକିଲା, 'ଭାଇ।'

ବରଜୁ ଏଥର ଲେଖା ବନ୍ଦ କରି ଚାହିଁ ଦେଖିଲା- ଛକଡ଼ି ଠିଆ ହୋଇଚି, "କିରେ, ମତେ ଡାକୁଚୁ ?"

ଛକଡ଼ି ବିଚାରାର ପାଟି ଖନି ମାରିଗଲା, 'ନାଇଁ, ମୁଁ ଯାଇଥିଲି ସିଆଡ଼େ ନା।' କହି ଏକାବେଳକେ ସେଠୁ ପଳେଇ ଯାଇ ସେ ବଞ୍ଚିଲା।

ବରଜୁ ପୁଣି ଲେଖାରେ ମନ ଦେଲା।

ଛକଡ଼ି ମୁଗ ଘେନି ଆସିଛି, ଗୁଡ଼ ଘେନିଆସିଛି ଜବରଦସ୍ତି - କାହିଁରେ ତ ଭାଇ ସାଥିରେ କଥା କହିବାକୁ ପଡ଼ିନାହିଁ। ଏହିକ୍ଷଣି କେମିତି ସେ ଭିନେ ହବା କଥା କହିବ ? ଖାଲି ସମସ୍ତେ ସିନା କହି ପକାଉଛନ୍ତି- ମାଇଚିଆ, ମାଇଚିଆ- କରିବ କିଏ ସେ ଆସୁ ଦେଖି।

ତା' ଆର ଦିନ ପାହାନ୍ତାରୁ ଉଠି ବରଜୁ ଗଲା ପାଣି ବୋହି। କାର୍ତ୍ତିକ ମାସ ଶେଷ- ପାଣି ଶୁଖିଗଲା, ବର୍ଷା ନାହିଁ। ବନ୍ଧା ଆଉ କରିବ କ'ଣ ! କଥାରେ ତ ଅଛି- "ଅନ୍ତରୁ ରୋଗ, ଆକାଶରୁ ମହରଗ।"

ବରଜୁ ପଧାନ ଶେଣା କୋଡ଼ି ନେଇ ସନିଆ ଭୋଇ ସଙ୍ଗରେ ପାଣି ବୋହି ଲାଗିଛି- ପାଖରେ ଦୂରେରେ ଆଉ ଆଉ ବୁହାଳିଆମାନଙ୍କ ଗୀତ, କଥାବାର୍ତ୍ତା, ପାଣିବୁହା ଶବଦ ଶୁଭୁଛି। ପାଣି ଭିତରେ କୁଆଁତରା ଜକଜକ ହୋଇ ଜଳୁଚି। ଧୀରେ ଧୀରେ ଆଖ ପାଖ ଗାଁ ଗଛ ଗୁଡ଼ିକ ଆଗ ଅନ୍ଧାରିଆ ହୋଇ ତା'ପରେ ସଫା ଦେଖାଯାଉଛି। ଭୋର ବେଳ ଫସର ଫାଟିଗଲାଣି। ବାସି ଧୋବାଲୁଗା ପରି ଧଳା ଧଳା ବଗ ମେଲା ପଡ଼ିଆରେ ବସି ପୋକ ଖାଉଛନ୍ତି। କୁଆ, ବଣି, ଚିଲ, ଗେଣ୍ଡାଳିଆ, ବିଲ ଆକାଶ ପାଟିକରି କମ୍ପାଉଛନ୍ତି। ପୂର୍ବ ଆକାଶରେ ମନ୍ଦା ମନ୍ଦା ନାଲି ରଙ୍ଗ ଉକୁଟି ଉଠୁଛି। ଦୂର ଗାଁ ତଳେ ଚାଦରଟିଏ ବେଢେଇ ଦେଲାପରି କୁହୁଡ଼ି ଘେରି ରହିଛି।

ବରଜୁ ପଧାନ ପାଣି ବୋହି ସାରି ଗୋଛାଏ ଘାସ ମୁଣ୍ଡ ଉପରେ ଥୋଇ ଘରକୁ ଫେରୁଚି। ଛୋଟିଆ କରିଆ ଖଣ୍ଡକ ଧାନ ପତରର କାକର ଟୋପା ଲାଗି ଓଦା ହୋଇଗଲାଣି। ବରଜୁ ପଧାନ ଘର ଦୁଆରମୁହଁରେ ପହଞ୍ଚି ଦେଖିଲା, ଦାଣ୍ଡ ପିଣ୍ଡାରେ ହରି ମିଶ୍ରେ ଛକଡ଼ି କଣ କଣ ଗପ ଲଗେଇଛନ୍ତି।

ବରଜୁକୁ ଦେଖି ମିଶ୍ରେ କହିଲେ, "କିରେ ପୁଅ, ତତେ ଆଉ ରାତିରେ ନିଦ ନାଇଁ ପରା ! ହଁ, ସଁହାତି ମଣିଷ ! ନିଜେ ନ କଲେ କେମିତି ହେବ ?"

ବରଜୁ ଗୁହାଳ ଦୁଆର ମୁହଁରେ ଘାସ ଗୋଛାଟା ପକେଇ ଦେଇ ଆସି କହିଲା, "ସକାଳୁ ଯାଡ଼େ କୁଆଡ଼େ କକେଇ ?"

ମିଶ୍ରେ କହିଲେ, "ଆରେ, ଏ ଛକଡ଼ି ମତେ ଆଉ ବସେଇ ଉଠେଇ ଦଉନି-

ଭିନ୍ନେ ହବ, ଭାଗ ବଣ୍ଟରା ହବ, ମୁଁ ନଗଲେ ତାକୁ ଆଉ କିଛି ଆସିବ ନାଇଁ। ମୋର କାମ ଅଛି ନା- ଏଇ ବେପାର ରୋଜ ରୋଜ ବସି କରୁଚି କିଏ ?"

ବରଜୁ ବକ ବକ କରି ଚାହିଁ କହିଲା, "କିଏ ଭିନେ ହବ କକେଇ ? ଭିନେ ଭାନେ କଣ, ମୁଁ ତ କିଛି ବୁଝିପାରୁ ନାଇଁ ?"

ମିଶ୍ରେ ଆଶ୍ଚର୍ଯ୍ୟ ହୋଇ ଚାହିଁଲେ, "ଏଁ- ତୁ କିଛି ଜାଣି ନାହୁଁ ? ସେ ଟୋକାଟା ମତେ ମିଛରେ କହିଲା। ଆଉ ହବନି ହବନି, ମୋ ସାଙ୍ଗରେ ତିନିମାସ ହେଲା ଲଗେଇଚି- କକେଇ, ତମେ ଆସ ଆମର ଭାଗ ବଣ୍ଟରା ହବ, ତମେ ଟିକିଏ ବସି ଗୁଳା ପକେଇ ଦବ। ମୁଁ କହିଲି, କିରେ ତୁ ପିଲା ଟୋକାଟା, ଭିନେ କ'ଣ ହେବୁରେ ? କୋଉ କଥା ଶୁଣିଲା ନାଇଁ; କହିଲା, ନାଇଁ କକେଇ, ମାଢ଼େ ମାଢ଼େ ଖରଚ- ଯୋଡ଼ିଏ ଯୋଡ଼ି ଝିଅ ଭାଇ ବାହା କଲେଣି- ସମ୍ପତ୍ତି କେଯାଏ ଯେ, ଏତେଗୁଡ଼ିଏ ଅରଦଳି ମୁଁ ସହି ପାରିବି, ମୋ ଅଧିକ ମୋତେ ଦେଇ ଦିଅନ୍ତୁ, ଝିଅ ବାହାଘର ଖରଚ ତାଲିକା ବୁଝେଇ ଦିଅନ୍ତୁ - ତାଙ୍କର ସେ ମୋର ମୁଁ। ମୁଁ ଏତେ କାଦୁଅରେ ପଶିବି କାହିଁକି, ଗୋଡ଼ ଧୋଇବି କାହିଁକି ? ରଖି ଥୋଇ ଦଉନି ମାସେ ହେଲା। କ'ଣ କରିବିରେ ବାପା - ସକାଳୁ ସକାଳୁ ଆସିଲି ବାହାରି-ଇଲେ ଫେରିଲା ବେଳକୁ ତିନି ଜଣ ମଣିଷ ଦାଣ୍ଡ ଦୁଆରେ ବସିଥିବେ- ବାହାର ତିନି ଗାଁରେ ମକଦ୍ଦମା ତଦନ୍ତ କରିବି, କାହା ଘର ତକରାଲ ବୁଝିବି - ଏଇ ବେପାରେ ଦଉଡ଼ି ଦଉଡ଼ି ମୋର ନିଜ ବେବସା ଆଉ କିଛି ହେଲାନି। ଜମିଗୁଡ଼ାକ ମରି ଯାଉଚି, କୋଉଠିକି ପାଣି ବୁହା ହବ, କି ନାଇଁ - କିଏ ବୁଝୁଛି କିଏ ଦେଖୁଚି।" ଦୀପ ତେଜିଲେ ହାତ ଚିକ୍କଣ - ମିଶ୍ରେ ଯେ ଖାଲି ମକଦ୍ଦମା ସରଜମିନ କରି ନିଜ ବେଉସା ମାଟି କରୁଛନ୍ତି ଏକଥା ମୁହଁରେ କହିଲେ ସିନା- ମକଦ୍ଦମା ବୁଝନ୍ତୁ, କଜିଆ ମେଣ୍ଟାନ୍ତୁ, ଭଲ ଲୋକ ହୁଅନ୍ତୁ, କେଉଁଠି ଆଉ ମିଶ୍ରଙ୍କର ହାତ ଚିକ୍କଣ ନ ହୁଏ।

ବରଜୁ ହସି ହସି କହିଲା, "ଏଇ କିବା କଥା ପାଇଁ ଆପଣଙ୍କୁ ନିକମା କରି ଆଣି ବସେଇଚି - ଭିନେ ହବା ବଣ୍ଟରା କରିବା - ଏ କଥାଟା କ'ଣ ଏଢ଼େ ଭିଡ଼ କାମୁଟାଏ ? ଯା'ନ୍ତୁ ଆପଣ - ସେଇଟା ଚଗଲା ଟୋକାଟାଏ, ତା'ରି କଥାରେ-"

"ଆଉ କହନି ସେ କଥାରେ ପୁଅ - ଯେତେ ବୁଝେଇଲେ କ'ଣ ମାନିଲା ? କହିଲା, ବାପ ବଦଳି ବାପ ତୁମେ, ତୁମେ ନ ଗଲେ ମୁଁ କୁଆଡ଼େ କିଛି କରିପାରିବି ନାଇଁ।"

ବରଜୁ କହିଲା, "ହଁ, ସେ କଥା କିଏ ମନା କଲା-ତା ବୋଲି ଏଇ କଥାକୁ ଆପଣଙ୍କର ଏତେ କାମ ମାରା କରି ଟାଣି ଆଣିଚି ?"

ମିଶ୍ରେ ଉଠିପଡ଼ି ଗାମୁଛାରେ ଗୋଡ଼ ଦି'ଟା ପିଟି ହୋଇ କହିଲେ, "ହଁ ଡାକି ଆଣିଲା, କ'ଣ ଏମିତି ଦୋଷ କରି ପକେଇଲା ? ସେଥିପାଇଁ ନୁହେଁ ଯେ - କିରେ ଛକଡ଼ି-କୁଆଡ଼େ ଗଲା ସେ ? ଦେଖିଲ- କଥା ପଡ଼ିଚି ସେ କୁଆଡ଼େ ପଳେଇଲାଣି ?" ଭାଇକୁ ଆସିବାର ଦେଖି ଛକଡ଼ି କେତେ ଆଗରୁ ଖସି ଚାଲିଯାଇଛି । ଛକଡ଼ିର ମନଟା ଚୋରପଟିଆ ଧରିଛି । ମିଶ୍ରେ ମନେ ମନେ ଛକଡ଼ିର ଅଚାଣରରେ ବଡ଼ ରାଗ ହୋଇ ଘରକୁ ଫେରିଲେ । କେଡ଼େ ଖରାପ ଟୋକାଟାଏ-ମାହାଳିଆଟାରେ ଚିହ୍ନା ପକେଇ ଦେଲା !

ବରଜୁ ଆଜି ଭଲକରି ବୁଝିଲା - ଛକଡ଼ି ଲାଗିଲାଣି, ଏଥର ଭିନେ ହବ - "ଆଚ୍ଛା ଦେଖି ତ ଭଲା - କେମିତି ତୁ ଏ ଘରକୁ ଭାଙ୍ଗିବୁ, ଦି'ଫାଳ କରିବୁ-ବରଜୁ ପଧାନ ଥିବା ଯାଏ କେତେବେଳେ ହେଲେ ଏ କଥା ହବ ନାଇ।" ଛକଡ଼ିକୁ ଡାକି ବରଜୁ ମୁରୁକି ମୁରୁକି ହସା ଦେଇ କହିଲା, "କିରେ ଛକଡ଼ି, ଭିନ୍ନେ ହବା ପାଇଁ ବାହାରରୁ ଏତେ ଭଲ ଲୋକ ଡାକୁଛୁ କାହିଁକି ? ସମ୍ପତ୍ତି ତ ଆମର, ଆମ ଭିତରେ ବଣ୍ଟା ହବ; ଭଲ ଲୋକ ଆସି କ'ଣ ତାକୁ ଆଉ ଅଧିକା କରି ଦେବେ ? - ତୁ ଭଲା ଆଗ କହିଲୁ, ତୋର ଭିନେ ହବାକୁ କାଇଁକି ଏତେ ଇଚ୍ଛା ?"

ମାସ ମାସ ଧରି ନେତ୍ରମଣି ଛକଡ଼ିକୁ ତାଲିମ କରିଛି, ଘୋଷେଇଛି-ହରି ମିଶ୍ରେ କେତେ ଲାଗି ପଡ଼ି ଶିଖେଇଛନ୍ତି । ସେ କ'ଣ ଏଡ଼ିକି ଅକାମୀ ! ଛକଡ଼ି ଖୁବ୍ ସାହସ ବାନ୍ଧିଲା, ମୁହଁ ଟାଣ କରି କହିଲା, "ଭିନେ ହେବି ନି-ଘର ଗୋଟାକର ଯାହା ଯୋଉଠି ଆୟ ଆମଦାନି ସବୁ ତ ତମର ଖର୍ଚ୍ଚରେ ପଶିଲା- ଦି'ଦିଟା ବାହାଘର, ଏତେ ମଣିଷଙ୍କର ଖର୍ଚ୍ଚ - ମୁଁ ତ ଏତେ ଅଲେଇ ବଲେଇ ସମ୍ଭାଳି ପାରିବି ନାଇଁ ?"

ବରଜୁ ଅବାକ୍ ହେଲା - ଛକଡ଼ି ମୁହଁରୁ ଆଜି ଏ କଥା ବାହାରୁଛି; ଯେଉଁ ଛକଡ଼ି ଆଜିଯାଏ ମୁଣ୍ଡ ଟେକି ଭାଇ ଆଗରେ କଥା ପଦେ କହିନାହିଁ ! ନା, ନା, ଏ ଛକଡ଼ି ନୁହେଁ- ଛକଡ଼ି ରୂପରେ ଆଉ ଜଣେ କିଏ ଛିଡ଼ା ହୋଇ କଥା କହୁଛି !

ବରଜୁ କହିଲା, "ହଉ ଭଲକଥା, ତେବେ ଭିନେ ହବାକୁ ତୋର ଇଚ୍ଛା । ମୋର ଇଚ୍ଛା କ'ଣ ଜାଣୁ ? ମୋର ଇଚ୍ଛା ଭିନେ ହେବି ନାଇଁ; ଏ ଘର, ବାଡ଼ି ଜମି, ଗୋରୁ ଗାଈ କିଛି ବଣ୍ଟରା ହବ ନାଇଁ ! ଆଚ୍ଛା, କେମିତି ତେବେ ତୋ କଥା ହବ ମୋ କଥା ହବ, କହିଲୁ ଦେଖି।" ବରଜୁ ଛକଡ଼ିକି ଚାହିଁ ହସିଲା।

ଛକଡ଼ି ବୁଝି ପାରିଲା ନାହିଁ; ମୁହଁ ଶୁଖାଇ କହିଲା, "ମୁଁ ଏତେ ସେତେ ଅଡୁଆ କଥା ବୁଝିପାରେ ନାହିଁ। ସବୁ ତ ଅଧାଅଧି କରିଦେଲେ କଳି ଛିଡ଼ିଯିବ; ଏତେ ଜିଗର ଲାଗିଛି କାଇଁକି।"

ବରଜୁ କହିଲା, "କିଛି ପରା ଅଧାଅଧି ହବ ନାଇଁ ବୋଲି ମୁଁ କହୁଛି - ସେମିତି ପୂରାପୂରି ରହିବ।"

ଛକଡ଼ି ବିରକ୍ତ ହୋଇ କହିଲା, "ମୁଁ ପରା କହୁଚି, ମୁଁ ଏକାଠେଇ ରହିପାରିବି ନାଇଁ।"

ମୁଁ କ'ଣ ସେ କଥାକୁ ନାଇଁ କରୁଚି କି - ଭିନେକୁ ଭିନେ ହବା ସମ୍ପତ୍ତି ପୂରାପୂରି ରହିବ - ତା' ହେଲେ ତ ତୋ କଥା ମୋ କଥା ଦିହିଙ୍କ କଥା ରହିବ!"

"ମତେ ଏତେ ବଙ୍କେଇକରି କହିଲେ ମୁଁ ତ ବୁଝିବି ନାଇଁ! ହାରା ସୁନାଙ୍କ ବାହାଘର ଖର୍ଚ୍ଚ, ସବୁ ଖର୍ଚ୍ଚ, ହିସାବ ହେଇ ଅଧାଅଧି ହବ।"

ହାରା ସୁନାଙ୍କ ବାହାଘର ଖର୍ଚ୍ଚ କଥା କହି ପକାଇ ଛକଡ଼ିର ତୋଟିରେ ଲାଗିଲା - ସେ କାଶିଲା।

ବରଜୁ ହସି ହସି କହିଲା, "ନାଇଁରେ ବୋକା - ସେଇ ଖର୍ଚ୍ଚ ସବୁ କିଏ ଆଉ ବୁଝୁଥାଏ। ହାରା ସୁନା ବାହା ହେଲେ, ତାଙ୍କରି ବାହାଘର ଖର୍ଚ୍ଚ ଆମେ ଆଜି ଭାଗ ବଣ୍ଟରାରେ ହିସାବ କରିବା - ଏମିତି ବୁଦ୍ଧି ଆମର। କାଇଁକି, ମୁଁ ପରା କହୁଛି - ସମ୍ପତ୍ତି ଅଲଗା ହବ ନାଇଁ, ପାଚିରୀ ଉଠିବ ନାଇଁ, ହିଡ଼ ପଡ଼ିବ ନାଇଁ - ଆମେ ଖାଲି ଭିନେ ହବା - ଏ ଘର ତୋର, ଏ ବାରି ବଗିଚା, ଜମିଫସଲ, ଗୋରୁଗାଈ, ଗଛବୃକ୍ଷ ସବୁ ତୋର - ମୋର କ'ଣ ହବ କହିଲୁ? ଆଉ ତ ଗୋଟାଏ ଝିଅ ମୋତି - ଯୋଉଠି ଠାଏ ବାହା କରିଦେଲେ ଛୁଟି - ଦାମ ତ ଅଣ୍ଟିରି ପୁଅଟା - ଯେଉଁଠି ହେଲେ ମୂଲ ଲାଗି ପେଟ ପୋଷିବ - ଆଉ ଆମେ ଦି'ଟା ମଣିଷ କ'ଣ ଚଳିଯାଇ ପାରିବୁ ନାଇଁ।" ବରଜୁ ଛକଡ଼ିର ମୁହଁକୁ ଚାହିଁ ହସିଲା।

ଛକଡ଼ିକୁ କଥା ପଇଟିଲା ନାହିଁ, ବଲ ବଲ କରି ସେ ଭାଇ ମୁହଁକୁ ଚାହିଁ ଛେପ ଢୋକିଲା - କେଉଁ କାଳରୁ ଯେମିତି କି ସେ ବରଜୁକୁ ଚିହ୍ନି ନାଇଁ।

ଛକଡ଼ି ମୁହଁରୁ ବାହାରି ପଡ଼ିଲା, "ଏଁ-କ'ଣ କହିଲ।" ବରଜୁ କହିଲା, "ବୁଝିପାରିଲୁ ନାଇଁ। ସମ୍ପତ୍ତି ବଣ୍ଟାହବ ନାଇଁ- ଆମେ ଭିନେ ହବା, ତୋର ସବୁ ହେଲା। ଘର ଦୁଆର, ବିଲ ବାରି, ଗୋରୁଗାଈ, ଯେତେ କିଛି। ମୁଁ କାଲି ପିଲାଙ୍କୁ ନେଇ ଘରଛାଡ଼ି ଯାଉଚି - ବୁଝିଲୁ ନା?" ବରଜୁ ହସିଲା।

ଛକଡ଼ି ହସିଲା ନାହିଁ କି କାନ୍ଦିଲା ନାହିଁ - ବଲ ବଲ କରି ଚାହିଁ ରହିଲା। ବରଜୁକୁ ଚାହିଁଥିଲା କି କୁଆଡ଼କୁ ଚାହିଁଥିଲା, ସେ ନିଜେ ମଧ୍ୟ ଜାଣେ ନାହିଁ। ଖାଲି ଗୋଟିଏ 'ନା' କରି ଦେଇ ସେ ତୁନି ହେଲା।

ବରଜୁ କହିଲା, "ବୁଝିଲୁ ନାଇଁ - ମୁଁ କାଲି ମୋତି, ଦାମ ଆଉ ତାଙ୍କ ମା'କୁ ନେଇ ଘରୁ ଚାଲିଯାଉଛି, ସବୁ ସମ୍ପତ୍ତି ତୋର।"

ଛକଡ଼ି ଆଉ କିଛି କହିଲା ନାହିଁ - ପୁଣି ଥରେ କହିଲା 'ନା'।

ଏ 'ନା'ଟା ତା'ର ମୁହଁ ଉପରୁ ନୁହେଁ - ଏକାବେଳେ ପେଟ ଭିତରୁ। ଏ 'ନା'ରେ ନେତ୍ରମଣିର ଜବରଦସ୍ତି ମିଶି ନ ଥିଲା କି ହରି ମିଶ୍ରଙ୍କ ଚାତୁରୀ ମିଶି ନ ଥିଲା - ସଫା ସଳଖ 'ନା'ଟାଏ।

ଘଭିତରରେ ପଶି ବରଜୁ ହାରାବୋଉକୁ ମୁରୁକି ହସି କହିଲା, "କ'ଣ ସେଦିନ ତୁ ଭାରି ପ୍ରତିଜ୍ଞା ଦେଖେଇ କହୁଥିଲ, ଆଜି ସତକୁ ସତ ସେଇ ଡାକି ଆସିଲା। ଘରୁ ବାହାରି ଯିବାକୁ ହବ - ସମ୍ପତ୍ତି ବାରି ଘରଦୁଆର ଛକଡ଼ିକୁ ସବୁ ଦେଇ - କେମିତ ପାରିବ ତ ?"

ହାରାବୋଉ ଆଗ ଆଗ ବିଶ୍ୱାସ କଲା ନାହିଁ, କହିଲା ହଁ ମିଛ କଥା।

ବରଜୁ କହିଲା, "ମୁଁ କ'ଣ ତମରି ଆଗରେ ମିଛ କହନ୍ତି ? ବରଜୁ କଉଠି ମିଛ କହେ, ହାରାବୋଉ ଆଗରେ କହିବ।

ତେବେ ହାରାବୋଉକୁ ଯେମିତି ଅପସନ୍ଦ ଲାଗିଲା, ସେମିତି କଉତୁକିଆ ଲାଗିଲା- "କେମିତ ଘର ଦୁଆର ଛାଡ଼ି ପଳେଇ ଯିବ ମ - କେଉଁଠି ରହିବ ଭଲା ?"

ବରଜୁ ହସି ହସି କହିଲା, "କେଉଁଠି ରହିବ ? ସେ କଥା କ'ଣ କିଏ ଆଗରୁ ଠିକ୍ କରିଥାଏ ?"

"ଆଉ, କିଛି ଠିକ୍ ଠିକଣା ନାଇଁ, ଘରୁ ପଳେଇବ, ଭୂତ ଲାଗିଲା ପରି - ଏ କୁଆଡ଼ କଥା ମ ?"

ବରଜୁ ହସି ହସି କହିଲା, "ଘରୁ ପଳେଇବି ହାରାବୋଉ- କାଲି ସକାଳେ। ତମେ ଯେବେ ଯିବ, ତେବେ ଆଜି ଠଉଁ ସଜିଲ ହୋଇ ଥାଅ - ବୁଝିଲ ?"

ହାରାବୋଉର ଆଉ ଚାରା କ'ଣ ? "ହଉ ତେବେ କ'ଣ କ'ଣ ସାଙ୍ଗରେ ନେବା କହିଥାଅ, ବାନ୍ଧିବୁନ୍ଧି ରଖିଥାଏ।"

"ବିଲେଇ ପିଲାଟାଏ ନୁହେଁ କି କାଣି କଉଡ଼ିଟାଏ ନୁହେଁ - ଖାଲି ଚଳିବା ମୁତାବକ ପୁରୁଣା ଲୁଗା କେତେ ଖଣ୍ଡ ବାନ୍ଧ !"

"ଆଉ କଂସା ବାସନ ?"

"କିଛି ନୁହେଁ। ଆଉ ଗୋଟିଏ କଥା - ଏ ଘର କଥା ନେଇ ଦାଣ୍ଡରେ ହାଟରେ ଡେଙ୍ଗୁରା ପିଟିବ ନାଇଁ।" ହାରାବୋଉ କହିଲା, "ହଁ, ମୋର ତ ଗରଜି ପଡ଼ିଚି !"

ଛକଡ଼ି ସବୁକଥା ଯାଇ ନେତ୍ରମଣି ଆଗରେ କହିଲା। ନେତ୍ରମଣି କହିଲା, "ମା ଲୋ! ଏଇ କଥାକୁ - ନା' ପେଲି ଦେଲି କଲିକତାକୁ।" ଏଇଥିରେ ସବୁ ଡରିବେ! କି ଡରାଣ ଦେଖଉଛି ? କେତେ ଏମିତି ଘର ଦୁଆର ଛାଡ଼ି ପଳେଇଲେଣି, ବାକୀ ଏଇ ପଳେଇଯିବ। ବଉଁଶଟା ଯାକ ତ ଯାହା ଯଉଠି ସବୁ ଖାଇ ମରୁଛ - ଡରାଣ ଦେଖଉଚ କାହାକୁ ? ଯା ଭାରି। ତୁ ଗଲେ ଭାରି, ତୋ ପଛରେ ସବୁ ଗୋଡ଼େଇ ଯିବେ କି ? କି ଲୋ, ଭାରି ଡରାଣ ଦେଖଉଚି।"

ନେତ୍ରମଣି ଛକଡ଼ି ଉପରେ ବିରକ୍ତ ହୋଇ କହିଲା, "ତୁ ମାଇମୁହାଁ ସେଠୁ ଚୋରଙ୍କ ପରି ପଳେଇ ଆସିଲୁ କାଇଁକି ? କହିଲୁ ନି, କେମିତି ଯିବୁ ଯା ଭାରି। ଏଇ କଥାରେ ସବୁ ଡରିଚନ୍ତି କି! ମାମଲତକାର ହୋଇ କଥା କହିବ କ'ଣ, ଚୋରଙ୍କ ପରି ସେଠୁଁ ପଳାଇ ଆସିଲା - ତୁଇ ମାଇମୁହାଁ ସବୁ କରିବାକୁ।"

"ସେମିତି କାଇଁକି କଉଚୁ ବା - ରହ। ସକାଳେ ପରା କୁଆଡ଼େ ଯିବେ! କେମିତି ଯିବେ ଯାନ୍ତୁ - ଆମର ତ ତୁନିହୋଇ ରହିଲେ ଗଲା।"

ନେତ୍ରମଣି କହିଲା, "ହଁ ସେଇ କଥା!" ଆର ଘରେ ବରଜୁ କାନରେ ସାନବୋହୂର କଥା ଶୁଣାଗଲା, "କହିଲୁ ନି କେମିତି ଯିବୁ ଯା ଭାରି!"

ପରିଚ୍ଛେଦ ବାର

ଆରଦିନ ସକାଳ ହେଲା ସବୁ ଦିନ ପରି । ମରଜୁ ବଡ଼ି ଅନ୍ଧାରରୁ ଉଠି ଛକଡ଼ିକୁ ଉଠାଇ ଘର ବାରି, ବିଲ ବଗିଚା, ଗୋରୁ ଗାଈ - କେଉଁଠି କୋଳଥମଞ୍ଜି, କେଉଁଠି ଧାନ ବିହନ ସବୁ ବୁଝେଇ ଦେଲା । କେଉ ସମ୍ପତ୍ତି ଯେ - ଘଣ୍ଟାକରୁ ବେଶି ଲାଗିଲା ନାହିଁ ।

ବରଜୁ କହିଲା, "କ'ଣ, ଏବେ ତ ସବୁ ବୁଝିନେଲୁ - ଏଥର ଭିନେ ହେବା କଥା - ନା କ'ଣ ?"

ଛକଡ଼ି କହିଲା, "ହଁ - କାଇଁକି ଅଧେ ଅଧେ ବାଣ୍ଟିନେଲେ-" "ନାଇଁରେ ଛକଡ଼ି, ମୋର କ'ଣ ସେଥିରେ କଳପଣା ଅଛି ବୋଲି ଭାବୁଚୁ ? - ବାପା ପରା ମନା କରି ଯାଇଛନ୍ତି, ଏ ସମ୍ପତ୍ତି ବଣ୍ଟରା ହେବ ନାଇଁ !"

"ହେଉ, ଯାହା କରିବ କର, ଏଥିରେ ଆଉ କିଏ କ'ଣ କହିବ ?" ଛକଡ଼ିକି ବିରକ୍ତି ବୋଧ ହେଲା ।

ବରଜୁ ଘର ଭିତରକୁ ଯାଇ ଦେଖିଲା, ହାରାବୋଉ ଘଡ଼ି, ଠେକି, ଲୁଗାପଟା, କେତେ କ'ଣ ଗଣ୍ଠିଲିଟିଏ କରି ବାନ୍ଧି ଲାଗିଚି । ବରଜୁ ପଚାରିଲା, "ଏ କ'ଣ କାରଖାନା ଚାଲିଚି ?"

"ସାଙ୍ଗରେ ନେଇକରି ଯିବା ପାଇଁ ?"

"ଏତେ ଜିନିଷ ବାନ୍ଧିବାକୁ ତମକୁ କିଏ କହିଲା ? - କଂସା ବାସନ କିଛି ନେବାକୁ ତ ମନା କରିଥିଲି - ଘଡ଼ି କୁଞ୍ଚାଗୁରାଏ ବାନ୍ଧୁଚ କାହିଁକି ଭଲା ?"

ହାରାବୋଉ ମୁହଁ ଭାରି କରି କହିଲା, "ଆଉ ମୁଁ - ତାକୁ କିଣି କରି ଥୋଇଥିଲି !"

"କାଢ଼, କାଢ଼ - କିଣିକରି ଥୋଇଥିଲ । ସବୁ କାଢ଼ି ପକାଅ, ଲୁଗାପଟା ଯାହା ବାନ୍ଧୁଚ, ସାନୁବୋହୂକୁ ଦେଖେଇ କରି ବାନ୍ଧ ।"

ହାରାବୋଉ ବରଜୁ ମୁହଁକୁ ଚାହିଁଲା। ବରଜୁ ହସିଲା- ହରାବୋଉ ହସିଲା। ଦିହେଁ ଦିହିଁକି ବୁଝିଲେ - କଥା ନାହିଁ, ଭାଷା ନାହିଁ।

ହାରାବୋଉ କିଛି କାହାକୁ କହି ନାହିଁ - ବରଜୁ ଘର ଛାଡ଼ି ଚାଲିଯିବା କଥା ଦଣ୍ଡକ ଭିତରେ କୁଆଡୁ ଫୁଟି ଗାଁଟାଯାକ ଖେଦି ଗଲାଣି। ଶରଦୀବୋଉ, ନାଣ୍ଡୀ ପଣ୍ଡିଆଣୀ, ନେତରା ମା', ଶୋଭା ନାନୀ, କେତେ ମାଇପେ ଆସି ପଧାନ ଘରେ ରୁଣ୍ଡ ହେଲେଣି। କାହା ହାତରେ ଦାନ୍ତକାଠି ଖଣ୍ଡେ, କିଏ ଧରିଛି ହଳଦୀ ମେଞ୍ଚାଏ, ତେଲୁ କାଞ୍ଚୁଲୀଟିଏ, କିଏ ଧରିଚି କଦଳୀପତର ଗୁଡ଼େଇ ଖଣ୍ଡେ ଦରପୋଡ଼ା ଧୂଆଁପତର ପିକା। "ଛିଆ, କୁଆଡ଼ିକା କଥା ଏ, ଘର ଛାଡ଼ି ପଳେଇବ - ଚୋରକୁ ମାନ କରି ଖପରାରେ ଖାଇବା କଥା! କାଇଁକି? ସମ୍ପତ୍ତି ବାଣ୍ଟି ଦେଇଥିଲେ କ'ଣ ହେଇଯାନ୍ତା। ଦି'ଭାଇଙ୍କ ଭିତରେ ମନ ନ ମିଳିଲା ଏକାଠେଇ ନ ରହିଲେ - ଏ କଥା କ'ଣ ହଉ ନାଇଁ? ସଭିଙ୍କ ଘରେ ତ ଏଇ କଥା - ଏ ଅଭିଆଣ କଥା କୋଉଠି ଅଛି? ଗୋଟାଏ ଭାଇ ଘରଦୁଆର ଛାଡ଼ି ପଳେଇବ। !

ଦାଣ୍ଡଦୁଆରେ ଯଦୁ, ନିଧିଆ, ଧରମା, ମାଗୁଣିଆ-ପଞ୍ଚାଏ ଆସି ଜମା ହେଲେଣି। ନିଧିଆ ଗାମୁଛା କାନିରେ ଆଖି ପୋଛି ପୋଛି କହୁଛି, "ବରଜୁଆ ଭାଇ ଯାହା ବୁଝିଥିବ ସେଇଆ। ତାକୁ ବଦରେଇବ କିଏ? ସେ ତ ରୁକୁଣାରଥ ଅଣଲେଉଟା!"

ଧରମା କହିଲା, "ଆରେ ହଁ, ବରଜୁଆ ଭାଇ ଆମକୁ ଛାଡ଼ି ଚାଲଯିବ, ଖାଲି ମାହାରିଆ ପଡ଼ିଚି?"

ଯଦୁ ହସି ହସି କହିଲା, "ତୁ ଆଉ କ'ଣ କରିବୁ ଧରମା, କହିଲୁ?"

"କ'ଣ କରିବି? କାଇଁକି, ସେ ଯୁଆଡ଼େ ଯିବ, ମୁଁ ସିଆଡ଼େ ଯିବି - ସେ ତ ଏତେ ସମ୍ପତ୍ତି ଛାଡ଼ି ପରଉଚି - ମୋ ଜମିଦାରୀ ଗରାକ କ'ଣ ଖିନିଖରାପ ହୋଇଯାଉଚି କି?"

ମାଗା କହିଲା, "ଧରମା କ'ଣ ଖରାପ କଥା କହୁଚି - ଏ ଗାଁରେ ଆଉ ରହିବାରେ କ'ଣ ଲାଭ ଅଛି କି? ପଧାନ ବୁଢ଼ା ତ ମରିଚନ୍ତି, ବରଜୁଆ ଭାଇ ତ ଘରଛାଡ଼ି, ଗାଁ ଛାଡ଼ି ଯାଉଛି - ଆଉ ଆମେ କ'ଣ ଏଠି କୋରି ଖାଇ ମଞ୍ଜି ପୋତିଚୁ କି? ଆମ ରହିବା କଥା ସେମିତି ସେମିତି।"

ଧରମା କହିଲା, "କି ରେ, ଖାଲି କହିଦେଲେ ହୋଇଗଲା? ଆମେ ଏତେ ମଣିଷ ଥାଉଁ ଥାଉଁ ସେ ଗୋଟାଏ ଘର ଛାଡ଼ି ପରେଇବ - ଆମେ ବସି କରି ଆଖି ଆଗରେ ଏକଥା ଦେଖୁଥିବୁ?"

ଯଦୁ ଦଳେଇ ମୁରୁକି ମୁରୁକି ହସି କହିଲା, "ଆଉ କଣଟାଏ ତୁ କରି ପକେଇବୁ, କହିଲୁ ଧରମା ?"

"କାଇଁକି - ତମେ ତିନିଜଣ ଏକାଠି ଖାଲି ବସ - ଦଣ୍ଡକେ ମୁଁ ତାକୁ ଇଲେ ଘରଟାରେ ଅଧକ ସମ୍ପତ୍ତି ବଣ୍ଟେଇ ଦଉନି ! ହେଁ- ଛକଡ଼ି ପଧାନ ବାହାରିଯିବ, ପଦେ କଥାରେ ଖାଲି - ଇଲେ ଅଧେ ଅଧେ ସବୁ ବାଣ୍ଟି ନ ଥୋଇବାକୁ ବାର ସହିବ ନାଇଁ - ହେ - ଏ କ'ଣ ଆଉ କିଏ ହେଇଚି କି, ଏ ପରା ଧରମା ଦାସ ।"

ନିଧିଆ କହିଲା, "ଆରେ, କଇଁକି ମିଛରେ ତଷ୍ଟୁ କୁଟି ହଉଚୁ କହିଲୁ - ସେ ତ ଭିନେ ହବ ନାଇଁ ବୋଲି ଖୁସିରେ ଘର ଦୁଆର ଛାଡ଼ିଦେଇ ଯାଉଚି, ତୁ ଆଉ ତାକୁ ଭାଗ ବଣ୍ଟେଇ ରଖେଇ ଦେବୁ କ'ଣ ?"

"ହଁ ଖାଲି ମାହାରିଆ ପଡ଼ିଚି - ଘର ଦୁଆର ଛାଡ଼ି ପରେଇବ - ଆମେ ଖାଲି ଏଠି ଭୂତ ବଇଚୁଁ ?"

"ଯାହା କହନ୍ତି ଗୋପାଳପୁରୀ ଗାଲୁଆ ।"

"ଏ ତ ଭାରି ଭଲଲୋକ !"

ନିଧିଆ ପୁଣି କ'ଣ କହିବ ବୋଲି ଯାଉଥିଲା । ଯଦୁ ଦଳେଇ ମନା କରିଦେଲା- "ତୁନି ହ, କାଇଁକି ବୃଥା କଥାଟାରେ ଏତେ ଲାଗିଛି ?"

ବରଜୁ ଦେଖିଲା, ଗାଁଯାକ ହାଟ ହୋଇଗଲାଣି । ଯା-ଛା-ତା' ହଉ - ତା'କୁ ଯିବାକୁ ହେବ । ଭାଇ ମୁହଁରୁ ଯେତେବେଳୁ ଭିନେ ହେବା କଥା ଶୁଣିଲାଣି, ହାରା ସୁନାଙ୍କ ବାହାଘର ଖର୍ଚ୍ଚର ହିସାବ ଦରକାର ହେଲାଣି - ପଛ କଥାଯାକ ସବୁ ତା ମନେ ପଡ଼ିଗଲା- ମୁଗ ଅମଳ ଗୁଡ଼ବିକିରି - ନା, ଆଉ ନୁହେଁ । ଘରଟାର ମାୟା ତାକୁ ଯାହା ମଝିରେ ମଝିରେ ଟାଣୁଥିଲା - ଯେତେବେଳେ ବୁଝିଗଲା ଯେ, ଭିନେ ହେବା ପାଇଁ ଛକଡ଼ି କେତେ ଆଗରୁ ଯୋଗାଡ଼ ଲଗେଇଛି, ସେ ମନେ ମନେ କହିଲା, "ନାଃ, ଆଉ ନୁହେଁ !" ସାନବୋହୂ କଥା ମନେ ପଡ଼ିଲା, 'କହିଲୁ ନି, କେମିତି ଯିବୁ ଯା ଭାରି !' - ନା ଏ ଘରେ ଆଉ ରହିବାର ନୁହେଁ ।

ବରଜୁ ହାରାବୋଉକୁ ଯାଇ କହିଲା, "ଦିଅ, ବାହାରି ପଡ଼ ଏଥର ।"

ଗାଁ ମାଇପେ ହାରା ବୋଉକୁ ବାରକଥା ପଚାରି ଅଥୟ କରି ସାରିଲେଣି - "ହାରାବୋଉ ଏ କୁଆଡ଼ କଥା ମ - ତୁ ଭୁଆସୁଣୀ ମାଇପିଟା, କୁଆଡ଼େ ବାଟରେ ଘାଟରେ ବୁଲିବୁ ମ - କୋଉ ଗାଁରେ ଭଲା ଏ କଥା ଶୁଣା ଅଛି ? କାଇଁକି - ତୁ ବରଜୁଆକୁ ମନା କଲୁ ନାଇଁ ?" ହାରାବୋଉ ହସିଲା, "ମୁଁ ମନାକଲେ ମୋ ମନା ସିନା କିଏ ମାନିଲେ ହବ !" ଶୋଭାନାନୀ କହିଲା, "ଆଉ ତୁ ମାଇପିଟା କେମିତି

ବାରଆଡ଼ ବୁଲିବୁ ମ ? ଚଷାଘର ଝିଅ - କ'ଣ ବାଉରୀ କଣ୍ଡରା ହେଇଚି ?" ଶରଦୀବୋଉ କହିଲା, "ଆଲୋ ତୁ ଯାହା କହୁଚୁ - 'ବାଟ ଛାଡ଼, ବୋହୂ ହାଟକୁ ଯିବେ!' ଏକାରେ ତ କେତେ ବଡ଼ ବଡ଼ ଘର ବୋହୂ ଦାଣ୍ଡରେ ବୁଲୁଛନ୍ତି, ଆଉ ହାରାବୋଉ ବାହାରିଲେ ପାପ ଛୁଇଁ ପକେଇବ ?"

ସାନବୋହୂ, ନାଣ୍ଡୀ ପଣ୍ଡିଆଣି ଛକଡ଼ିର ଶୋଇଲା ଘରେ କେତେ ଟୁପୁରଟାପର ହସକୌତୁକ ଲଗେଇଛନ୍ତି।

"ହଁ, ଆଉ ଡେରି କର ନାହିଁ" କହି ବରଜୁ ଲୁଗାବୁଜୁଳାଟି କାଖରେ ଜାକି, ମୁଣ୍ଡରେ ଠେକାଟି ଭିଡ଼ି, ତିନି ହାତିଆ ଠେଙ୍ଗାଟି ଧରି ଦାଣ୍ଡଦୁଆରକୁ ବାହାରିପଡ଼ିଲା। ପଛରେ ହାରାବୋଉ - କୋଳପୁଅଟିକି କାଖରେ ଧରି, ମୋତିର ହାତ ଧରି, ଗାଁ ମାଇପଙ୍କୁ ହସି କଥା କହି ବାହାରି ପଡ଼ିଲା। ଘର ଭିତରେ କେଉଁଠି କେତେ ପେଡ଼ିପେଟରା, ହାଣ୍ଡି କୁଣ୍ଡେଇ, ଶାଗ ପଟାଳି, ଲଙ୍କାମରିଚ ଗଛ - କୁଆଡ଼କୁ ଚାହିଁଲା ନାହିଁ, କାହାରି ମାୟା ରଖିଲା ନାହିଁ - ମାଇପିଟାଏ, ଧନ୍ୟ ସେ !

ମାଗା, ନେତରା, ଚନ୍ଦରା, ଧରମା, ସମସ୍ତେ ଏକଜୁଟ ହୋଇ ବରଜୁକୁ ଘରକୁ ଫେରାଇ ନେବାକୁ ଠିକ୍ କରିଥିଲେ। ଯଦୁ କହିଲା, "ବୃଥା କଥା, କେହି ପାରିବ ନାହିଁ - ବ୍ରହ୍ମା ବିଷ୍ଣୁ ମହେଶ୍ୱର - କାଉଁରିଆ କାଠି ସେ - ଭାଙ୍ଗିଯିବ ପଛେ ନଇଁବ ନାଇଁ। ସେ ଯୋଉ କାମରେ ହାତ ଦେଇଚି ସେ କାମଟି ପ୍ରଭୁ ସିଦ୍ଧ କରନ୍ତୁ, ଏତିକି ଖାଲି କହ। ଆଉଗୁଡ଼ାଏ ଯୋଉ କଥା ନ ହବ, ସେ କଥା କରିବାକୁ ଯାଉଚ ଯେ, କାଇଁକି ?"

"କର୍ମ କଷଣ ଦେହ ସହେ,
ଅରଣ୍ୟେ ଅଜଗର ପ୍ରାୟେ।"

"ଏ ଦେହ ତ କେତେ କର୍ମ କଷଣ ସହୁଚି, ବରଜୁଆ ଭାଇ ସେ ଦିହକୁ କ'ଣ ପରବାୟେ କରିଚି ଯେ-"

ନିଧିଆ କହିଲା, "ଖାଲି ଗୋଟାଏ ଠିକଣା ଥାନ କୋଉଠି ଥାନ୍ତା - ହେଇତି ଅମୁକ ଅମୁକ ଠେଇଁକି ଯିବ।"

ଯଦୁ କହିଲା, "ବରଜୁଆ ଭାଇର ତ ଘର ସବୁଠେଇଁ ରେ - ତା ପାଇଁ ଚିନ୍ତା କ'ଣ - ଯେ ନିଜର ଘରକୁ ଛାଡ଼ିଦେଇପାରେ ତାକୁ ଆଉ କ'ଣ ଅପୂରୁବ ହେଇଚି, ନାଁ ଖାଇବା ପାଇଁ ଭାବନା ଅଛି ?"

"ଆହାରେ ଭଲ ମନ୍ଦ ନାହିଁ
ଯେ ସ୍ଥାନେ ଯେମନ୍ତ ମିଳଇ !"

ବରଜୁ ପଧାନ ହସିହସି ଠେଙ୍ଗାଟା ଧରି ଘର ଭିତରୁ ବାହାରି ଆସିଲା । ପଛରେ ହାରାବୋଉ ମୋତି ହାତଧରି ସାନପୁଅ ଦାମକୁ କାଖକରି ପଛକୁ ଟିକିଏ ଚାହିଁ ଦେଇ, ଗାଁ ମାଇପଙ୍କୁ ହସିକରି ମୁଣ୍ଡ ଟୁଙ୍ଗାରି ଦେଇ ଚାଲିଯାଉଚି । ବରଜୁ ଯଦୁକୁ ଦେଖିପକେଇ କହିଲା, "ଯଦୁଆ ଭାଇ, ଏ ଗାଁ କଥା ତତେ ଲାଗିଲା ।"

ଯଦୁ ହସି କରି କହିଲା, "ଏକା ସବୁ ପାରିବି ତ ?"

"ଫେର୍ ସେ କଥା କହିଲୁ - ଏକା ତୁ? ମୁଁ କ'ଣ ଆଜି ଏକା ?" ଯଦୁ ଦଳେଇର ମନେ ପଡ଼ିଗଲା-

"କରି କରାଉ ଥାଏ ମୁହିଁ
ମୋ ବିନା ଆନ ଗତି ନାହିଁ ।"

ନାଁ, ଯଦୁ ଏକା ନୁହେଁ - ଆଉ ଜଣେ ତା ପାଖେ ପାଖେ ଅଛି - ବରଜୁ ଆଜି ଏକା ହୋଇ ଘରୁ ବାହାରି ନାଇଁ - ଆଉ ଜଣେ ତା' ପାଖେ ପାଖେ ଚାଲିଚି - ତା'ର ପରବାୟେ କ'ଣ, ଭୟ କାହାକୁ ? ଯଦୁ ଆଖି ପୋଛିଲା ।

ଧରମା, ନିଧିଆ, ମାଗା, ନେତେରା, ସମସ୍ତଙ୍କୁ ବରଜୁ କହିଲା, "ଥାଓରେ ଭାଇ, ଭାବନା କ'ଣ ? ସବୁ କଥା ପାଇଁ ତ ସେଇ ଜଣେ ଅଛି ! ମୁଁ ଯୋଉଠି ଥାଏ - ସବୁବେଳେ ତୁମ କଥା ଆଗ ଭାବୁଥିବି, ଆଗ ପଚାରୁଥିବି ।"

ବରଜୁର ଚେହେରା ଆଜି ଦେଖି ସମସ୍ତଙ୍କ ମନରେ କେମିତି ଗୋଟିଏ ଭକ୍ତିଭାବ ଆସିଲା । କେତେ କ'ଣ ଭାବିଥିଲେ କହିବେ ବୋଲି, କେତେ ପାଞ୍ଚ କରିଥିଲେ- କାହାରି ମୁହଁରୁ କଥା ବାହାରିଲା ନାଇଁ - ସମସ୍ତେ ମେଣ୍ଢାପଲ ପରି ପଛେ ପଛେ ଚାଲିଲେ । ହାରାବୋଉ ଭୁଆଷୁଣୀଟା - ଗାଁ ମଣିଷଗୁଡ଼ାକ-କ'ଣ କରିବ, ଟିକିଏ ଓଢ଼ଣା ଟାଣି କାଖକେ ପୁଅ, ପଣତରେ ଝିଅ ଧରି ଚାଲିଛି । ଅଳପଦିନିଆ ବୋହୂଗୁଡ଼ାକ କବାଟକୁ ଦରମେଲା କରି ଫାଙ୍କବାଟେ ଜୁଲୁ ଜୁଲୁ ଚାହିଁଛନ୍ତି । ଝିଅ ପୁଅମାନେ ପିଣ୍ଡାରେ ରୁଣ୍ଡ ହୋଇ ମୋତିକୁ ଦାମକୁ ଆଖିମିଟିକା ମାରୁଛନ୍ତି । ବୁଢ଼ା ପଧାନ ଜଣେ- ରୋଗରେ ଉପାସରେ ସରୁ ସରୁ ହାତ ଗୋଡ଼-ପିଣ୍ଡାରେ ବସି କହୁଛି, 'ହଇ ରେ, ଏ କ'ଣ ରେ - ଏ ଗାଁରୁ ଧର୍ମ ଉଠିଗଲା କି ରେ ?'

ବରଜୁ ପଧାନ ଗାଁରେ ବଡ଼ବଡ଼ିଆଙ୍କୁ ଦେଖି ଗୋଟିଏ ଗୋଟିଏ ଦଣ୍ଡବତ ହୋଇ ମୁଣ୍ଡଟାକୁ ସବୁବେଳେ ପରି ତଳକୁ ନୋଇଁ ଚାଲିଯାଉଛି । କେଉଁ କଥାକୁ ଯେମିତି ପରବାୟ ନାହିଁ - ଯେମିତି ଅବା ସୁନାମୁଣ୍ଡାଟାଏ କେଉଁଠି ପାଇଛି - ଦଉଡ଼ିଛି ଏକାବେଳେ କୋଟିପତି ହୋଇଯିବ ।

ଗାଁ ସୀମାରୁ ସମସ୍ତଙ୍କୁ ଫେରାଇ ଦେଇ, ହସି ହସି ସମସ୍ତଙ୍କ ପିଠିରେ ହାତ

ବୁଲାଇ, ବରଜୁ ପଧାନ ଚାଲିଲା। ବିଲ ମଝିରେ କିଏ ପାଣି ବୋହୁଥିଲା, କିଏ ବିଲ ବାଛୁଥିଲା, କିଏ ଘାସ କାଟୁଥିଲା - ପଲକୁ ପଲ କଳା କଳା ଜନ୍ତୁ ଉଠି ଧାଇଁଲେ। -

କିଏ ଜୁହାର ହେଲା, କିଏ ମୁଣ୍ଡିଆ ମାଇଲା - କିଏ ଆଖି ପୋଛି ନାକ ସଡ଼ସଡ଼ କରି ଠିଆହୋଇ ରହିଲା। ବରଜୁ କାହାକୁ ଦଣ୍ଡବତ ହେଲା, କାହାକୁ ଆଶୀର୍ବାଦ କଲା - ସମସ୍ତଙ୍କୁ ହସି କଥା କହିଲା।

ବରଜୁ ପଧାନ ଚାଲିଲା ତିନି ହାତରେ ଗୋଟାଏ ଗୋଟାଏ ପାହୁଣ୍ଡ ପକେଇ। ହାରାବୋଉ ପଛରୁ ଡାକିଲା, "ତମେ ଏମିତି ଡଗ ଡଗ ହୋଇ ଚାଲିଲେ ପରା ମୋତି ଚାଲିପାରୁ ନାଇ!"

ବରଜୁ ପଛକୁ ଚାହିଁ ହସି କହିଲା, "ଆପଣା କଥାଟି କହ, ମୋତି ନାଁରେ କାହିଁକି ବୋଲି ଦଉଚ - ଆଚ୍ଛା, ଆସିଲାବେଳେ ସାନବୋହୂକୁ କହି କରି ଆସିଚଟି? ମୁଁ ତ କାଇଁକି ଛକଡ଼ିକୁ ପାଇଲି ନାଇଁ।"

"ହଁ, ସାନୁବୋହୂକୁ କହିଲି ଯେ, ମୁହଁକୁ ଚାହିଁଲା ନାଇଁ କି କଥା ପଦେ କହିଲା ନାଇଁ - ମୁଁ ଆଉ କ'ଣ କରନ୍ତି?"

ବରଜୁ ଜାଣି ପାରିଲା ପଛରୁ କିଏ ଜଣେ ସଇଁ ସଇଁ ହୋଇ ଦଉଡୁଛି। ପଛକୁ ଚାହିଁ କହିଲା, "କି ରେ ଗଉରା, ତୁ କୁଆଡ଼େ?"

ହରିପୁରର ଗୌରାଙ୍ଗ ଶେଣ, ବରଜୁ ପଧାନର ବଡ଼ ଭାବୁସି ଲୋକ। ବରଜୁଆ ଭାଇ ବୋଲି ଗଉରା ପାଣି ପିଏ ନାହିଁ। କଳି ତକରାଳ, ମାଲିମକଦ୍ଦମା, ଭଲମନ୍ଦ ଯାହା ହେଲା, ବରଜୁଆ ଭାଇକି ଡାକିବ। ଆଠ ଦିନେ ପନ୍ଦରଦିନେ ବରଜୁଆ ଭାଇକି ଗୋଟାଏ ଦଣ୍ଡବତ ପକେଇ ନ ଗଲେ ତା' ମନଟା ଥୟ ଧରେ ନାହିଁ। ସାଙ୍ଗରେ ବାଇଗଣ ପୁଞ୍ଜାଏ କି କାକୁଡ଼ି ଆଣିଥିବ। ବରଜୁଆ ଭାଇ ପାଖରେ ବସି ଘଣ୍ଟାଏ କଥାବାର୍ତ୍ତା ହେବ, ଦିନେ ଦିନେ ତାରି ଘରେ ଖାଇବ, ତା'ପରେ ଆପଣା ଘରକୁ ଫେରିବ।

ଗୌରାଙ୍ଗ କହିଲା, "ତମରି ଘରଠଉଁ ପରା ବାହାରେ ବାହାରେ ଆସୁଚି!" ଗଉରାର ଆଖି ଦି'ଟା ଫୁଲି ଫୁଲି ନାଲି ଦିଶୁଛି - କଥା ଭଲ କରି କହିପାରୁ ନାହିଁ - ଖନି ମାରି ଯାଉଛି, "ବରଜୁଆ ଭାଇ, ମୋର ଗୋଟିଏ କଥା ରଖିବାକୁ ହବ।"

ବରଜୁ ଗୌରାଙ୍ଗ ଆଡ଼କୁ ଚାହିଁ ପଚାରିଲା, "କ'ଣ କଥା ରେ?"

"ରଖିଲେ କହିବି ନା।"

"ଆରେ, କ'ଣ ଆଗେ କହୁନୁ!"

"ନା, ତମେ ଆଗେ କହ, ରଖିବ ତ?" ଗଉରା ବରଜୁର ଢଙ୍ଗଟି ଜାଣେ।

ଆଗରୁ ତାକୁ ପେଞ୍ଚରେ ନ ପକେଇଲେ ପାରି ହେବ ନାହିଁ। ଥରେ ଖାଲି ମୁହଁରୁ ବାହାରିଗଲେ ତେଣିକି ଆଉ କ'ଣ ଅଛି ? ଗଉରା ପିଲାଙ୍କ ପରି ଅଳି କଲା, "ନା, ତମେ ଆଗ କହ, ରଖିବ ?" ବରଜୁ ପାରିଲା ନାହିଁ, ଶେଷରେ କହିଲା, "ଆରେ, ଆରେ, ମୁଁ କ'ଣ ରାଜା ହରିଶ୍ଚନ୍ଦ୍ର ହେଇଚି ଯେ ଯାହା ସତ୍ୟ କରିବି, ସବୁ ପାଳିବି - ହଉ, କ'ଣ କହୁଛୁ କହୁଛୁ କହ - ରଖିବି।"

ଗଉରା ଖୁସି ହୋଇ କହିଲା, "ଆମ ଘରେ ଆଗ ଦିନ ଚାରିଟା ରହିବ ବରଜୁଆ ଭାଇ - ସିଆଡ଼କୁ ଯୁଆଡ଼େ ଇଚ୍ଛା ତେଣେ ଯିବ। ଚାରିଟା ଦିନ ବରଜୁଆ ଭାଇ - ଚାରିଦିନରୁ ଓଳିଏ ବେଶି ହବ ନାଇଁ।"

ବରଜୁ କହିଲା, "ଗଉରା; ମୁଁ ଗୋଟିଏ କଥା କହେ-"

"ମୁଁ ଆଉ କୋଉ କଥା ଶୁଣିବି ନାଇଁ - ତମେ କଥା ଦେଇଚ, ରଖିଲେ ରଖିବ, ନଇଲେ ନାଇଁ।" ଗଉରା ପିଲାଙ୍କ ପରି କଇଁ କଇଁ ହୋଇ କାନ୍ଦିଲା, ଆଉ କଥା କହି ପାରିଲା ନାହିଁ।

ବରଜୁ ଦେଖିଲା ଆଉ ଉପାୟ ନାହିଁ। ହାରାବୋଉକୁ କହିଲା "ଚାଲ, ଏଇ ବାଟରେ ତ ତାଙ୍କ ଗାଁ ପଡ଼ିବ - ଯିବା ତ - ନ ଗଲେ ହବ ନାଇଁ।"

ସକାଳେ ବରଜୁ ଠାରୁ ସବୁ ବୁଝିନେଇ ଛକଡ଼ି ନାଗପୁର ହାଟକୁ ଚାଲିଗଲା- ହଁ, ସତରେ ଏମିତି ସବୁ ସମ୍ପତ୍ତି ଛାଡ଼ି ଚାଲିଯିବେ ? ନେତ୍ରମଣି କହିଛି, ହରିମିଶ୍ରେ କହିଛନ୍ତି - କିଏ କୁଆଡ଼େ ଏମିତି ଗଲାଣି ? ଆଉ ନ ହେଲା ବା - କେଉଁଠି ଭଲା ଏମିତି ଘର ଛାଡ଼ି ଗୋଟାଏ ଭାଇ ଚାଲିଛି ! ଛକଡ଼ି କେତେ ଭାବିଲା- ହଁ, ଅଛି ତ ! ରାମ ତ ରାଜା ନ ହୋଇ ଭରତକୁ ରାଜଗାଦି ଦେଇ, ରାଜ୍ୟ ଛାଡ଼ି ଚାଲିଗଲେ ! ହଁ ତେବେ ଆଉ ସେକାଳ କଥା ଆଜିକାଲି ଅଛି ! ଆଜିକାଲି ତ ଭାଇ ତୋଟିକି ଭାଇ କାଟୁଛି। ହେଇ, ସେ ଦିନ ପରା ! - ଏତେ ବଡ଼ ଜମିଦାର ଘରଟାଏ - କେଉଁ ସମ୍ପତ୍ତି ଚେନାକ ପାଇଁ ଗୋଟାଏ ଭାଇ ଆର ଭାଇକି ମିଶେଇ ତା'ର ପୁଅ ମାଇପ ସମସ୍ତଙ୍କୁ ଏକା ରାତିରେ କରତି ଦେଇଗଲା। ଏକାରେ କେଉଁ ଭାଇଟା ପୁଣି ଗୋଟାଏ ଭାଇକି ସମ୍ପତ୍ତି ଛାଡ଼ିଦେଇ ଚାଲଯିବ - ଯାହା ନେତ୍ରମଣି କହୁଥିଲା- ସବୁ ଖାଲି ଡରାଣ ଦେଖେଇବା କଥା !

ତେବେ ଭାଇ ମଣିଷଟା, କେମିତି, ଛକଡ଼ି ତାହା ଆଜିଯାଏ ଭଲ କରି ନ ବୁଝିଲା - କେମିତି ଆଡ଼ପାଗଲା ଢଙ୍ଗର - କ'ଣ କରିବ କେଜାଣି !

ଛକଡ଼ିର ସଉଦାରେ ମନ ନାହିଁ - ଏହି କଥା ଖାଲି ଭାବନା। ଉଛବା ଭୋଇ ଆସି କହିଦେଲା ବରଜୁ ଘର ଛାଡ଼ି ପିଲାମାଇପଙ୍କୁ ଧରି ଚାଲିଗଲାଣି।

ଛକଡ଼ି ଶୁଣିସାରି ଆଗ କେମିତି କାବା ହେଇଗଲା - ସତେରେ ସବୁ ଛାଡ଼ିଦେଇ ଚାଲିଗଲା ! କେମିତି କଥାଏ, ଆଉ କ'ଣ ଆସିବ ନାହିଁ। ଭାଉଜ କେମିତି ଗଲା, ମୋତି, ଦାମ କେମିତି ଗଲେ ?

ଛକଡ଼ି ପଚାରିଲା, "ଆଚ୍ଛା, ସାଙ୍ଗରେ କିଏ ଗଲା - ଜିନିଷ ପତର ଧରି ଲୋକବାକ କିଏ ଯାଇଚି ?"

"ଏଁ - କ'ଣ କୁରୁଆଁ ଘର ଯାଇଚି କି। ଘଇତା ଆଗେଆଗେ ଚାଲିଚି, ମାଇପ ତ ଦାମକୁ କାଖେଇ ମୋତିର ହାତ ଧରି ପଛେ ପଛେ ଯାଉଚି - ଅଲାଜୁକ ମୁହଁରୁ ଫେରେ ହସ ବାହାରୁଚି ! ଏ କଥା ଭଲା କୋଉ କାରେ ଶୁଣା ନା ଗୁଣା ଥିଲା ?"

"ଆଚ୍ଛା ଭଲା, କେତେ ବାଟରେ ହେବେଣି ? କୁଆଡ଼େ, କଟକ ଆଡ଼େ ଗଲେ ?"

"ଏଁ, କ'ଣ ଦଉଡ଼ି ଯାଇଁ ନେଉଟାଇ ଆଣିବ କି - କେତେ ମଣିଷ ତ ଫାଟି ଫୁଟିଗଲେ, କାଇଁରେ କିଛି ହେଲା ନାଇଁ-"

"ଆଚ୍ଛା ଏମିତି କ'ଣ କିଏ ପଳେଇ ଯାଏ ?"

"ଦେଖୁଚ ତ, ଶଏ ଲୋକଙ୍କ ଆଗରେ ଆପଣା ଭାଇଟା ପରଉଚି, ଆଉ ପଚାରୁଚ ଫେର୍ କ'ଣ ?"

"ହଁ, ପଳେଇଲେ ସିନା, ଆଉ କ'ଣ ଫେରି ଆସିବେ ନାଇଁ ?"

"ଘର ଭିତର ଭାଇଟା, ଜାଣିନ, ମୁଁ ପର ଲୋକଟା କେମିତି ଜାଣିବି ହେ ?"

ଉଛବା ହାଟ ସଉଦା କରିବାକୁ ବାହାରିଲା। ଛକଡ଼ି ଡାକିଲା, "ଉଛବା ରହ ବା-କୁଆଡ଼େ ଯାଉଚୁ - ଆଚ୍ଛା, ଭାଇ ଗଲାବେଳେ କଅଣ କହୁଥିଲେ ?"

ଉଛବା ଚିଡ଼ିଯାଇ କହିଲା, "ମୋର ଆଉ କ'ଣ କାମ ଅଛି ନା, ମୁଁ ଏ କଥା ଗପୁଥିବି ?"

ଛକଡ଼ି କଅଁଳେଇ କହିଲା, "ଉଛବା ଟିକିଏ ରହ ଭଲା - କହି ଯା, ଭାଇ କ'ଣ କହୁଥିଲେ - ମୋ କଥା କ'ଣ କହୁଥିଲେ କି ?"

"କାହାର ବେପାର ନାଇଁ, କିଏ ବଇଚି ଏଇ କଥା ଶୁଣୁଥିବ ହୋ ! ହାଟ ଭାଙ୍ଗି ଯାଉଚି, ମୋର ପରା କେତେ ସଉଦା ଅଛି" ଉଛବା ବାହାରିଲା।

ଛକଡ଼ି ପଛରୁ ଡାକିଲା, "ଉଛବା, ଉଛବା - ତୋ ପୁଅ ରାଣ କହି ଯା !"

ଉଛବା ପଛକୁ ଫେରି ଚାହିଁଲା, "କେମିତି ଲୋକ ହୋ ତମେ ! ଥରେ ପରା କହିଲି, ମୁଁ କିଛି ଶୁଣି ନାହିଁ। ପୁଅ ଆଣ, ବାପ ଆଣ, ଢିଙ୍କି ଗିର୍।"

ଛକଡ଼ି ନିରାଶ ହୋଇ ଘରକୁ ଫେରିଲା । ବାଟରେ ଗାଁ ଭିତରେ କିଏ କେତେ ରକମ କହିଲେ, କିଏ କେତେ ରକମରେ ପଚାରିଲେ । ମିଶ୍ରଙ୍କ କଥା ମନେ ପଡ଼ିଗଲା- "ଛୋଟଲୋକ ଗୁଡ଼ାକ କିଏ କେତେ କହିବେ, କରିବେ, - କିଏ କାହା ଘର ଭରତି କରିଦେଇ ଯିବ କି ?"

ଦାଣ୍ଡ ଦୁଆର ମୁହଁରେ ପହଞ୍ଚି ଛକଡ଼ି ଦେଖିଲା, ଘରଟା ଆଜି ନିଶବଦ ହୋଇ ରହିଛି । ସଢ଼େଇ ଭିତରେ ଧୂଳି ପୂରେଇ ଦାମ ମୋତି ଆଜି ଖେଳୁ ନାହାନ୍ତି । ଭାଇ ଦାଣ୍ଡ ଦୁଆରେ ବସି ଭାଗବତ ପୋଥି ଲେଖୁନାହିଁ କି ବାଣୀ କାଟୁ ନାହିଁ । ଭିତରକୁ ଛକଡ଼ି ପଶିଗଲା, ଘରୁଟା କେମିତି ମାଡ଼ି ମାଡ଼ି ପଡୁଛି - ସ୍ୱର ଶବଦ କିଛି ନାହିଁ ।

ନେତ୍ରମଣି ଘର ସଜାଡ଼ିବାରେ ଲାଗିଛି - ସେ ଆଜି ଏ ଘର ଗୋଟାକର ଘରଣୀ - ଆଉ କେହି କହିବାକୁ ନାହିଁ ବା ବୋଲିବାକୁ ନାହିଁ - ଲୁଚିବାକୁ ଦେଢ଼ଶୁର ନାହିଁ କି କଜିଆ କରିବାକୁ ବଡ଼ ଜା ନାହିଁ । ଏଣିକି ସେ ଯାହା କରିବ ସେଇୟା - ଘର ଗୋଟାକର ମାଲିକ ସେ ।

ଛକଡ଼ିକି ଦେଖି ନେତ୍ରମଣି ହସି ହସି କହିଲା, "ଏତେ ବେଳକୁ ମନେ ପଡ଼ିଗଲା କି ଘରକୁ ଫେରିବାକୁ - ଗୋଟାଏ ମଣିଷ ମୁଁ କେତେ ସଜଡ଼ା ସଜଡ଼ି କରୁଥିବି - ଘର ଗୋଟାକର ଜିନିଷ ବାରଆଡ଼େ ପଡ଼ିଚି ।"

ନେତ୍ରମଣିର କଥାଗୁଡ଼ାକ ଛକଡ଼ିକୁ ଆଜି କାହିଁକି ଭଲ ଲାଗିଲା ନାହିଁ । ମନ ଭିତରେ ଭାବିଲା, "ସବୁ ତ କରିବାକୁ ତୁଇ - ତୁଇ ଘର ସଜାଡ଼ିବୁ ନାଇଁ ତ, ଆଉ କିଏ ? ଉପରେ ପଚାରିଲା-

"ଆଚ୍ଛା ଏ ସମସ୍ତେ କ'ଣ ଗଲେ, ଆଉ ଫେରିବେ ନାଇଁ ?"

"ଦଉଡ଼ି ଯାଉନୁ ଫେରେଇ ଆଣିବୁ ।" ନେତ୍ରମଣି କୁଲା ବାଉଁଶିଆ ଶିକା ପଲମ ସଜାଡ଼ିବାରେ ମହାବ୍ୟସ୍ତ ।

ଛକଡ଼ି ଖାଇସାରି ଦାଣ୍ଡ ଦୁଆରକୁ ଗଲା, ଘର ଗୋଟାକ ଖାଲି ଅଡୁଆ ଅଡୁଆ ଲାଗୁଛି - ହଁ, ଭାଇ କ'ଣ ଫେରି ଆସିବ ନି କି । କୁଆଡ଼େ ଯାଇ ରହିବ । ଫେର୍ ତ ପିଲା ମାଇପ ସମସ୍ତେ ଯାଇଛନ୍ତି - କେତେଦିନ କୁଆଡ଼େ ରହିବ ।

ଦାଣ୍ଡଦୁଆରରୁ ପୁଣି ସେ ଘରଭିତରକୁ ଫେରିଲା - ପୁଣି ଦାଣ୍ଡଦୁଆର-ଘରଭିତର । ନାଃ, କିଛି ଭଲ ଲାଗୁନାହିଁ - ହଁ, ହଁ, ଭାଇ ଫେରିବ, ନିଶ୍ଚୟ ଫେରିବ ।

ନେତ୍ରମଣି କହିଲା, "କାହିଁକି ଏତେ ଟହଲ ପକଉଚ କି - ତାଙ୍କ ଶୋଇଲା ଘରେ କ'ଣ କ'ଣ ଜିନିଷ ଅଛି - ତୁମକୁ ପରା କଞ୍ଚି ଦେଇ ଯାଇଛନ୍ତି - ସବୁ ବୁଝି ମଣି ରଖୁ ନାଁ ?"

"କାଇଁକି ଗୋଟାଏ ସବୁବେଳେ କଟର କଟର ଲଗେଇଚୁ? ହଁ, ସେ ତ ଗଲାଣି ଘରଦୁଆର ଛାଡ଼ି - ଆଉ କ'ଣ କିଏ ଘିନି ପଳାଉଚି? ଘରେ ତ କୋଲପ ପଡ଼ିଚି, କ'ଣ ଫିଟାଇବା ନି ନା ଦେଖିବା ନି?"

"କିଲୋ, କେଡ଼େ ତମ ଦେଖଉଚି ବା - ସେ ପଳେଇଲେ ତୁ ଗୋଡ଼େଇଲୁ ନି?"

"ଆଉ ନଇଲେ - ଘରୁ କ'ଣ ଘିନି ପଳେଇଚି ଯେ, ଏଇଲାଗେ ନ ଦେଖିଲେ ତର ସହୁ ନାଇଁ!"

"କ'ଣ ଘିନି ପଳାନ୍ତା ବା - କୁଲା ବାଉଁଶିଆ ହାଣ୍ଡି କୁଣ୍ଡେଇ? ଯାହା ନେଇ କରି ଗଲା ସବୁ କ'ଣ ତତେ ଦେଖେଇ କରି ନେଇଚି କି।"

ଛକଡ଼ା ମନୁଟା କାହିଁକି ବଡ଼ ଖରାପ ହୋଇଗଲା - ସବୁତ ଦେଖେଇଚି, ଲୁଗାପଟାର କନାବୁଜୁଲାଟି, ଖିସା, ବଟୁଆ, କାହିଁରେ ତ ଗୋଟାଏ ପଇସା ନ ଥିଲା, ପେଟରାଟାରେ ପାଞ୍ଚଟା ଟଙ୍କା ପଡ଼ିଚି, ଅଧଲା ପାହୁଲା ହେଇ ଚାରି ଅଣାର। ଆଉ ନେଲା, କୋଉ ବାଟରେ।

"ତୋ ଆଖିରେ ଆଙ୍ଗୁଠି ଗେଞ୍ଜିକରି କହିଥାନ୍ତା, ଏଇ ବାଟରେ ନେଲି। ରହ, ଥୟ ଧର - ଚାରି ଦିନରେ ଫେରେ ଶୁଣିବୁ କୋଉଠି ଯାଇ ଘର ଦୁଆର ବାରି ବଗିଚା କରି ତା' ମିତି ସେ ରହିଲାଣି। ଥୟ ଧର, ଏମିତି କାହିଁକି ହଉଚୁ?"

ଛକଡ଼ି ଥୟ ଧରି ରହିଲା - ଦିନେ, ଦି'ଦିନ, ତିନିଦିନ। କାହିଁ? କିଛି ତ ଖବର ଅନ୍ତର ନାହିଁ। ଜଗା ସେଠି କହିଲା, ବରଜୁ ହରିପୁର ଗୌରାଙ୍ଗ ଶେଣ ଘରକୁ ଯାଇଛି। ଏତେ ଦିନ କ'ଣ ତାରି ଘରେ ଅଛି? ନା, ତା ଘରୁଟାରେ ଆଉ ଏତେ ଦିନ ରହନ୍ତା? ଦିନେ, ଦି'ଦିନ, ତିନି ଦିନ - ଦିନକୁଦିନ ଘରଟା ବେଶି ମାଡ଼ି ମାଡ଼ି ପଡୁଛି। ଘରେ ବାହାରେ କୁଆଡ଼େ ଛକଡ଼ିର ମନ ଲାଗୁନାହିଁ - ଯା ହୋ, ମାହାଳିଆରେ ଭଇଟା ଏମିତି ଭୂତ ଲାଗିଲା ପରି ପଳେଇଲା କାହିଁକି ଭଲା। ଭିନେ ନ ହେବା କଥା ଛକଡ଼ିକୁ କହିଥିଲେ ସେ କ'ଣ ମଙ୍ଗି ନ ଥାନ୍ତା। ଛକଡ଼ିର ନିଜ ଦୋଷ ମନେ ପଡ଼ିଲା ନାହିଁ।

ଦିନ ଦି'ହର ହେଲାଣି। ଭାରି ଖରା। ଛକଡ଼ି ଖାଇସାରି ଆଜି ଭାଇର ଶୋଇଲାଘର କଞ୍ଚି ନେଲା। ଦିହଟା କାହିଁକି ତା'ର ଥରୁଛି। କେମିତି ସେ ଘରଟାକୁ ଫିଟାଇବ। କ'ଣ ସେ ଘରେ ଅଛି କେଜାଣି - ଛକଡ଼ିକୁ ଦିନ ଦି'ପହରରେ ଡର ମାଡ଼ିଲା।

ବାରିପଟ ଆମ୍ବଗଛରେ ଗୋଟାଏ କପୋତୀ ବସି ଡାକ ଛାଡୁଛି, "ଚାଉଳ

ମାଣ ପୂରିଲା – ଉଠୁରେ ପୁତା – ଉଠ୍ ଉଠ୍ ଉଠ୍।" ଡାମରା କାଉଟା ପିଢ଼ା ଉପରେ ବସି ଘଡ଼ିକେ ପହରକେ ଡକା ପାରୁଛି- "କା-କା"-ଛକଡ଼ିର ମନଟା ଉଦାସ ହୋଇଗଲା। ଭାଇ ବାପ ମା'-ସମସ୍ତଙ୍କ କଥା ମନେ ପଡ଼ିଲା, ସମସ୍ତେ ଥିଲାବେଳେ ଏ ଘର କ'ଣ ହୋଇଥିଲା ଆଜି କ'ଣ ହୋଇଛି! କାହାର ସମ୍ପତ୍ତି, କାହାର ବାରି ଘର, ଛକଡ଼ି କିଛି ବୁଝିପାରିଲା ନାହିଁ। ସବୁ ଅନ୍ଧାରିଆ ଦିଶିଲା। ମନଟା ତା'ର ପିତା ପଡ଼ିଗଲା।

ଛକଡ଼ି ଘରଟାକୁ ଫିଟାଇ ଦେଇ ଦେଖିଲା ସବୁ ଜିନିଷ ଯେମିତି ସେମିତି। ପେଟରାଟା ହେଲେ ଭଙ୍ଗା ହୋଇ ତଳେ ପଡ଼ିଥାନ୍ତା। ହେଁସ ଖଣ୍ଡ ଉଇ କାଟି ଦେଇ କିଛି ରଖି ନ ଥାନ୍ତା। ଓଳିଆପତର, ଘଡ଼ିକୁଞ୍ଜା, କିଛି ନ ଥାଇ ଘରଟା ଖାଲି ପଡ଼ିଥାନ୍ତା ହେଲେ! ତେବେ ଅବା ଛକଡ଼ିକି ଟିକିଏ ଭଲା ଲାଗନ୍ତା। ଖଣ୍ଡେ ଜିନିଷ ହେଲେତ କାହିଁ ସେ ସାଥିରେ ନେଲା ନାହିଁ, ସେମିତି ସବୁ ଥୁଆ ହୋଇଚି-ଘଡ଼ିକୁଞ୍ଜା, ହେଁସ, ବିଛଣା। ଛକଡ଼ି ଚାରିଆଡ଼ ଦରାଣ୍ଡୁଛି – ଯେମିତିକି କ'ଣ ହଜେଇ ପକେଇଛି, ଏଇ ଭାଡ଼ିତଳୁ ଓଳିଆ ସନ୍ଧିରୁ ପାଇବ। ତା' ଆଖି ପଡ଼ିଗଲା ଗୋଟାଏ ଜିନିଷ ଉପରେ – ସେଇ ରବର ହଂସ – ଚିପିଦେଲେ କୁଁ କୁଁ ବୋବାଏ। ଛକଡ଼ି ସେଇ କୁଣ୍ଢେଇଟାକୁ ଆଣି ତା ଛାତିରେ ଚିପି ଧରିଲା, ଆଉ ତା ଆଖିରୁ ଝରଝର ହୋଇ ଲୁହ ଝରି ପଡ଼ିଲା। ଛକଡ଼ି ଛକଡ଼ି! ବଉଁଶଟା ଯାକ ତ ସମ୍ପତ୍ତି ଖାଇ ଯାଇଥିଲେ, ଏବେ ଏ ସମ୍ପତ୍ତି କିଏ ଖାଇବ! ଛକଡ଼ି ସେ କୁଣ୍ଢେଇଟିକୁ ହାତରେ ଧରି ଆଉ ଥରେ ଚାହିଁଲା। ତାକୁ ଦିଶିଲା, ଚାରିଟା ପିଲାଙ୍କର ଆଠଟି ଛୋଟ ଛୋଟ ହାତ ଆଜି ଯେମିତି ଲମ୍ବ ହୋଇ ଆସୁଛି ଏହି କୁଣ୍ଢେଇଟିକି ଧରିବାକୁ – ଲୁହରେ ସେ ଅନ୍ଧ ହୋଇଗଲା।

ଛକଡ଼ି ନେତ୍ରମଣିକି ଚାହିଁଲା ନାହିଁ, ହସି କରି ପଦେ କହିଲା ନାହିଁ – ଯୋଉଠି ବସିଛି, ସେଠି ଗଳଗଳ ହୋଇ ଲୁହ ଗଳି ପଡୁଛି। ନେତ୍ରମଣି ତାକୁ ଦେଖି ମନେ ମନେ ହସୁଛି – "ମାଇଚିଆଟା ଭାଇସୁଆଗୀ ହଉଚି – ଦିନେ କି ଦି'ଦିନ ଏମିତି ହବ – ସେଇଥିରୁ ବଳେ ଯୋଉ କଥାକୁ ସେଇକଥା ହବ ନି।"

ଛକଡ଼ି ଦୋକାନଘରକୁ ସଞ୍ଜ ବେଳେ ଗଲା ନାହିଁ କୁଜିକାଜି ହୋଇ ଦାଣ୍ଡ ପିଣ୍ଡାରେ ବସିଛି। ସାଧୁଆ ମାଆ ବୁଢ଼ୀ ହାତରେ ଡାଙ୍ଗ ଦି'ଖଣ୍ଡ ଧରି ଚିରା ଲୁଗାଟିକୁ ଦିହଯାକ ଓଟାରି ଓଟାରି ଚାଲିଛି। ଭାରି ପୁରୁଣା ବୁଢ଼ୀ – କେଉଁ କାଳର – ଏଣିକି ଆଉ ଭଲ ବାଟ ଦିଶୁ ନାହିଁ। ସାଧୁଆମା' ବୁଢ଼ୀ ଆପେ ଆପେ କହି ଚାଲିଛି, "ଆହା, ଏଇୟା କଲା, ଏଇୟା କଲ ଶେଷକୁ – ଏଇତନ ତମ ମନରେ ଥିଲା – ଏ ଦାଣ୍ଡ ତ କେଡ଼େ ଅସୁନ୍ଦର ଦିଶିଲା ଲୋ। କାହାର କ'ଣ ସେ କରୁଥିଲା ? ମୁଣ୍ଡକୁ ତରକୁ କରି

ବାଟ ଚାଲୁଥିବ ଯେ, ମାଛିକୁ ମର ବୋଲି କହିବ ନାଇଁ, ହଲିବା ପାଣିକୁ ଗୋଡ଼ ଦବ ନାଇଁ - ଆଉ ଗୋଟାଏ ପୁଅ ଅଛି, ଆଉ ଗୋଟାଏ ପୁଅ ଅଛି ଏ ଗାଁରେ। ପଧାନ ବୁଢ଼ୀ ଥିଲେ ଏଇ କଥା ହୁଅନ୍ତା - ଶାଶୂଖିଆ ଭିନେ ତ 'ନରଜୁଆ' ବୋଲି ଦିନେ ମୁହଁରେ ଧରି ନାଇଁ।" ବୁଢ଼ୀର ଶ୍ୱଶୁର ନଁ ବରଜୁ - ସେଥିପାଇଁ ସେ ବି ବରଜୁର ନାଁ ଧଇଲା ନାଇଁ। ତା ଆଖିରୁ ଲୁହ ଶୁଖିଯାଇଚି। ଆଖିପତା ଟିକିଏ ଓଦା ହୋଇ ଯାଇଛି - ସେ ତାକୁ କୋତରା କାନିଟିରେ ପୋଛିପାଛି ଦେଉଛି।

ଛକଡ଼ି ଯାହା ଦାଣ୍ଡପିଣ୍ଡାରେ ବସିଥିଲା, ଘର ଭିତରକୁ ଦଉଡ଼ି ଯାଇ ଭାଇ ଭାଇ ବୋଲି ଡାକିଲା। ଏ କ'ଣ! ସେ ପାଗଳ ହୋଇଯିବ କି! ରାତିରେ ଭାତଥାଳି ପାଖରେ ଛକଡ଼ି ବସିଚି, ଲୁହ ବୋହି ଭାତଗୁଡ଼ାକ ଓଦା ହୋଇଗଲାଣି। ଘର ଭିତରେ ଶୋଇଚି, ରାତି ଅଧରେ ବିଳିବିଳଉଚି - "ଭାଇ, ଭାଇ!"

ନେତ୍ରମଣି କେତେ କଥା କହୁଚି, କେତେ କଥା ପଚାରୁଚି। ହଁ ହଁ କରି କ'ଣ ଜବାବ ଦଉଚି - ମନ ତା'ର ଠିକ୍ ନାହିଁ।

ତହିଁ ଆରଦିନ ସକାଳୁ ନେତ୍ରମଣି ଦେଖିଲା, ଛକଡ଼ି ଘରେ ନାହିଁ; ଦି'ପହର ହେଲା, ସଞ୍ଜ ହେଲା - କାହିଁ, କୁଆଡ଼େ ଗଲା? କେତେ ଆଡ଼େ ମଣିଷ ଖୋଜିଲେ; କୋଉଠି ତ ମିଳିଲା ନାହିଁ।

ଛକଡ଼ି ସକାଳୁ ଉଠି କୁଆଡ଼େ ଯାଇ ନାହିଁ - ଯାଇ ବସିଛି ହରିପୁର ଗୌରାଙ୍ଗ ଶେଣ ଦୁଆର ମୁହଁରେ। ଦାଦିକି ଦେଖି ପକେଇ ଦାମ ଘରଭିତକୁ ଦଉଡ଼ିଯାଇ ଡାକ ପକେଇଲା, "ବୋଉ ଲୋ, ଦାଦି ଆସିଚି!"

ବରଜୁ ଆସି ଦେଖିଲା, ଛକଡ଼ି ତୁନିଟି ହୋଇ ଦାଣ୍ଡ ବାରଣ୍ଡାରେ ବସିଚି।

"କି ରେ, ଏଠି କାଇଁକି ବସିଛୁ, ଆ ଭିତରକୁ ଆ" କହି ବରଜୁ ଛକଡ଼ିକୁ ଘର ଭିତରକୁ ଡାକିନେଲା।

ଘର ଭିତରକୁ ଯାଇ ବରଜୁ ପଚାରିଲା, "କିରେ ଆଡ଼େ ଆସିଗଲୁ?"

ଛକଡ଼ି ଧୀରେ କହିଲା, "ମୁଁ ଯିବି।"

ବରଜୁ ପଚାରିଲା, "ତୁ କୁଆଡ଼େ ଯିବୁ ରେ?"

"ତମେ ଯୁଆଡ଼େ ଯିବ?"

ଠକ୍ ଠକ୍ ହୋଇ ଛକଡ଼ି ଆଖିରୁ ପାଣି ବୋହି ପଡ଼ିଲା -

ଛି, ଛି, ମାଇଚିଆ ଟୋକାଟା।

■■

BLACK EAGLE BOOKS

www.blackeaglebooks.org
info@blackeaglebooks.org

Black Eagle Books, an independent publisher, was founded as
a nonprofit organization in April, 2019. It is our mission to
connect and engage the Indian diaspora and the world at large
with the best of works of world literature published on a
collaborative platform, with special emphasis on
foregrounding Contemporary Classics and New Writing.